Viajes al otro mundo
Ciclo de aventuras oníricas de Randolph Carter

Biblioteca temática

Howard Philips Lovecraft,
E. Hoffmann Price
y Thomas Owen

Viajes al otro mundo

Ciclo de aventuras oníricas
de Randolph Carter

Edición de Rafael Llopis

El libro de bolsillo
Biblioteca de fantasía y terror
Alianza Editorial

TRADUCTOR: F. Torres Oliver

Primera edición en «El libro de bolsillo»: 1971
Decimoquinta reimpresión: 1998
Primera edición en «Biblioteca temática»: 2001

Diseño de cubierta: Alianza Editorial
Proyecto de colección: Rafael Sañudo
Ilustración: Rafael Sañudo

© Arkham House, c/o. Scott Meredith, New York, Editions de l'Herne,
    París
© Ed. cast.: Alianza Editorial, S.A., Madrid, 1971, 1973, 1977, 1978, 1980,
    1981, 1983, 1985, 1987, 1988, 1990, 1992, 1993, 1995, 1996, 1998, 2001
    Calle Juan Ignacio Luca de Tena, 15; 28027 Madrid; teléf. 91 393 88 88
    ISBN: 84-206-7221-1
    Depósito legal: M. 40.069-2001
    Impreso en Fernández Ciudad, S. L. Catalina Suárez, 19. 28007 Madrid
    Printed in Spain

En busca del paraíso perdido

El 25 de noviembre de 1969 asistí en París, en el *American Center,* del *boulevard* Raspail, a la «presentación de un lugar dedicado a H. P. Lovecraft». El acto tardó mucho en empezar, y los pocos despistados que nos habíamos dejado caer por allí a la hora anunciada no sabíamos bien a qué carta quedarnos. «¿Nos vamos?» «¿Esperamos?» «¿Merecerá la pena?» «¿En qué va a consistir esto?» Se suponía vagamente que alguien daría algún tipo de conferencia. Tal vez se tratase de una mesa redonda o algo así. Se decía que iban a intervenir Tony Faivre, Gérard Klein, Jacques Bergier y otros.

«¡Mira –me decía yo– que si Jacques Bergier vuelve a descolgarse con lo de *Lovecraft, ce grand génie venu d'ailleurs...!*»

Fue llegando más gente. Por fin, poco antes de medianoche, unos individuos que había por allí, con pinta de *hippies,* comunicaron a la concurrencia que ya se podía pasar.

–¿Por dónde?

–Por aquí.

La entrada consistía en una puerta disimulada tras una cortina, y tan estrecha que hubimos de pasar uno a uno.

Nada más traspasar la frontera señalada por la cortina me rodearon las tinieblas. Di un traspiés: había escalones. Los bajé encogido por miedo a tropezar con el techo, pero aun así

sentí en la cara un roce de cosas blandas, viscosas e innomi-
nadas.

«Esto –me dije para ver si entraba en situación– parece
abominable, aborrecible, sacrílego, monstruoso, primordial
y un tanto fungoso. Sin duda, estos peldaños (que desde luego ya eran viejos cuando se construyó la arcaica Irem) conducen a alguna cripta inmemorial donde acecha el último e indescriptible horror.»

Pero nada de eso. Adonde llegué fue a una estancia iluminada por lívidas bombillas, y vestida con blancos papeles
arrugados y telas de saco que formaban como mamparas y
pasadizos, quedando así convertida la habitación (o habitaciones y acaso algún pasillo además) en una especie de laberinto de verbena de San Antonio. Mientras seguía las vueltas
y revueltas del camino fue llegando hasta mí, con creciente
claridad, un sonido rítmico y obsesionante.

«Vaya –me dije–, he aquí, por fin, las oleadas de ritmos-luces que asaltan al viajero cuando osa atravesar el umbral de
las muchas dimensiones.»

Bien mirado, era indiscutible que el papel arrugado de las
paredes componía relieves y formas prácticamente ajenos a
nuestra geometría.

«No cabe duda –decidí– de que he cruzado el Umbral.»

Por fin desemboqué en una rotonda dispuesta a modo de
caverna iniciática y decorada con cráneos y huesos de animales, con manchas fulgurantes de color y con objetos heterócli-
tos, pero siniestros. La música se percibía con mayor claridad: no eran ritmos-luces, sino música electrónica (acaso «Le
voyage», de Pierre Henry, basado en el *Libro de los Muertos tibetano),* pero también había tambores y otros instrumentos
de jazz que tocaban varios músicos espectrales ocultos en un
rincón lejano. En otra estancia gemela, una linterna mágica
proyectaba colores móviles y contrastes luminosos, que reco-
rrían velozmente las paredes vestidas de trapos, adaptándose
a sus insólitos relieves. Olía a inciensos indios. En el suelo,

otro grupo de individuos con pinta de *hippies* descansaba en silencio, como un elemento más de ambientación.

Durante un rato estuve contemplando los bellos colores sin forma de la linterna mágica. A mi lado, mi amigo Van Wassenhove empezaba a impacientarse. Había *bastante* gente y *no pocas* apreturas.

«Bueno. Esto parece que ya está visto.» «¿Qué, nos vamos?» «Vámonos.»

Pero, mientras tanto, el otro amigo que venía con nosotros –el escritor Claude Seignolle– había pegado la hebra con los *hippies* y estaba con ellos, en cuclillas y gesticulando bastante.

Total: que al cabo de un rato yo también me hallaba en el círculo, sentado a la moruna y hablando confusamente en medio de la confusión. Gran parte del público se congregó a nuestro alrededor con la ilusión, sin duda, de asistir por fin a la mesa redonda para la cual, más o menos subconscientemente, se habían programado a sí mismos.

Todos dijimos muchas tonterías.

–¿Qué significa esto? ¿Qué han pretendido ustedes? –decía un burgués perplejo, pero lleno de buenos deseos de comprender a las nuevas generaciones.

–Nada –decían éstas–. Nosotros hemos hecho las cosas que se ven aquí y ahora ustedes tienen que decir lo que les parecen.

Se les hizo ver, con mucha razón, que aquella *mise-en-scène* recordaba algo al *vudú*, por los cráneos de animales y por los tambores, que el túnel y el descenso y el ulterior ascenso eran, sin ninguna duda, de estirpe iniciática, y que, en todo caso, aquello no tenía nada que ver con Lovecraft.

Las jóvenes generaciones sonreían y se encogían de hombros.

–Nosotros hemos hecho esto –insistían–. Ahora, ustedes, los intelectuales, digan lo que es.

Yo, un tanto conciliador, intentaba convencerlos de que aquello, aun sin mantener el menor parecido con los contenidos del universo lovecraftiano, sí conservaba la misma estructura que éste.

–Esto es como una iniciación –decía yo–. El estrecho pasadizo, el laberinto, la caverna, todo ello es típicamente iniciático. Por otra parte, la obra de Lovecraft posee la misma estructura. En sus cuentos hay siempre un *descensus ad inferos* a veces simbólico, a veces real, y no es raro encontrar en ellos umbrales místicos que conducen a otras dimensiones. Reconozco que los detalles de esta escenificación no son nada lovecraftianos, pero estoy convencido de que la estructura, la *Gestalt,* sí lo es.

–Sí –me decían, sonriéndome a los ojos; pero no añadían ni media palabra más, era evidente que para ellos las palabras holgaban; aquella decoración pobretona, los papeles arrugados y las telas de saco, los ritmos y las luces seguramente configuraban para ellos una *Gestalt* inefable–. Nosotros lo hemos *hecho.* Ustedes *hablen* sobre ello.

Era muy tarde y yo tenía encima un gripazo terrible. Me fui. Al salir por la escalera estrecha y tenebrosa, volvieron a rozarme la cara trozos de goma viscosos colgados mediante hilos, del techo.

Varios días después, limpia ya mi mente de las telarañas de la gripe, caí en la cuenta de que, en realidad, a lo que había asistido aquella noche era a la escenificación de un viaje *por* LSD.

El 18 de abril de 1969 intervine en una mesa redonda sobre las llamadas toxicomanías modernas, organizada por la Sociedad de Neurología, Neurocirugía y Psiquiatría de Madrid. En mi breve conferencia, tras señalar que el incremento de estas toxicomanías se debía, en gran parte, a razones epistemológicas, apunté una serie de nociones fundamentales relativas a la evolución del conocimiento humano. Este asunto, a mi juicio, tiene mucho que ver con el que ahora nos ocupa, y no resisto, por ello, la tentación de resumirlas aquí:

1.ª) El progreso del conocimiento humano consiste esencialmente en una diferenciación cada vez más nítida entre Yo y No-Yo, es decir, entre sujeto y objeto, entre conciencia y cosmos. El primitivo, que carece de conciencia del Yo, lo vive proyectado –enajenado– en el cosmos y, en consecuencia, éste –el cosmos– se humaniza, se animiza, se antropomorfiza. A la enajenación del Yo en el mundo corresponde así una plena apropiación del mundo por parte del Yo.

2.ª) La actividad operativa que corresponde a esta fusión original del Yo y del No-Yo es la magia. Como las emociones están en el mundo, su expresión mueve al mundo. Pese, sin embargo, a esta base implícita errónea, la magia es, ante todo, una *praxis*, y, como tal, permite un aprendizaje por tanteo. La conducta objetivamente adecuada obtiene una recompensa (*refuerzo*) en forma de éxito real. De este modo, del caos de la magia se va diferenciando el conocimiento racional del mundo, que no es sino la captación de las relaciones objetivas existentes entre las cosas entre sí, haciendo abstracción de las significaciones subjetivas, esto es, de las relaciones prácticas establecidas entre las cosas y el sujeto.

3.ª) Parece lógico pensar que la conducta objetiva, racional, que es recompensada por el éxito práctico, suplantaría rápidamente a la conducta subjetiva e irracional que es la magia. Esto no sucede así. La magia persiste también en virtud de un mecanismo reflejo-condicionado. El rito mágico proporciona un alivio al sujeto angustiado que lo celebra. Este efecto, sin embargo, es eminentemente subjetivo, y dado que la conducta racional permite obtener éxitos objetivos que redundan en beneficio y progreso material de la colectividad, dicha conducta es la que se va imponiendo en la sociedad, de lo que resulta una creciente represión social del pensamiento mágico. Esta represión social se internaliza y da origen a una autorrepresión mayor o menor.

4.ª) El racionalismo, en ascenso, pero aún joven, no sólo niega la validez objetiva de la magia, sino que, llevado por la radicalidad propia de toda negación adialéctica, tiene tendencia a reprimir la magia en bloque, negando incluso su eficacia subjetiva. Este racionalismo joven y mecanicista engendra, por contraste, un irracionalismo que, en vez de limitarse a reivindicar la eficacia subjetiva de la magia, llega hasta postular su eficacia objetiva y propugnar la destrucción de la razón. Ambas posturas son igualmente erróneas y se hallan en mutua dependencia.

5.ª) La síntesis dialéctica de esta antinomia consiste en re-negar la metafísica negación racionalista y completar la objetivación del mundo mediante la subjetivación del Yo. Estos dos procesos, íntimamente vinculados entre sí, corresponden respectivamente a la ciencia y a la estética. La primera es un conocimiento de las relaciones existentes entre las cosas entre sí. La segunda es la expresión de la relación inmediatamente vivida entre las cosas y el Yo.

6.ª) La estética, en este amplio sentido que yo le doy, es, sencillamente, una magia que se sabe puramente subjetiva. Es la expresión de emociones, el gesto, el rito, que se saben ineficaces para mover el mundo de la física, pero sí capaces de mover, de conmover, de modificar al Yo (y a otros Yos).

En el curso de aquella misma conferencia también recordé a los presentes cómo los viajes iniciáticos de la antigüedad (o, en otras palabras, los viajes al Otro Mundo, es decir, los ritos de morir, recorrer el mundo inferior, transmutarse y renacer) se realizaban a menudo con ayuda de drogas alucinógenas, y cómo –para citar un ejemplo conocido– las zonas sagradas que atravesaba el espíritu del muerto, según el Bardo Thodol, y los peligros que allí le acechaban, coinciden con las zonas y los peligros que aparecen durante la intoxicación aguda por LSD, hasta el punto de que Timothy Leary ha adaptado dicho libro tibetano al moderno viaje psicodélico.

Tras poner de relieve los muchos puntos de contacto existentes entre las iniciaciones y los viajes alucinatorios, y entre éstos y algunos relatos fantásticos, señalé que la vivencia de lo numinoso es objeto de una intensa represión por parte del racionalismo mecanicista imperante en nuestra sociedad industrial, en la que, junto a los enormes avances de la ciencia y de la técnica –conocimiento, manejo y modificación del mundo objetivo–, se han descuidado por completo el conocimiento, el manejo y la modificación del propio Yo. Pero el ansia de lo numinoso –añadí– sigue viviendo en nosotros. El mundo objetivo se ha desacralizado, pero precisamente al desacralizarse el mundo objetivo debería haberse sacralizado en igual medida el reino imaginario del Yo, y justamente esta sacralización está reprimida. Se han perdido la proyección y la creencia viva, pero subsiste y es muy lícita la vivencia profunda. Nadie cree ya en Plutón, ni en Proserpina, ni en los númenes del mundo subterráneo, ni en el *lapis philosophorum* como realidades objetivas, pero en todos nosotros existe una necesidad más o menos reprimida de vivir experiencias numinosas, la cual, evitando la censura impuesta por la lógica correspondiente a nuestra visión objetiva del mundo, se manifiesta en fábulas, en relatos fantásticos, en sueños de aventuras imposibles, que ya no son irracionalistas porque se saben de antemano falsos, porque no tienen pretensiones de verdad objetiva; en una palabra: porque se expresan en el plano de la estética.

Las artes fantásticas, pues, constituyen intentos vitales instintivos, necesarios, de integrar lo numinoso en el Yo, es decir, *de vivirlo y expresarlo libremente y en toda su intensidad, pero sin alterar por ello la fría visión objetiva del cosmos.*

Tras estas disquisiciones hice hincapié en que las toxicomanías modernas también constituyen, fundamentalmente, un intento de vivir lo numinoso con intensidad, de integrar en la experiencia consciente todas las inmensas posibilidades creadoras de lo que Jung llamó inconsciente colectivo, o Aldous Huxley, las antípodas de la mente. Sin embargo, a diferencia de las iniciaciones místicas, se trata aquí de una inicia-

ción absolutamente profana ya que ni el neófito ni el círculo
de adeptos creen en la realidad objetiva de las alucinaciones.
Ninguno de ellos supone que la droga les ponga en contacto
con númenes ctónicos, uránicos o de cualquier otra procedencia. Todos saben perfectamente que se trata de un proce-
so puramente subjetivo, cuya única finalidad es conocer y
modificar el Yo, no el mundo.

Por ello, igual que las artes fantásticas, el moderno uso de
alucinógenos debe adscribirse al plano de la estética y no al de
la creencia, y, aparte los peligros que entraña, es, como aqué-
llas, sintomático de un paso gigantesco hacia la plena racionalidad del hombre, es decir, hacia la neta y completa distin-
ción entre Yo y No-Yo, entre sujeto y objeto, o entre conciencia y cosmos. Ser capaz de sentir intensamente, de vivir
plenamente sin caer en la creencia, ser capaz de percibir sin
que la razón se adhiera a lo percibido, supone, en efecto, un
paso gigantesco a este respecto. Y por ello –paradójicamen-
te–, las toxicomanías modernas constituyen en este sentido
un síntoma muy positivo y alentador. Está llegando el día en
que nuestra estrecha razón actual se amplíe, adquiera su mayoría de edad y acepte lo irracional como irracional y, precisamente por serlo, no lo reprima. La represión es siempre un
síntoma de inseguridad. Cuando la razón esté segura de sí
misma, la expresión de lo irracional no será blasfemia ni pe-
cado de lesa razón, sino simple juego y, por tanto, alivio. La
razón no tendrá que aferrarse a lo objetivo para no ahogarse,
sino que sabrá nadar perfectamente –y bucear– en las turbias
aguas de lo irracional, volviendo al aire puro de la superficie
cuando le plazca.

Así, pues, atribuí principalmente el aumento actual de las
toxicomanías a la represión del pensamiento mágico-numi-
noso (que, según Ehrenwald, es tan intensa en nuestra sociedad como la del sexo en la época victoriana) y, por lo tanto, a
su falta de integración coherente en el Yo (en un Yo, por supuesto, escéptico). Reconocí que a este factor se añaden otros,

desde luego –en los que no insistí ni insisto por ser de sobra conocidos–, como la soledad del hombre occidental contemporáneo y la pérdida irremisible del cálido Nosotros del pasado, que se derivan, en parte, del creciente grado de libertad, racionalidad e individuación del hombre moderno, y, en parte, de la cosificación del ser humano propia de la sociedad anómica en que vivimos. Pero también hice constar que el hombre del pasado se hallaba en perpetuo peligro de muerte por plaga, hambre, empalamiento u hoguera, estando sometido a estímulos ansiógenos de distinta índole que los actuales, pero no menos traumatizantes. Sin embargo, el hombre se sentía entonces solidario de su prójimo y de su cosmos, se sentía inserto en una colectividad unida por mitos, creencias y ritos comunes, y en un cosmos antropomórfico, comprensible y propiciable. En otras palabras, vivía –y por lo tanto liberaba– lo numinoso en forma de creencia. En el rito mágico tenía un exutorio no por mítico menos eficaz para sus angustias reales.

Para terminar, afirmé que el hombre moderno, solo y escéptico, ha logrado al fin enajenar el cosmos en su auténtica alienidad, pero aún no ha conseguido desenajenar el Yo. Había que enajenar lo ajeno –y esto se ha logrado ya en gran medida–, pero es preciso apropiarse de lo propio, sabiéndolo propio, sólo propio, subjetivo, íntimo, carente de objetividad.

«El paraíso –escribe Erich Fromm– es un estado de unidad original con la naturaleza.» Hegel lo llamaba «el estado de inocencia», o «la unidad inmediata y natural». Por su parte, la Biblia afirma, con toda razón, que el paraíso se perdió por el ansia humana de conocer. Para los gnósticos incluso, el hombre se hizo hombre precisamente por haber caído, pues de la caída deriva la escisión que es consustancial con él y que le hace evolucionar hacia grados cada vez mayores de perfección. En efecto, la unión original del Yo con el mundo, del sujeto con el objeto, en un caos indiferenciado, se rompió cuando el hombre empezó a ser capaz de percibir las cosas en sus relaciones objetivas. De la Caída –fisiológica o, mejor, neuro-fisiológica y evolutiva– surgió un hombre –el hombre– escindido por un dualismo epistemológico. Al amanecer lo racional, el modo arcaico de percibir la realidad quedó definido, por contraste, como irracional. La escisión permanece y los hombres toman partido por una o por otra de ambas modalidades del conocer. Unos –racionalistas– desean acelerar la plena conquista del modo nuevo de conocimiento, y otros –irracionalistas– desean regresar al cálido e íntimo modo antiguo como a una vida intelectual intrauterina.

Sin embargo, es inútil intentar dar marcha atrás a la evolución. «El hombre –sigue escribiendo Fromm– sólo puede ir hacia adelante desarrollando su razón, encontrando una nueva armonía humana en reemplazo de la prehumana que está irremediablemente perdida.» Y Marcuse afirma: «El conocimiento puede haber sido causa de la caída en la existencia del hombre, causa del crimen y de la culpa; pero la segunda inocencia, la segunda "armonía", sólo a través del conocimiento puede alcanzarse».

En efecto, sólo a través del conocimiento científico será factible modificar cualitativamente la sociedad y armonizarla sobre bases racionales. Pero sólo también a través de la razón llena y libre podrá el hombre recuperar –en el plano subjetivo– el paraíso perdido, ese «estado de unidad original con la naturaleza», ese «estado de inocencia» que perdimos al empezar a devenir racionales.

Hoy, sin embargo, lo descarnado y puramente irracional representa un peligro para las mismas bases en que se asienta nuestra civilización industrial, construida sobre relaciones objetivas que exigen un conocimiento y un dominio cada vez más perfecto de la realidad. Como consecuencia, la sociedad actual apenas puede aceptar la expresión estética de lo numinoso sino en sus formas más degradadas y superficiales, como son, respectivamente, los cuentos de hadas y los relatos de fantasmas. Tal aceptación se debe a que a nivel social ya no se cree en hadas ni en fantasmas y, por lo tanto, a que resulta socialmente inofensivo jugar con ellos en relatos de ficción. Pero la obra del mismo Lovecraft ya tropieza con muchas reservas y repulsas. Y es que la sociedad –globalmente considerada– todavía no está preparada para liberar, des-reprimir, asimilar, otras formas más profundas y terribles de lo numinoso. Éste es, a mi juicio, el motivo fundamental de que aún resulte socialmente inaceptable la integración de lo irracional, locura y alucinógenos incluidos.

En resumen, la sociedad aún no está lo bastante cuerda para permitirse la locura.

Sin embargo, la razón sigue desarrollándose y cada vez son más los que, bajo uno u otro aspecto, se van sintiendo capaces de integrar en el Yo tales o cuales facetas de lo irracional. Puede que nos hallemos en vísperas de una inmensa mutación social y psicológica de la humanidad, de la cual nuestras actuales tribulaciones y angustias sean como los dolores del parto. Acaso, pues, no esté muy lejos ese mañana de que habla José Miguel Ullán, «donde el socialismo, a salvo de la muerte, haga el amor a diario con la magia».

Psicológicamente, el paraíso perdido es un arquetipo o, mejor dicho, un arquetipo *arquetipado* (perdón por la palabra), es decir, una imagen nacida de la acción de un arquetipo *arquetipante* o modalidad vivencial arcaica. Como todas las estructuras psíquicas primitivas, tales imágenes acaso no sean tan hereditarias como re-aprendidas por cada individuo en su primera infancia. Sea como fuere, en ella ha quedado acuñada una estructura ideo-afectiva primitiva que corresponde a nuestro modo infantil, emocional y antropocéntrico de percibir el mundo.

Cuando éramos niños tampoco conocíamos diferencia entre lo subjetivo y lo objetivo. La fantasía –amable o terrible– teñía toda la realidad. La realidad era toda fantástica. El Yo

–inconsciente– también se hallaba desparramado por el mundo. El mundo era Yo. Más tarde aprendimos a separar –nos enseñaron a separar, haciéndonos recorrer en pocos años el camino evolutivo de la humanidad– y sentimos el dolor del desgarro. Las estructuras neurológicas *arquetipantes* y las estructuras ideo-afectivas *arquetipadas* quedaron reprimidas a nivel individual. Se convirtieron en objeto de nostalgia. Su vago recuerdo se mitificó: ya no somos todopoderosos, pero lo fuimos *entonces*. El milagro, la experiencia directa de lo numinoso, ya no existen en la vida, pero *entonces* existieron. Ya no tenemos acceso a planos místicos ni a dimensiones paralelas, pero *entonces* lo tuvimos.

Nunca queda claro dónde se sitúa este *entonces,* y el mundo numinoso primitivo se mezcla así inextricablemente con el de nuestra propia infancia individual.

Esta confusión entre lo numinoso colectivo y lo infantil individual se advierte con toda claridad en el universo de Lovecraft, especialmente en estas sus aventuras de Randolph Carter. La ambigüedad acecha a cada recodo de la caverna iniciática. A veces Carter busca su infancia perdida y lo que encuentra es una aterradora dimensión paralela. A veces busca una dimensión paralela y se encuentra en el paraíso. A veces busca el paraíso y encuentra su propia infancia perdida.

Para Lovecraft todo es lo mismo: ¿infancia?, ¿paraíso?, ¿infierno? ¡Qué más da el nombre! Hasta el infierno es paraíso, pues el retorno a los terrores de su infancia supone para él, ante todo, un retorno a su infancia. Y sabido es que Lovecraft fue siempre un niño-hombre que vivía de sueños, y que estos sueños, en el fondo, le remitían siempre a la edad dorada en que su pensamiento era todopoderoso, y él se hallaba cómodamente acogido en el mundo cóncavo y cálido de la madre. El mismo reaccionarismo de Lovecraft tenía su origen en este apego a la niñez que le impedía, incluso, considerar la posibilidad de moverse hacia el futuro. Pero, al mismo tiempo, hasta el deseado retorno a la niñez resultaba infernal y terrible para esta mente racionalista y rígida que sentía horror por la regresión secretamente anhelada. Ésta es la razón de que Lovecraft no haya escrito cuentos sensibleros, nostálgicos y almibarados, sino terroríficos. En el mundo de sus sueños se mezclaban la nostalgia y el horror del pasado. La composición resultante fue un Paraíso-Infierno, un Otro Mundo, sagrado y terrible a la vez.

¿Cómo es posible que este hombre inmovilista y profundamente reaccionario hiciese un tipo de literatura tan desalienador y tan avanzado desde un punto de vista epistemológico? Creo que el secreto reside en la lógica implacable de su intelecto formalista. Lovecraft fue un racionalista riguroso que se prohibió la más mínima creencia. En esto fue un escéptico total, hasta excesivo, demoledor, casi suicida. Y al no creer en nada, el mundo numinoso de sus arquetipos no pudo hacerse teoría, filosofía ni ideología, que habrían resultado fatalmente irracionalistas. Pero, a la vez, la misma intensidad de sus vivencias hizo imposible todo intento de represión. De este modo, incapaz tanto de ahogar sus emociones como de transformarlas en teorías esotéricas o en irracionalismos filosóficos, Lovecraft fue aprendiendo por tanteo –¡ya de niño *jugaba* a celebrar cultos antiguos!– la vía que le iba a permitir encauzar la expresión de sus demonios particulares sin atentar contra el propio rigor intelectual. Así, de modo vital, instintivo, ciego, como una alimaña enterrada que abriese un túnel con uñas y dientes en busca del aire de la salvación, las emociones de Lovecraft –que podrían haber constituido el núcleo de una ideología de extrema derecha– fueron abriendo el único camino racional: el del arte. Y este camino resulta progresivo porque impide que la emoción encarne en un mito, porque permite que la vivencia se exprese sin obscurecer la limpia visión objetiva del mundo, porque rompe estructuras mentales dominantes y represoras, porque libera esa zona sombría de la mente que es el último reducto de la libertad humana.

¿Dónde radica el éxito de H. P. Lovecraft? Ante todo, hay que refutar dos afirmaciones que suelen hacerse con frecuencia. La primera es que el público de Lovecraft está constituido por clases burguesas que lo leen para no pensar en su inevitable ocaso. La segunda es que la belleza formal de la obra de Lovecraft, es decir, la pureza de su lenguaje, justifica de modo suficiente su éxito.

La primera afirmación pone de relieve la absoluta ceguera de quienes la hacen, ya que las clases burguesas decadentes no sólo no leen a Lovecraft, sino que se escandalizan ante su obra, que consideran malsana, brumosa e intolerable, para defenderse de la honda turbación que les produce y de la amenaza que supone para sus esquemas mentales. Quienes leen a Lovecraft son los jóvenes, aproximadamente los mismos jóvenes que leen a Hermann Hesse, a Marcuse o a Jack Kerouac. El burgués pío y bienpensante se horroriza ante una literatura que, sin pretenderlo en absoluto su autor, resulta perfectamente corrosiva para los fundamentos de su pensamiento tradicional.

En cuanto al inglés que escribe Lovecraft, no sólo no es antológico, sino que es francamente detestable. Afirmar que se lee a Lovecraft por la belleza de su lenguaje es como decir que se asiste a un *strip-tease* para admirar la voz de la artista; es decir, se trata de una racionalización, de un pretexto para poder aceptar, salvando las apariencias, su fondo irracional y terrible, secretamente deseado.

No. No nos engañemos. Si leemos a Lovecraft es porque, mediante su lenguaje barroco, desquiciado, confuso y aglomerado, consigue expresar y transmitir parte de sus vivencias numinosas. Lo válido en Lovecraft no es la forma, sino el terrible contenido universal y arquetípico. Leer a Lovecraft no es, pues, distraerse para no pensar, sino bucear por el mundo

sin luz del inconsciente colectivo. Es traspasar los umbrales
del Otro Mundo y mirar a la cara de las oscuras y amorfas divinidades de los orígenes. Es dar vacaciones al *ego* y liberar el
caos sin forma de nuestras profundidades abismales. Es anu-
lar temporalmente nuestros esquemas cotidianos de pensamiento –con lo que tienen no sólo de racional, sino también
de represivo– y reactivar estructuras que de puro arcaicas nos
resultan nuevas. Leer a Lovecraft es una aventura peligrosa.
Leer a Lovecraft equivale a hacer un viaje con LSD. No es una
e-vasión, sino más bien una in-vasión.

Lo que hay debajo del éxito actual de Lovecraft es, pues, lo mismo que hay debajo del actual aumento de las toxicomanías por
alucinógenos. La obra de Lovecraft –insisto– equivale a hacer
un viaje con LSD, como muy bien supieron ver los melenudos
estudiantes del *American Center* del *boulevard* Raspail.

Las semejanzas que existen entre los cuentos de Lovecraft y
las vivencias psicodélicas son llamativas. En ambos casos
existe un *descensus ad inferos* y en ambos el viajero ha de tras-
poner las puertas del mundo inferior, guardadas por el Dra-
gón iniciático que simboliza el terror a los abismos propios y a
la propia disolución del *ego*. Una vez traspasada esta puerta,
como puede verse especialmente en los cuentos de la serie de
Randolph Carter, la percepción se desintegra, aparecen aullidos que son silencio, perfumes y músicas que son colores, luces
de un espectro inexistente en la tierra, ángulos y planos pertenecientes a geometrías ajenas y dotadas de vida. Las piedras se
deshacen, se pudren y huelen como carroña. Los sonidos se
convierten en oleadas de luz. Los oídos quedan taponados
como tras un despegue supersónico. Las montañas están vivas
y echan a andar. Se viven experiencias numinosas que luego no
se pueden comunicar porque son absolutamente inefables.

Cualquiera que haya leído descripciones de experiencias
psicodélicas se dará cuenta al instante de su semejanza con las
vivencias expresadas por Lovecraft.

Surge inmediatamente una pregunta: ¿se drogaba Lovecraft? Parece que no. En sus cartas jamás alude a ello ni lo menciona ninguno de sus biógrafos. Sin embargo, de lo que no cabe duda es de que había logrado poner a punto una técnica que le permitía tener acceso al Otro Mundo arquetípico. A este respecto, es bien sabido que las drogas alucinógenas constituyen un «atajo químico» hacia el éxtasis, pero que éste puede alcanzarse mediante numerosas y variadas técnicas.

Pues bien; parece que, entre todas, la vida que siguió Lovecraft para tener acceso al Otro Mundo fue la del dormir fisiológico y los ensueños. Acaso sin saberlo, obedeció, para alcanzar el éxtasis, el viejo precepto alquimista: vivir la muerte, llegar despierto al fondo del sueño. Él mismo se nos presenta como un «soñador experto», y sus biógrafos insisten en que soñar era su única fuente de satisfacción. En psiquiatría, por otra parte, se sabe que los alucinógenos provocan precisamente estados *oníricos* de conciencia. El parentesco entre los sueños, la locura, el efecto de ciertas drogas, la mente infantil y la del primitivo ha sido señalado muchas veces y es idea aceptada corrientemente por la ciencia. En todos los casos citados existe un bajo nivel de conciencia, que en los tres primeros es fruto de un descenso desde el nivel llamado normal y en los últimos obedece a que aún no se ha producido el ascenso propio de la evolución. Una vez más, vemos aquí confirmada la identidad presentada por Lovecraft entre el sueño, la locura, el mundo infantil y el numinoso universo primitivo. En la zona crepuscular y engañosa de la experiencia humana en que él se movía, todas estas palabras carecen de diferencias en cuanto a significado y designan una sola vivencia: la del Otro Mundo, la del paraíso perdido, a cuya recuperación Lovecraft consagró su vida.

Nada tiene, pues, de particular que Lovecraft llegara a ser maestro en el arte de viajar al Otro Mundo. Es lógico que un hombre que dedicó su vida entera a un solo menester acabara por ser maestro en él. Y H. P. Lovecraft fue un toxicómano

de sueños. Fue un *onirómano* contumaz, cuya droga ninguna
policía del mundo podía intervenir.

¿HPL o LSD?

Acompañar a Randolph Carter en su busca de la ciudad del
sol poniente, si bien debe resultar desde luego mucho menos
impresionante, entraña sin duda menos peligros que partir
en el reactor del ácido. La liberación del caos está mucho más
controlada. Nunca se pierde contacto con la realidad, a la que
se puede regresar en cualquier momento sin necesidad de recurrir a la cloropromazina. Tampoco es verosímil que, bajo el
influjo de Lovecraft, el explorador del Otro Mundo se crea
dotado de poderes sobrenaturales y, suponiéndose capaz de
volar, se tire por la ventana, ni que sufra reacciones prolonga-
das o brotes psicóticos recurrentes ni que cometa actos de
violencia contra sí mismo o los demás, como sucede en ocasiones con el LSD.

En este sentido, HPL constituye una alternativa, menos peligrosa, al uso de alucinógenos. Pero, sin embargo, el viaje con
HPL tampoco deja de tener sus riesgos. Lovecraft tiene el poder de evocar los arquetipos más aterradores del hondón de
nuestra alma. Las imágenes con que Lovecraft expresa sus
propias vivencias numinosas hacen vibrar por simpatía nuestros propios arquetipos, cuyo despertar siempre es peligroso.
Al conjuro de HPL, las fuerzas más oscuras de nuestro abismo interior se agitan, pugnan por librarse de sus cadenas,
amenazan con irrumpir en nuestra zona consciente y anegar-
la. El viajero recorre con HPL el viaje iniciático por el Otro
Mundo y es acechado por los peligros del alma. Las fuerzas
oscuras se liberan al fin, rompen sus cadenas e invaden la
zona vigil de nuestra mente.

Pero, para un hombre civilizado y sano, este viaje y esta in-
vasión sólo son cine. El viajero los contempla desde la butaca
de su propio escepticismo, protegido por su propia razón
adulta, distanciado por su conciencia de estar leyendo un re-

lato de ficción. Lo numinoso reprimido puede así ser expresado, liberado, vivido y gozado. Leer a Lovecraft es hacer un viaje turístico al paraíso perdido, a ese paraíso primordial que también es, a la vez, infierno y que limita, al fondo, con el inefable Gran Vacío de la vida fetal prehumana. Pero el regreso está siempre garantizado. El billete es de ida y vuelta, sin error.

El ciclo de aventuras oníricas de Randolph Carter comprende cuatro relatos, a los que en esta edición añado una breve narración del gran escritor belga Thomas Owen, relacionada con el mismo ciclo.

El primero de los cuatro relatos, «The Statement of Randolph Carter», está directamente basado en un sueño que Lovecraft refirió a unos amigos suyos en carta del 11 de diciembre de 1919 y en el cual se basa, asimismo, su poema «The dweller», perteneciente al libro *Fungi of Yuggoth*. El tema principal del sueño, del poema y del cuento consiste en el hallazgo de una puerta mística, situada en el fondo de un antiguo sepulcro, que comunica con otra dimensión. Es interesante señalar que en este relato Carter no llega a traspasar personalmente la Puerta. «The Statement...» se publicó por primera vez en el número de febrero de 1925 de la revista *Weird Tales*.

«The Silver Key», publicada en la misma revista en enero de 1929, constituye una auténtica biografía simbólica del autor. Carter ha perdido la llave de la Puerta que poseía en su infancia. Los filósofos le han enseñado a ver las relaciones objetivas de las cosas entre sí, y el dorado mundo de su infancia –la vivencia de una relación subjetiva de las cosas con el Yo– ha quedado cerrado para siempre. Pero Carter compensa la insulsez de la vida cotidiana con fascinantes excursiones nocturnas al mundo de los sueños. Y a través de él halla la posibilidad de recuperar la llave y regresar al paraíso perdido, que en este caso es el universo de su infancia.

«Through the Gates of the Silver Key» constituye una de esas extrañas correcciones de estilo a que tan dado era Lovecraft. La versión inicial de este cuento fue escrita por E. Hoffmann Price quien, siguiendo una costumbre bastante extendida en el círculo de Lovecraft, hizo aparecer a éste como uno de los personajes del relato: Ward Phillips, ocultista de Providence, alto y delgado, de voz áspera y chillona y larga nariz es, sin el menor disfraz, Howard Phillips Lovecraft. Intervino luego éste en la redacción del cuento y llevó su labor de corrector hasta modificar por completo la narración original. El cuento de Price quedó transformado en una especie de variante de «En la noche de los tiempos», de *Los Mitos de Cthulhu,* a cuyo ciclo podría ser adscrito casi con tanto motivo como al de las aventuras de Randolph Carter. Es de señalar en este cuento que la descripción del paso de la Puerta parece arrancada del relato de un viaje con LSD. También aquí se confunden el Otro Mundo y el mundo de la infancia: buscando éste, el viajero llega a aquél. El mago Zkauba constituye un símbolo de lo reprimido –de la *sombra,* diría Jung–, de ese ser extraño que Lovecraft llevaba dentro de sí y que se esforzaba por dominar para adaptarse a la sociedad. La versión definitiva de «Through the Gates...» se publicó en el número de *Weird Tales* de julio de 1934.

«The Dream-Quest of Unknown Kadath» se publicó en el número de 1948 del *Arkham Sampler,* once años después de la muerte de su autor. Se trata de una novela corta que a mi juicio, constituye una de las claves de la obra de Lovecraft. Parece que fue comenzada a escribir alrededor de 1920, es decir, en plena época onírica y dunsaniana de su autor, cuando éste aún no se había abierto a los vientos del mundo y vivía en su casa natal medio secuestrado por su madre, siendo los sueños el único alivio para su angustia. Pero se sabe que, aunque con largas interrupciones, Lovecraft siguió trabajando en el manuscrito de esta novela durante casi toda su vida, y que él mismo no lo consideró nunca totalmente dispuesto para ser en-

tregado a la imprenta. Así pues, esta novelita contiene no pocas imperfecciones y hay que ser indulgente con ella, ya que
su autor nunca la consideró terminada. Pero, a la vez, por ello
mismo, tiene algo de sueño secreto o de diario íntimo no cen-
surado que la hace muy reveladora. Desde luego, su filiación
con los «Cuentos de un soñador», de Dunsany, salta a la vista,
y debe adscribirse no sólo al ciclo de Carter, sino también al
ciclo de Kadath, al que, entre otras narraciones, pertenece
asimismo su «Maldición que cayó sobre Sarnath». Pero también son evidentes sus puntos de contacto con *Los Mitos de
Cthulhu*. En «The Dream-Quest...» aparecen los Primigenios
(con el nombre de Dioses Otros), Azathoth, Nyarlathotep, los
shantaks, los *gugos* y los dholes, dioses y seres que en *Los Mitos de Cthulhu* aparecerán mucho más racionalizados mediante apariencias formales de ciencia-ficción. Aquí, sin embargo –en «The Dream-Quest...»–, estas siniestras entidades
son mucho menos siniestras, más como de cuento vagamente oriental. Toda la novela, además, se halla impregnada de un
suave humorismo dunsaniano que sorprende en una obra
global tan absolutamente desprovista de humor como la de
Lovecraft. Pero en ella se percibe claramente su fijación a la
infancia. Los mismos benignos dioses de la tierra (o Subli-
mes) expresan íntimas imágenes de esa niñez de la que Lovecraft nunca se pudo despegar emocionalmente. Por otra parte, en las bestias amistosas que le ayudan en su periplo –los
gatos, los gules y las descarnadas alimañas de la noche– se advierte también la típica mezcla contradictoria de horror y
atracción que sentía Lovecraft por todo lo regresivo y primordial. En *Los Mitos de Cthulhu* ya se nota que Lovecraft sentía
una secreta adoración por los horrores de su abismo personal
y un secreto horror por su idolatrada niñez. Pero que ambos
sentimientos se fundan en seres perversos y macabros, como
los gules, o siniestros y repulsivos, como las descarnadas alimañas de la noche, que desempeñan un papel abiertamente
positivo y amistoso en esta obra –¡junto a los gatos, a los que

Lovecraft amaba como una solterona, pero que aquí se presentan insospechadamente almibarados, militaristas y belicosos!–, indica el grado de libertad interior con que nuestro autor la escribió. Lo repulsivo en ella es aceptado sin concesiones a un público en el que acaso no pensaba Lovecraft. En lo que respecta al aspecto psicodélico del asunto, en «The Dream-Quest...» se cumple el viaje iniciático: Carter efectúa la vuelta al caos y obtiene luego una nueva reencarnación, análoga a la que, según Timothy Leary, se produce al término del viaje con LSD.

Por último, «Témoignage», de Thomas Owen, publicado en el número especial de *Cahiers de l'Herne*, dedicado a Lovecraft, constituye un original colofón al ciclo de aventuras oníricas de Randolph Carter.

Para esta edición he preferido conservar el orden en que se publicaron los cuentos escogidos en vez de aquel en que fueron escritos. El motivo fundamental de esta preferencia es que «The Statement...», «The Silver Key» y «Through the Gates...» constituyen una totalidad diacrónica, es decir, una secuencia fuertemente estructurada en el tiempo, tratada además en un estilo realista, mientras que «The Dream-Quest...» es en sí misma una estructura relativamente cerrada y relativamente independiente de la anterior, sobre todo por su forma onírica e irrealista. Colocarla entre «The Statement...» y «The Silver Key», como hace Derleth en su edición, a mí me parece que confunde un poco las cosas.

Y nada más. ¡Buen viaje!

RAFAEL LLOPIS

H. P. Lovecraft:
La declaración de Randolph Carter*

Les repito, señores, que sus investigaciones son inútiles. Deténganme para siempre, si quieren; encarcélenme o mándenme ejecutar, si es que necesitan una víctima para aplacar esa ficción que ustedes llaman justicia, pero no puedo añadir más a lo que he dicho ya. Todo lo que puedo recordar, lo he contado con la mayor sinceridad. Nada he falseado ni ocultado; y si algo resultase vago, se debería a la negra confusión que nubla mi espíritu y a los dudosos horrores que ha suscitado en mí.

Lo repito, no sé qué ha sido de Harley Warren; creo, sin embargo, –y casi lo espero– que disfruta de la paz del pleno olvido, si es que semejante dicha existe en alguna parte. Es cierto que durante cinco años he sido su más íntimo amigo, y que he colaborado parcialmente en sus terribles investigaciones sobre lo desconocido. No negaré, aunque mi memoria es incierta y confusa, que este testigo de ustedes pueda habernos visto juntos a las once y media de aquella espantosa noche, como dice, por la barrera de Gainsville, camino del pantano del Gran Ciprés. Incluso puedo añadir que íbamos provistos

* Título original: *The Statement of Randolph Carter.*

de linternas y azadas, y de un curioso rollo de alambre unido a ciertos instrumentos, ya que todas esas cosas han desempeñado su cometido en esa única escena que permanece grabada de manera indeleble en mi trastornada memoria. Pero tengo que insistir en que, de lo que sucedió a continuación, y de la razón por la cual me encontraron solo y en un estado de completo ofuscamiento, no sé más que lo que he repetido tantísimas veces. Ustedes me dicen que no hay nada en el pantano ni en sus alrededores que pudiera servir de escenario a tan tremendo episodio. Yo les digo que no sé más que lo que vi. Ya fuera visión o pesadilla –fervientemente deseo que así sea–, es todo cuanto recuerdo de aquellas horribles horas que viví, después de haber dejado atrás el mundo de los hombres. Pero por qué no regresó Harley Warren es cosa que sólo él, o su sombra –o cierta criatura que no me es posible describir–, podría contar.

Como he dicho antes, yo estaba perfectamente enterado de los singulares estudios de Harley Warren, y hasta cierto punto había participado en ellos. De su inmensa colección de libros extraños sobre temas prohibidos, he leído todos aquellos que están escritos en las lenguas que yo domino; pero son pocos en comparación con los que están en lenguas que desconozco. La mayoría me parece que están en árabe, y el libro infernal que provocó el desenlace –libro que él se llevó consigo de este mundo–, estaba escrito en caracteres que jamás he visto en otra parte. Warren no me dijo nunca de qué trataba exactamente. En cuanto a la índole de nuestros estudios, ¿debo decir nuevamente que ya no recuerdo nada con exactitud? Y me parece providencial que así sea, porque se trataba de cosas terribles, a las que yo me dedicaba más por morbosa fascinación que por verdadero interés. Warren me dominó siempre, y a veces le temía. Recuerdo cómo me estremecí una noche, antes de que sucediera aquello, al contemplar la expresión que tomó su rostro mientras me explicaba con todo detalle por qué, a juicio suyo, ciertos cadáveres no se descompo-

nen jamás, sino que se conservan carnosos y frescos en sus
tumbas durante miles de años. Pero ahora ya no le tengo miedo a Warren, porque sospecho que ha conocido horrores que
superan mi imaginación. Ahora temo por él.

Confieso una vez más que no recuerdo bien cuál era, aquella noche, nuestro propósito. Desde luego, se trataba de algo
relacionado con el libro que Warren llevaba consigo –con ese
libro vetusto, de caracteres indescifrables, que se había traído
de la India un mes antes–; pero les juro que no sé qué es lo que
esperábamos encontrar. El testigo de ustedes dice que nos vio
a las once y media por la barrera de Gainsville, en dirección al
pantano del Gran Ciprés. Probablemente será cierto, pero yo
no lo recuerdo con claridad. Lo que se me ha quedado grabado en el alma es una escena solamente, y puede que ocurriese
mucho después de la medianoche, porque recuerdo que la
luna creciente estaba ya muy alta, en el cielo vaporoso.

Ocurrió en un cementerio antiguo, tan antiguo, que me estremecí ante los innumerables vestigios de edades olvidadas.
El cementerio se halla en una hondonada húmeda y profunda, cubierta de espesa maleza, de musgo, de yerbas extrañas
con tallo rastrero, en donde reinaba una vaga fetidez que mi
ociosa imaginación asoció absurdamente con la idea de rocas
corrompidas. Por todas partes se veían signos de abandono y
desolación. Me sentía como obsesionado por la impresión de
que Warren y yo éramos los primeros seres vivos que inte-
rrumpíamos un mortal silencio de siglos. Por encima de la
cresta del valle, en un pálido cuarto creciente, asomó la luna
entre fétidos vapores que parecían emanar de ignoradas cata-
cumbas. Y bajo sus rayos vacilantes y tenues pude distinguir
un inquietante panorama de antiguas lápidas, urnas, cenota-
fios y fachadas de mausoleos, todo estaba desmoronado, cubierto de musgo, ennegrecido por la humedad, medio oculto
en el espesor exuberante de una vegetación malsana.

La primera impresión vívida que tuve de mi propia presencia en esta terrible necrópolis fue el momento en que me paré

con Warren ante un sepulcro medio hundido, casi tapado por
la tierra y la maleza, y dejamos caer unos bultos que al parecer habíamos llevado. Entonces me di cuenta de que traía
conmigo una linterna eléctrica y dos azadas, mientras que mi
compañero iba provisto de otra linterna y de un equipo tele-
fónico portátil. No pronunciamos una sola palabra, ya que
por lo visto, sabíamos perfectamente dónde estábamos y cuál
era nuestra misión allí; y, sin demora, cogimos nuestras azadas y empezamos a quitar yerba, matojos y tierra de aquella
tumba plana de aspecto inmemorial. Después de descubrir
enteramente su superficie, que consistía en tres inmensas losas de granito retrocedimos unos pasos para examinarla. Warren pareció hacer ciertos cálculos mentales. Luego regresó al
sepulcro, y empleando su azada como palanca, trató de levantar la losa inmediata a unas ruinas de piedra que un día
puede que hubieran sido un monumento. No lo consiguió, y
me hizo una seña para que le ayudara. Finalmente, aflojamos
la piedra entre los dos y la levantamos hacia un lado.

La losa levantada dejó al descubierto una negra abertura,
de la que brotó un hedor tan nauseabundo que retrocedimos
horrorizados. Poco después, sin embargo, nos acercamos
nuevamente a aquella cavidad y comprobamos que las exha-
laciones eran menos insoportables. Nuestras linternas revela-
ron el arranque de una escalera de piedra, sobre cuyos peldaños goteaba una especie de líquido inmundo nacido en las
entrañas de la tierra, y cuyos húmedos muros estaban incrus-
tados de salitre. Y ahora me viene a la memoria, por vez primera, las palabras que Warren me dirigió con su melodiosa
voz de tenor, sin alterarse ante el pavoroso escenario que nos
rodeaba:

–Siento tener que pedirte que aguardes fuera; sería un crimen permitir que baje a este lugar una persona tan nerviosa
como tú. No puedes imaginarte, ni siquiera por lo que has leído y por lo que te he contado, las cosas que voy a tener que
ver, y las que voy a tener que hacer. Es un trabajo diabólico,

Carter, y dudo que nadie que no tenga unos nervios de acero pueda afrontarlo y regresar después a la superficie en su sano juicio. No te ofendas, que bien sabe el cielo lo que me gustaría tenerte conmigo; pero, en cierto sentido, la responsabilidad es mía, y no podría llevar a una persona tan nerviosa como tú a una muerte probable, o a la locura. ¡Ya digo que no te puedes figurar lo que hay ahí! Pero te doy mi palabra de tenerte al corriente, por el teléfono, de todo lo que haya. ¡Tengo aquí hilo suficiente para llegar al centro de la tierra y volver!

Todavía resuenan en mi memoria aquellas palabras desapasionadas, y puedo recordar que le hice varias objeciones. Creo que yo tenía vivísimos deseos de acompañar a mi amigo a aquellas profundidades sepulcrales, pero él se mantuvo inflexible en su negativa. Incluso amenazó con abandonar la expedición si yo seguía insistiendo, amenaza que resultaba eficaz, puesto que sólo él poseía la clave del asunto. Todo eso lo recuerdo aún, aunque ya no sé qué es lo que buscábamos. Después de haber conseguido que yo accediera de mala gana a sus propósitos, Warren cogió el carrete de cable y ajustó los aparatos. A una señal suya, cogí uno de éstos y me senté sobre la lápida añosa y estropeada que había junto a la abertura recién descubierta. Luego me estrechó la mano, se cargó el rollo de cable, y desapareció en el interior de aquel osario indescriptible.

Durante un minuto seguí viendo el resplandor de su linterna, y oyendo el chirrido del alambre a medida que lo iba soltando; pero, de pronto, la luz desapareció como si mi compañero hubiera doblado un recodo de la escalera, y, casi al mismo tiempo, el chirrido dejó de oírse también. Me quedé solo; pero estaba en comunicación con las desconocidas profundidades por medio de aquellos cables milagrosos cuya superficie aislante aparecía verdosa bajo el apagado resplandor de la luna creciente.

En el silencio desolado de aquella necrópolis blanca y vacía, mi imaginación empezó a concebir las fantasías más horripilantes y las ilusiones más espantosas, en tanto que las tumbas y los extraños monolitos adquirían por momentos una horrenda intencionalidad. En los repliegues más tenebrosos del valle plagado de repugnante vegetación, creí ver unas sombras sin forma que parecían escurrirse sigilosamente como en una blasfema procesión ceremonial, y ocultarse en las tumbas corrompidas de la colina. Ni aun el resplandor blancuzco de la luna lograba disolver estas sombras huidizas.

Yo consultaba constantemente el reloj, a la luz de la linterna, y escuchaba con febril ansiedad por el receptor del teléfono; pero estuve más de un cuarto de hora sin oír nada. Luego sonó un *clic* en el aparato, y llamé a mi amigo con voz destemplada. A pesar de lo excitado que me sentía, no estaba preparado para escuchar las palabras que me llegaron de aquella tumba, pronunciadas con la voz más desgarrada y temblorosa que jamás le oyera a Harley Warren. Él, que con tanta serenidad había bajado poco antes, me hablaba ahora desde las profundidades con un susurro trémulo, más siniestro que el más taladrante alarido:

–¡Dios! ¡Si pudieras ver lo que estoy viendo yo!

No pude contestar. Enmudecido, sólo me cabía esperar. Luego volví a oír sus frenéticas palabras:

–¡Carter, es terrible..., monstruoso..., increíble!

Esta vez no me falló la voz, y derramé por el transmisor un mar de preguntas excitadas. Aterrado, seguí repitiendo:

–¡Warren! ¿Qué es?, ¿qué es?

Otra vez me llegó la voz de mi amigo, enronquecida por el miedo, teñida ahora de desesperación:

–¡No te lo puedo decir, Carter! Es algo que no se puede imaginar... No me atrevo a contártelo... Ningún hombre podría contemplarlo y seguir con vida... ¡Dios mío! ¡Jamás imaginé cosa semejante!

De nuevo se hizo el silencio, interrumpido por mi torrente de preguntas atropelladas. Después volví a oír la voz de Warren, rota ya por el más incontrolado terror:

–¡Carter, por el amor de Dios, vuelve a colocar la losa y
márchate de ahí, si puedes!... Déjalo todo y vete... ¡Es tu única
oportunidad! ¡Hazlo así y no me preguntes nada!

Lo oí, pero sólo fui capaz de repetir una vez más mis frenéticas preguntas. Estaba rodeado de tumbas, de oscuridad, de
sombras; y allá abajo se ocultaba una amenaza que sobrepa-
saba los límites de la imaginación humana. Pero mi amigo se
hallaba en mayor peligro que yo, y en medio de mi terror, me
sentí ofendido de que pudiera considerarme capaz de aban-
donarle en semejantes circunstancias. Un nuevo *clic,* y después de una pausa, se oyó el grito lastimero de Warren:

–¡Corre! ¡Por el amor de Dios, pon la losa y zumba, Carter!

Aquella expresión infantil que acababa de emplear mi
compañero, terriblemente asustado, me devolvió mis facultades. Tomé una determinación y le grité:

–¡Warren, ánimo! ¡Voy para abajo!

Pero a este ofrecimiento, me contestó con un grito de extrema desesperación:

–¡No! ¡Tú no puedes entenderlo! Es demasiado tarde... y la
culpa es mía. Echa la losa otra vez y corre... ¡Ni tú ni nadie po-
dríais hacer nada ya!

La inflexión de su voz había cambiado otra vez; había adquirido un matiz más suave, como de una desesperanzada re-
signación. Sin embargo, percibí en ella una honda ansiedad
por mí.

–¡Rápido..., antes de que sea demasiado tarde!

Traté de no hacerle caso; intenté vencer la parálisis que me
retenía y cumplir mi palabra de bajar en su ayuda, pero las
palabras que murmuró a continuación me cogieron aún inmovilizado, encadenado por mi tremendo horror.

–¡Carter..., huye! Es inútil..., debes irte..., mejor uno solo
que los dos... La losa...

Un silencio; otro *clic,* y luego la débil voz de Warren:

–Ya casi ha terminado todo... No me hagas esto más penoso todavía... Tapa esa escalera infernal y salva tu vida...

Estás perdiendo el tiempo... Adiós, Carter..., nunca te vol-
veré a ver.

Aquí, el susurro de Warren se dilató en un grito; y el grito
se fue convirtiendo gradualmente en un alarido preñado de
todo el horror del mundo...

–¡Malditas sean estas criaturas infernales!..., son legiones...
¡Dios mío! ¡Huye! ¡¡Huye!! ¡¡¡Huye!!!

Después de eso, se hizo un silencio. No sé durante cuantísi-
mo tiempo permanecí allí sentado, sumido en un negro estupor, murmurando, mascullando palabras, llamando, gritando en el teléfono. Una y otra vez, durante una eternidad, susu-
rré, llamé, grité, chillé:

–¡Warren! ¡Warren! Contéstame, ¿estás ahí?

Y entonces llegó hasta mí el más absoluto horror, lo increíble, lo imposible, lo abominable. He dicho que me había parecido una eternidad, el tiempo transcurrido desde que oyera
por última vez la desgarrada advertencia de Warren, y que
durante ese tiempo, sólo mis propios gritos habían roto el espantoso silencio. Pero al cabo de un rato, sonó un nuevo *clic*
en el receptor, y pegué el oído para escuchar. Llamé de nuevo:

–¡Warren! ¿Estás ahí?

Y en respuesta, oí lo que ha provocado estas tinieblas en mi
espíritu. Ignoro por completo a qué criatura pertenecía aquella voz, y tampoco puedo describirla con detalle, puesto que
las primeras palabras me dejaron sin conocimiento y provo-
caron una laguna en mi memoria que dura hasta el momento
en que desperté en el hospital. Vagamente, puedo decir que la
voz era profunda, hueca, gelatinosa, lejana, ultraterrena, in-
humana, espectral. Pero esto no da idea de aquella voz. Esto
es el final de mi experiencia, y aquí termina mi relato. Oí la
voz, y ya no me enteré de nada más... La oí allí, sentado, petrificado en aquel cementerio desconocido de la hondonada, rodeado de lápidas leprosas y tumbas desmoronadas. Allí, en
medio de una vegetación putrefacta y vapores corrompidos,
oí claramente la voz que brotó de las recónditas profundida-

des de aquel impuro sepulcro abierto, mientras en torno mío seguían danzando sin forma unas sombras necrófagas, bajo la luna menguante.

Y esto fue lo que dijo:

–¡Loco, Warren ya está MUERTO!

H. P. Lovecraft:
La llave de plata*

Cuando Randolph Carter cumplió los treinta años, perdió la llave de la puerta de los sueños. Anteriormente había compaginado la insulsez de la vida cotidiana con excursiones nocturnas a extrañas y antiguas ciudades situadas más allá del espacio, y a hermosas e increíbles regiones de unas tierras a las que se llega cruzando mares etéreos. Pero al alcanzar la edad madura sintió que iba perdiendo poco a poco esta capacidad de evasión, hasta que finalmente le desapareció por completo. Ya no pudieron hacerse a la mar sus galeras para remontar el río Oukranos, hasta más allá de las doradas agujas de campanario de Thran, ni vagar sus caravanas de elefantes a través de las fragantes selvas de Kled, donde duermen bajo la luna, hermosos e inalterables, unos palacios de veteadas columnas de marfil.

Había leído mucho acerca de cosas reales, y había hablado con demasiada gente. Los filósofos, con su mejor intención, le habían enseñado a mirar las cosas en sus mutuas relaciones lógicas, y a analizar los procesos que originaban sus pensamientos y sus desvaríos. Había desaparecido el encanto, y ha-

* Título original: *The Silver Key*.

38

bía olvidado que toda la vida no es más que un conjunto de imágenes existentes en nuestro cerebro, sin que se dé diferencia alguna entre las que nacen de las cosas reales y las engendradas por sueños que sólo tienen lugar en la intimidad, ni ningún motivo para considerar las unas por encima de las otras. La costumbre le había atiborrado los oídos con un respeto supersticioso por todo lo que es tangible y existe físicamente. Los sabios le habían dicho que sus ingenuas figuraciones eran insulsas y pueriles, y más absurdas aún, puesto que los soñadores se empeñan en considerarlas llenas de sentido e intención, mientras el ciego universo va dando vueltas sin objeto, de la nada a las cosas, y de las cosas a la nada otra vez, sin preocuparse ni interesarse por la existencia ni por las súplicas de unos espíritus fugaces que brillan y se consumen como una chispa efímera en la oscuridad.

Le habían encadenado a las cosas de la realidad, y luego le habían explicado el funcionamiento de esas cosas, hasta que todo misterio hubo desaparecido del mundo. Cuando se lamentó y sintió deseos imperiosos de huir a las regiones crepusculares donde la magia moldeaba hasta los más pequeños detalles de la vida, y convertía sus meras asociaciones mentales en paisaje de asombrosa e inextinguible delicia, le encauzaron en cambio hacia los últimos prodigios de la ciencia invitándole a descubrir lo maravilloso en los vórtices del átomo y el misterio en las dimensiones del cielo. Y cuando hubo fracasado, y no encontró lo que buscaba en un terreno donde todo era conocido y susceptible de medida según leyes concretas, le dijeron que le faltaba imaginación y que no estaba maduro todavía, ya que prefería la ilusión de los sueños al mundo de nuestra creación física.

De este modo, Carter había intentado hacer lo que los demás, esforzándose por convencerse de que los sucesos y las emociones de la vida ordinaria eran más importantes que las fantasías de los espíritus más exquisitos y delicados. Admitió, cuando se lo dijeron, que el dolor animal de un cerdo apalea-

do, o de un labrador dispéptico de la vida real, es más importante que la incomparable belleza de Narath, la ciudad de las
cien puertas labradas, con sus cúpulas de calcedonia, que él
recordaba confusamente de sus sueños; y bajo la dirección de
tan sabios caballeros fomentó laboriosamente su sentido de la
compasión y de la tragedia.

De cuando en cuando, no obstante, le resultaba inevitable
considerar cuán triviales, veleidosas y carentes de sentido
eran todas las aspiraciones humanas, y cuán contradictoriamente contrastaban los impulsos de nuestra vida real con los
pomposos ideales que aquellos dignos señores proclamaban
defender. Otras veces miraba con ironía los principios con los
cuales le habían enseñado a combatir la extravagancia y arti-
ficiosidad de los sueños; porque él veía que la vida diaria de
nuestro mundo es en todo igual de extravagante y artificiosa,
y muchísimo menos valiosa a este respecto, debido a su escasa belleza y a su estúpida obstinación en no querer admitir su
propia falta de razones y propósitos. De este modo, se fue
convirtiendo en una especie de amargo humorista, sin darse
cuenta de que incluso el humor carece de sentido en un universo estúpido y privado de cualquier tipo de autenticidad.

En los primeros días de esta servidumbre, se refugió en la
fe mansa y santurrona que sus padres le habían inculcado con
ingenua confianza, ya que le pareció que de ella nacían místicos senderos que le ofrecían alguna posibilidad de evadirse de
esta vida. Sólo una observación más cuidadosa le hizo comprender la falta de fantasía y de belleza, la rancia y prosaica
vulgaridad, la gravedad de lechuza y las grotescas pretensiones de inquebrantable fe que reinaban de manera aplastante y
opresiva entre la mayor parte de quienes la profesaban; o le
hizo sentir plenamente la torpeza con que trataban de mante-
nerla viva, como si aún fuera el intento de una raza primordial por combatir los terrores de lo desconocido. A Carter le
aburría la solemnidad con que la gente trataba de interpretar
la realidad terrenal a partir de viejos mitos, que a cada paso

eran refutados por su propia ciencia jactanciosa. Y esta serie-
dad inoportuna y fuera de lugar mató el interés que podía haber sentido por las antiguas creencias, de haberse limitado a
ofrecer ritos sonoros y expansiones emocionales con su auténtico significado de pura fantasía.

Pero cuando comenzó a estudiar a los filósofos que habían
derribado los viejos mitos, los encontró aún más detestables
que quienes los habían respetado. No sabían esos filósofos que
la belleza estriba en la armonía, y que el encanto de la vida
no obedece a regla alguna en este cosmos sin objeto, sino únicamente a su consonancia con los sueños y los sentimientos
que han modelado ciegamente nuestras pequeñas esferas a
partir del caos. No veían que el bien y el mal, y la felicidad y la
belleza, son únicamente productos ornamentales de nuestro
punto de vista, que su único valor reside en su relación con lo
que por azar pensaron y sintieron nuestros padres; y que
sus características, aun las más sutiles, son diferentes en cada
raza y en cada cultura. En cambio, negaban todas estas cosas
rotundamente, o las explicaban mediante los instintos vagos
y primitivos que todos compartimos con las bestias y los pa-
tanes; de este modo, sus vidas se arrastraban penosamente
por el dolor, la fealdad y el desequilibrio; aunque, eso sí, hen-
chidas del ridículo orgullo de haber escapado de un mundo
que en realidad no era menos sólido que el que ahora les
sostenía. Lo único que habían hecho era cambiar los falsos
dioses del temor y de la fe ciega por los de la licencia y de la
anarquía.

Carter apenas gozaba de estas modernas libertades, porque resultaban mezquinas e inmundas a su espíritu amante
de la belleza única; por otra parte, su razón se rebelaba contra
la lógica endeble mediante la cual sus paladines pretendían
adornar los brutales impulsos humanos con la santidad arrebatada a los ídolos que acababan de deponer. Veía que la mayor parte de la gente, como el mismo clero desacreditado, seguía sin poder sustraerse a la ilusión de que la vida tiene un

sentido distinto del que los hombres le atribuyen, ni estable-
cer una diferencia entre las nociones de ética y belleza, aun
cuando, según sus descubrimientos científicos, toda la naturaleza proclama a los cuatro vientos su irracionalidad y su
impersonal amoralidad. Predispuestos y fanáticos por las ilusiones preconcebidas de justicia, libertad y conformismo,
habían arrumbado el antiguo saber, las antiguas vías y las
antiguas creencias; y jamás se habían parado a pensar que
ese saber y esas vías seguían siendo la única base de los pensamientos y de los criterios actuales, los únicos guías y las
únicas normas de un universo carente de sentido, de objetivos estables y de hitos fijos. Una vez perdidos estos marcos ar-
tificiales de referencia, sus vidas quedaron privadas de dirección y de interés, hasta que finalmente tuvieron que ahogar el
tedio en el bullicio y en la pretendida utilidad de las prisas, en
el aturdimiento y en la excitación, en bárbaras expansiones y
en placeres bestiales. Y cuando se hallaron hartos de todo
esto, o decepcionados, o la náusea les hizo reaccionar, entonces se entregaron a la ironía y a la mordacidad, y echaron la
culpa de todo al orden social. Jamás lograron darse cuenta de
que sus principios eran tan inestables y contradictorios como
los dioses de sus mayores, ni de que la satisfacción de un momento es la ruina del siguiente. La belleza serena y duradera
sólo se halla en los sueños; pero este consuelo ha sido recha-
zado por el mundo cuando, en su adoración de lo real, arrojó
de sí los secretos de la infancia.

En medio de este caos de falsedades e inquietudes, Carter
intentó vivir como correspondía a un hombre digno, de sentido común y buena familia. Cuando sus sueños fueron pali-
deciendo por la edad y su sentido del ridículo, no los pudo
sustituir por ninguna creencia; pero su amor por la armonía
le impidió apartarse de los senderos propios de su raza y condición. Caminaba impasible por las ciudades de los hombres,
y suspiraba porque ningún escenario le parecía enteramente
real, porque cada vez que veía los rojos destellos del sol refle-

jados en los altos tejados, o las primeras luces del anochecer
en las plazoletas solitarias, recordaba los sueños que había vivido de niño, y añoraba los países etéreos que ya no podía encontrar. Viajar era sólo una burla; ni siquiera la Guerra Mundial le conmovió gran cosa, aunque participó en ella desde el
principio en la Legión Extranjera de Francia. Durante cierto
tiempo trató de buscar amigos, pero no tardó en darse cuenta de que todos ellos eran groseros, banales y monótonos, y
demasiado apegados a las cosas terrenales. Se alegraba vagamente de no tener trato con sus familiares, porque ninguno le
habría sabido comprender, excepto, quizá, su abuelo y su tío
abuelo Christopher; pero hacía tiempo que ambos habían
muerto.

Entonces comenzó a escribir libros de nuevo, cosa que no
hacía desde que los sueños le habían abandonado. Pero tampoco encontró en ello ninguna satisfacción ni desahogo, porque aún sus pensamientos eran demasiado mundanos, y no
podía pensar en cosas hermosas, como antes. Los destellos de
humor irónico echaban abajo los alminares fantasmales que
su imaginación erigía, y su terrenal aversión por todo lo inve-
rosímil marchitaba las flores más delicadas y fascinantes de
sus maravillosos jardines. La religiosidad convencional que
adjudicaba a sus personajes los impregnaba de un sentimen-
talismo empalagoso, en tanto que el mito del realismo y de la
necesidad de pintar acontecimientos y emociones vulgar-
mente humanos, degradaban toda su elevada fantasía, con-
virtiéndola en un fárrago de alegorías mal disimuladas y superficiales sátiras de la sociedad. Así, sus nuevas novelas al-
canzaron un éxito que jamás habían conocido las de antes;
pero al comprender cuán insulsas debían ser para agradar a la
vana muchedumbre, las quemó todas y dejó de escribir. Eran
unas novelas triviales y elegantes, en las que se sonreía educa-
damente de los propios sueños que apenas si describía por
encima; pero se dio cuenta de que eran artificiosas y falsas, y
carecían de vida.

Después de estos intentos se dedicó a cultivar el ensueño deliberado, y ahondó en el terreno de lo grotesco y de lo excéntrico, como buscando un antídoto contra los anteriores lugares comunes. Estos campos no tardaron, sin embargo, en poner de manifiesto su pobreza y su esterilidad, y pronto se dio cuenta de que las habituales creencias ocultistas son tan escasas e inflexibles como las científicas, aunque desprovistas de toda verosimilitud. La estupidez grosera, la superchería y la incoherencia de las ideas no son sueños, ni ofrecen a un espíritu superior ninguna posibilidad de evadirse de la vida real. Así, pues, Carter compró libros aún más extraños, y buscó escritores más profundos y terribles, de fantástica erudición; se sumergió en los arcanos menos estudiados de la conciencia, ahondó en los profundos secretos de la vida, de la leyenda y de la remota antigüedad, y aprendió cosas que le dejaron marcado para siempre. Decidió vivir a su modo y amuebló su casa de Boston de forma que pudiera armonizar con sus cambios de humor. Consagró una habitación a cada uno de ellos, y las pintó con los colores adecuados, disponiendo en ellas los libros convenientes y dotándolas de objetos y aparatos que le proporcionasen las sensaciones requeridas en cuanto a luz, calor, sonidos, sabores y aromas.

Una vez oyó hablar de un hombre al cual, allá en el Sur, le rehuían y le temían todos por las cosas blasfemas que leía en arcaicos libros y en tabletas de arcilla que había conseguido traer clandestinamente de la India y de Arabia. Y fue a visitarlo, y vivió con él, y compartió sus estudios durante siete años, hasta que una noche les sorprendió el horror en un viejo cementerio desconocido, del que, de los dos que habían entrado, sólo uno regresó. Entonces volvió a Arkham, la ciudad terrible y embrujada de Nueva Inglaterra, donde habían vivido sus antepasados, y allí hizo experiencias en la oscuridad, entre sauces venerables y ruinosos tejados, que le hicieron sellar para siempre ciertas páginas del diario de uno de sus predecesores, de una mentalidad excepcionalmente tenebrosa.

Pero estos horrores sólo le llevaron hasta los límites de la realidad; y no pudiendo traspasarlos, no llegó a la auténtica región de los sueños por la que él había vagado durante su juventud. De este modo, cuando cumplió los cincuenta años, perdió toda esperanza de paz o de felicidad, en un mundo demasiado atareado para percibir la belleza y demasiado intelectual para tolerar los sueños.

Habiendo comprendido al fin la fatalidad de todas las cosas reales, Carter pasó sus días en soledad, recordando con añoranza los sueños perdidos de su juventud. Consideró que era una estupidez seguir viviendo de esa manera, y por mediación de un sudamericano, conocido suyo, consiguió una poción muy singular, capaz de sumirle sin sufrimiento en el olvido de la muerte. La desidia y la fuerza de la costumbre, no obstante, le hicieron aplazar esta decisión, y siguió languideciendo sin resolverse a poner fin a su vida, y vagando por el mundo de sus recuerdos. Quitó las extrañas colgaduras de las paredes y volvió a arreglar la casa como en sus primeros años de juventud: repuso las cortinas purpúreas, los muebles victorianos y todo lo demás.

Con el paso del tiempo, casi llegó a alegrarse de haber diferido su determinación, ya que sus recuerdos de juventud y su ruptura con el mundo hicieron que la vida y sus sofisterías le pareciesen muy distantes e irreales, tanto más cuanto que a ello se añadió un toque de magia y esperanza que ahora empezaba a deslizarse en sus descansos nocturnos. Durante años, en sus noches de ensueño, sólo había visto los reflejos deformados de las cosas cotidianas, tal como las veían los más vulgares soñadores; pero ahora comenzaba a vislumbrar de nuevo el resplandor de un mundo extraño y fantástico, de una naturaleza confusa aunque pavorosamente inminente, que adoptaba la forma de escenas nítidas de sus tiempos de niñez y le hacía recordar hechos y cosas intrascendentes, largo tiempo olvidados. A menudo se despertaba llamando a su madre y a su abuelo, cuando hacía ya un cuarto de siglo que ambos descansaban en sus tumbas.

Luego, una noche, su abuelo le recordó la llave. Aquel sabio de cabeza encanecida, con la misma apariencia de vida que en sus buenos tiempos, le habló larga y seriamente de su rancia estirpe y de las extrañas visiones que habían tenido aquellos hombres refinados y sensibles que eran sus antepasados. Le habló del cruzado de ojos llameantes, y de los crueles secretos que éste aprendió de los sarracenos durante el tiempo que lo tuvieron en cautiverio del primer sir Randolph Carter, que estudió artes mágicas en tiempos de la reina Isabel. Asimismo, le habló de Edmund Carter, que estuvo a punto de ser ahorcado con las brujas de la ciudad de Salem, y que había guardado en una caja una gran llave de plata que había recibido de manos de sus mayores. Antes que Carter despertara, su etéreo visitante le dijo dónde encontraría la caja y que se trataba de un cofrecillo de prodigiosa antigüedad, cuya tosca tapa, tallada en madera de roble, no había abierto mano alguna desde hacía doscientos años.

Entre el polvo y las sombras del desván lo encontró, remoto y olvidado en el último cajón de una enorme cómoda. El cofrecillo era como de un pie cuadrado, y tenía unos bajorrelieves góticos tan tenebrosos, que no se extrañó de que nadie se hubiera atrevido a abrirlo desde los tiempos de Edmund Carter. No sonó nada dentro al sacudirlo, pero despidió místicos perfumes de especias olvidadas. Lo de que contenía una llave no era, sin duda alguna, más que una oscura leyenda. Ni siquiera el padre de Randolph Carter había sabido nunca que existiese tal cofrecillo. Estaba reforzado con tiras de hierro herrumbroso y no parecía haber medio alguno de abrir su imponente cerradura. Carter tenía el vago presentimiento de que dentro encontraría la llave de la perdida puerta de los sueños, pero su abuelo no le había dicho una sola palabra de cómo y dónde usarla.

Un viejo criado suyo forzó la tapa esculpida y al hacerlo, las horribles caras les miraron desde la madera ennegrecida. En el interior un pergamino descolorido envolvía una enorme llave de plata deslustrada, labrada con misteriosos arabescos; pero no había allí explicación legible de ninguna clase. El pergamino era voluminoso, y estaba cubierto de extraños jeroglíficos pertenecientes a una lengua desconocida, trazados con un antiguo junco. Carter reconoció en ellos los mismos caracteres que había visto en cierto rollo de papiro que perteneciera al terrible sabio del Sur, el que desapareció una noche en determinado cementerio de remota antigüedad. Aquel hombre se estremecía siempre que consultaba el rollo, y Carter tembló ahora también.

Pero limpió la llave y la conservó esa noche a su lado, metida en su aromático estuche de roble viejo. Entre tanto, sus sueños se fueron haciendo más vívidos y, aunque en ellos no aparecía ninguna de aquellas extrañas ciudades, ni los increíbles jardines de sus viejos tiempos, fueron adquiriendo un significado definido cuya finalidad no dejaba lugar a dudas. Era llamado en sueños desde un pasado remoto, y se sentía arrastrado por las voluntades unidas de todos sus antepasados hacia alguna fuente oculta y ancestral. Entonces comprendió que debía penetrar en el pasado y confundirse con las viejas cosas; y día tras día pensó en las colinas del norte, donde se hallan la encantada ciudad de Arkham y el impetuoso Miskatonic, y la rústica y solitaria morada de su familia.

Bajo la lívida luz del otoño, Carter emprendió el viejo camino a través de un mágico panorama de colinas onduladas y de prados cercados de piedra, y atravesó el valle lejano de laderas cubiertas de bosque, recorrió la serpeante carretera, pasó junto a las abrigadas granjas y bordeó los meandros cristalinos del Miskatonic, cruzado aquí y allá por rústicos puentecillos de madera o de piedra. En una de sus curvas vio el grupo de olmos gigantescos donde había desaparecido misteriosamente uno de sus antepasados hacía ciento cincuenta años, y se estremeció al sentir el viento que soplaba de modo significativo entre sus troncos. Luego apareció la casa

solitaria y ruinosa del viejo Goody Fowler, el brujo, con sus
ventanucos endemoniados y su gran tejado que descendía
casi hasta el suelo por la parte de atrás. Pisó el acelerador al
pasar por delante, y no moderó la marcha hasta haber coronado la colina donde había nacido su madre, y los padres de
su madre, en un blanco y viejo caserón que todavía conservaba su imponente aspecto desde la carretera, colgado sobre un
paisaje trágico y maravilloso de rocosas pendientes y valles
verdeantes, en cuyo horizonte se divisaban los lejanos campanarios de Kingsport, y aún más allá se adivinaba la presencia
de un mar arcaico y henchido de sueños.

Luego vino la ladera de monte bajo donde se alzaba la
mansión que Carter no había visitado desde hacía cuarenta
años. Caía ya la tarde cuando llegó al pie del lugar, y a mitad
de camino se detuvo a contemplar la extensa comarca dorada
y celestial, inundada por la luz sesgada del sol poniente. Toda
la fantasía y el anhelo de sus sueños recientes parecían encar-
nar en este paisaje apacible y extraño que le sugería la ignorada soledad de otros planetas. Recorrió con la mirada el tapiz
desierto de los prados que se estremecía entre tapias derruidas y mágicos macizos de bosque que destacaban por encima del
ondulado perfil de las colinas, y el valle espectral, poblado de
árboles, que se precipitaba entre sombras hacia los húmedos
bordes de los riachuelos cuyas aguas sollozaban al discurrir
gorgoteantes entre hinchadas y retorcidas raíces.

Algo le dijo que su automóvil no pertenecía a este universo, así que lo dejó junto al límite del bosque y, metiéndose la
enorme llave en el bolsillo de la chaqueta, siguió subiendo a
pie por la cuesta. Se internó en lo profundo del bosque, aun a
sabiendas de que el edificio estaba en lo alto de una loma totalmente despejada de árboles, excepto por el norte. Se preguntó qué aspecto ofrecería la casa, puesto que estaba vacía y
abandonada, en parte por culpa suya, desde la muerte de su
extraño tío abuelo Christopher, ocurrida hacía treinta años.
Durante su niñez había pasado largas temporadas allí, y había

descubierto extrañas maravillas en los bosques que se extendían al otro lado del huerto.

Las sombras se hicieron más densas a su alrededor, porque la noche estaba cerca. A su derecha, se abrió entre los árboles un calvero, de suerte que, durante un momento, pudo distinguir leguas y leguas de praderas bañadas de luz crepuscular; y al fondo, el campanario de la Congregación, que se alzaba sobre la Colina Central de Kingsport. Arrebolados con el último resplandor del día, los cristales redondos de las lejanas ventanitas parecían despedir llamaradas del fuego. Sin embargo, al sumergirse de nuevo en las sombras, recordó de pronto, con un sobresalto, que esta visión fugaz no podía proceder sino de algún trasfondo de su memoria infantil, ya que hacía mucho tiempo que la iglesia había sido derruida para construir en su lugar el Hospital de la Congregación. Había leído la noticia con interés, ya que el periódico hablaba además de las extrañas galerías o pasadizos que se habían encontrado en la roca, bajo sus cimientos.

A través de su confusión, le pareció oír una voz aflautada, y al reconocer su acento familiar después de tantos años, sintió un nuevo escalofrío. Benjiah Corey, el antiguo criado de su tío Christopher, era ya un anciano en aquella época lejana de su niñez en que venía a pasar temporadas enteras al viejo caserón. Ahora tendría más de ciento cincuenta años; pero aquella voz cascada no podía ser de nadie más. Carter no pudo distinguir lo que decía, pero el tono era inconfundible y obsesionante. ¡Quién iba a decir que el «Viejo Benjy» aún estaba vivo!

–¡Señorito Randy! ¡Señorito Randy! ¿Dónde estás? ¿Quieres matar de un disgusto a tu tía Martha? ¿No te dijo que no te alejaras de la casa cara a la noche, y que volvieras antes de oscurecer? ¡Randy! ¡Ran...dyyy! En mi vida he visto un chiquillo que le guste tanto corretear por el bosque; se pasa el día merodeando por esa maldita caverna de serpientes... ¡Eh, Ran...dyyy!

Randolph Carter se paró en la densa oscuridad y se restregó los ojos con la mano. Era muy extraño. Algo no andaba bien. Se encontraba en un paraje donde no debía estar; se había extraviado en unos lugares muy apartados, adonde no debía haber ido, y ahora era imperdonablemente tarde. No había mirado la hora en el reloj del campanario de Kingsport, aun cuando podía haberla visto fácilmente con su catalejo de bolsillo, pero sabía que su retraso era algo muy extraño y sin precedentes. No estaba seguro de haberse traído consigo el catalejo, y se metió la mano en el bolsillo de la blusa para cerciorarse. No, no lo traía; pero en cambio llevaba una llave de plata que había encontrado en alguna parte, dentro de una caja. Tío Chris le dijo una vez algo muy raro acerca de una arqueta cerrada donde había una llave, pero tía Martha le hizo callar bruscamente, diciendo que no debía contar historias de ese género a un muchacho que ya tenía la cabeza demasiado llena de quimeras. Entonces intentó recordar exactamente dónde había encontrado la llave, pero todo era muy confuso. Se preguntó si no sería en el desván de su casa de Boston, y se acordó vagamente de haber sobornado a Parks con el sueldo de media semana para que le ayudara a abrir la caja, y guardara silencio después; pero al evocar la escena, la cara de Parks le resultó muy extraña, como si las arrugas de innumerables años hubieran hecho presa de pronto en el vivo y menudo *cockney.*

–¡Ran... dyyy! ¡Ran... dyyy! ¡Eh! ¡Eh! ¡Randy!

Una linterna oscilante apareció por la curva oscura, y el viejo Benjiah se arrojó sobre la silueta silenciosa y perpleja de Carter.

–¡Maldito crío, ahí estabas tú! ¿No tienes lengua en la boca, que no contestas? ¡Hace media hora que te estoy llamando, y me has tenido que oír hace rato! ¿Es que no sabes que tu tía Martha está la mar de preocupada por tu culpa? ¡Espera y verás, cuando se lo diga a tu tío Chris! ¡Deberías saber que estos bosques no son lugar a propósito para andar por ahí a estas horas! Te puedes tropezar con cosas malas, de las que nada bueno puedes esperar, como mi abuelo sabía muy bien antes que yo. ¡Vamos, señorito Randy, o Hanna no nos guardará la cena!

De este modo, Carter se vio arrastrado cuesta arriba, hacia donde brillaban fascinantes las estrellas a través de los altos ramajes otoñales. Y oyeron ladrar a los perros, y vieron la luz amarillenta de las ventanas tras la última revuelta del camino, y contemplaron el parpadeo de las Pléyades por encima del calvero donde se erguía un gran tejado negro contra el agonizante crepúsculo de poniente. Tía Martha estaba en el umbral, y no regañó demasiado al pequeño tunante cuando Benjiah lo hizo entrar. Demasiado bien sabía por tío Chris que estas cosas eran propias de los Carter. Randolph no le enseñó la llave, sino que cenó en silencio y sólo protestó cuando llegó la hora de acostarse. Él solía soñar mejor despierto, y por otra parte, quería utilizar la llave aquella.

A la mañana siguiente, Randolph se levantó temprano, y habría echado a correr hacia la arboleda de arriba, si su tío Chris no le hubiera cogido, obligándole a sentarse a desayunar. Impaciente paseó la mirada a su alrededor, por aquella estancia de suelo inclinado, por la alfombra andrajosa, por las descubiertas vigas del techo y por los pilares angulares, y sólo sonrió cuando las ramas del huerto arañaron los cristales de la ventana del fondo. Los árboles y las colinas estaban allí cerca, a su lado, y constituían las puertas de aquel reino intemporal que era su verdadera patria.

Luego, cuando le dejaron libre, se tentó el bolsillo de la blusa para ver si tenía la llave; y al ver que sí, cruzó el huerto y echó hacia arriba, por donde el monte se elevaba hasta por encima del calvero. El suelo del bosque estaba tapizado de musgo y de misterio. Los grandes peñascos cubiertos de líquenes se erguían vagamente, bajo la luz difusa, como enormes monolitos druidas entre los troncos inmensos y retorcidos de un bosque sagrado. A mitad de su ascenso, Randolph cruzó un torrente cuyas casca-

das, un poco más abajo, cantaban misteriosos sortilegios a los
faunos escondidos, a los egipanes y a las dríadas.

Luego llegó a la extraña cueva que se abría en la falda del
monte, a la temible Caverna de las Serpientes que la gente del
campo solía rehuir, y de la que pretendía mantenerle alejado
Benjiah. La cueva era profunda, más profunda de lo que cualquiera habría sospechado, porque Randolph había descubierto una hendidura en el rincón más profundo y oscuro,
que daba acceso a otra gruta más grande aún: a un espacio secreto y sepulcral cuyas graníticas paredes daban la impresión
de haber sido trabajadas por un ser inteligente. Esta vez entró
reptando, como en las demás ocasiones, y alumbrándose con
las cerillas que había cogido del cuarto de estar, y se deslizó
por la grieta del final con una ansiedad inexplicable para sí
mismo. No sabía por qué razón se aproximó a la pared del
fondo con tanta resolución, ni por qué sacó instintivamente la
gran llave de plata. Pero siguió adelante; y cuando, aquella
noche, regresó excitado a casa, no dio ninguna explicación
por su tardanza, ni prestó la más mínima atención a la rega-
ñina que se ganó por haber ignorado totalmente la llamada
de cuerno que anunciaba la comida de mediodía.

Hoy coinciden todos los parientes lejanos de Randolph Carter en que, cuando éste tenía diez años, ocurrió algo que despertó su imaginación. Su primo Ernest B. Aspinwall, de Chicago, es diez años mayor que él, y recuerda muy bien el cambio operado en el muchacho después del otoño de 1883.
Randolph había contemplado paisajes fantásticos, como nadie los ha contemplado en la vida; pero más extraños aún
eran algunos de los poderes que mostró en relación con cosas
muy reales. Parecía, en suma, haber adquirido el don singular
de la profecía, y a veces reaccionaba de un modo extraño ante
cosas que, pese a carecer totalmente de importancia en aquel
momento, justificaban más tarde sus singulares actitudes. En

el curso de los decenios subsiguientes, a medida que se inscribían nuevos inventos, nuevos nombres y nuevos acontecimientos en el libro de la historia, la gente podía recordar sorprendida cómo Carter se había referido años antes a cosas que de algún modo, pero inequívocamente, se relacionaban con ellos. Él mismo no comprendía sus propias palabras, ni sabía por qué ciertas cosas le producían determinada emoción, aunque suponía que ello era debido seguramente a algún sueño que a la sazón no lograba recordar. A principios de 1897, cuando cierto viajero mencionó el pueblo francés de Belloy-en-Santerre, se puso pálido, y sus amigos lo recordaron después porque, en 1916, durante la Guerra Mundial, recibió en ese pueblo una herida que estuvo a punto de costarle la vida.

Los parientes de Carter hablan a menudo de todo esto, porque él ha desaparecido recientemente. Su viejo criado, el menudo Parks, que durante muchos años había soportado con paciencia sus extravagancias, fue el último que le vio aquella mañana en que cogió el coche y se fue con una llave que acababa de encontrar. Parks le había ayudado a sacar la llave del antiguo cofrecillo que la contenía, y se sentía singularmente impresionado por los grotescos relieves que adornaban dicha arqueta, y por alguna otra causa que no le era posible referir. Cuando Carter se marchó, dejó dicho que iba a los alrededores de Arkham a visitar la comarca de sus antepasados.

A mitad de la cuesta del Monte del Olmo, por la carretera que va hacia las ruinas de la morada solariega de los Carter, encontraron el coche cuidadosamente aparcado en la cuneta. Dentro encontraron un cofrecillo de aromática madera, adornado con unos relieves que llenaron de pavor a los campesinos que dieron con el vehículo. Este cofrecillo contenía tan sólo un pergamino, cuyos caracteres no pudieron descifrar ni lingüistas ni paleógrafos. La lluvia había borrado las huellas de sus pasos, pero parece que la policía de Boston podría haber dicho mucho sobre el desorden que reinaba entre las vigas derrumbadas de la mansión de los Carter. Era, según dijeron, como si alguien hubiera andado revolviendo entre las ruinas recientemente. Encontraron, algo más allá, un pañuelo blanco de bolsillo entre las rocas del bosque pero no pudieron demostrar que pertenecía al desaparecido.

Entre los herederos de Randolph Carter se habla de repartir sus bienes, pero yo pienso oponerme firmemente a ello porque no creo que haya muerto. Existen repliegues en el tiempo y en el espacio, en la fantasía y en la realidad, que sólo un soñador puede adivinar; y, por lo que sé de Carter, creo que lo que ha sucedido es que ha descubierto un medio de atravesar estos nebulosos laberintos. Si volverá o no alguna vez, es cosa que no puedo afirmar. Él buscaba las perdidas regiones de sus sueños y sentía nostalgia por los días de su niñez. Después encontró una llave, y me inclino a creer que logró utilizarla para sus extraños fines.

Se lo preguntaré cuando le vea, porque espero encontrarlo en cierta ciudad soñada que ambos solíamos frecuentar. Se dice en Ulthar, comarca que se extiende al otro lado del río Skai, que un nuevo rey ocupa el trono de ópalo de Ilek-Vad, la ciudad fabulosa de infinitos torreones que se asienta en lo alto de los acantilados de cristal que dominan ese mar crepuscular donde los gnorri, seres barbudos con aletas natatorias, construyen sus singulares laberintos; y creo que sé cómo interpretar este rumor. Ciertamente, espero con impaciencia el momento de contemplar esa gran llave de plata, porque en sus misteriosos arabescos pueden estar simbolizados todos los designios y secretos de un cosmos ciegamente impersonal.

E. Hoffmann Price y H. P. Lovecraft:
A través de las puertas de la llave de plata*

1

En una inmensa sala de paredes ornadas con tapices de extrañas figuras y suelo cubierto con alfombras de Boukhara de extraordinaria manufactura e increíble antigüedad, se hallaban cuatro hombres sentados en torno a una mesa atestada de documentos. En los rincones de unos trípodes de hierro forjado que un negro de avanzadísima edad y oscura librea alimentaba de cuando en cuando, emanaban los hipnóticos perfumes del olíbano, mientras en un nicho profundo, a uno de los lados, latía acompasado un extraño reloj en forma de ataúd, cuya esfera estaba adornada de enigmáticos jeroglíficos, y cuyas cuatro manecillas no giraban de acuerdo con ningún sistema cronológico de este planeta. Era una estancia turbadora y extraña, pero muy en consonancia con las actividades que se desarrollaban en ella. Porque allí, en la residencia de Nueva Orleans del místico, matemático y orientalista más grande de este continente, se estaba ventilando el reparto de la herencia de un sabio, místico, escritor y soñador no

* Título original: *Through the Gates of the Silver Key.*

menos eminente, que cuatro años antes había desaparecido
de este mundo.

Randolph Carter, que durante toda su vida había tratado
de sustraerse al tedio y a las limitaciones de la realidad ordinaria evocando paisajes de ensueño y fabulosos accesos a
otras dimensiones, desapareció del mundo de los hombres el
7 de octubre de 1928, a la edad de cincuenta y cuatro años. Su
carrera había sido extraña y solitaria, y había quienes supo-
nían, por sus extravagantes novelas, que habían debido suce-
derle cosas aún más extrañas que las que se conocían de él. Su
asociación con Harley Warren, el místico de Carolina del Sur
cuyos estudios sobre la primitiva lengua *naakal* de los sacerdotes himalayos tan atroces consecuencias tuvieron, fue muy
íntima. Efectivamente, Carter había sido quien –una noche
enloquecedora y terrible, en un antiguo cementerio– vio descender a Warren a la cripta húmeda y salitrosa de la que nunca regresó. Carter vivía en Boston, pero todos sus antepasados procedían de esa región montañosa y agreste que se extiende tras la vetusta ciudad de Arkham, llena de leyendas y
brujerías. Y fue allí, entre esos montes antiguos, preñados de
misterio, donde, finalmente, había desaparecido él también.

Parks, su viejo criado, que murió a principios de 1930, se
había referido a cierto cofrecillo de madera extrañamente
aromática, cubierto de horribles adornos que había encontrado en el desván, a un pergamino indescifrable, y a una llave de plata labrada con raros dibujos que contenía la arqueta.
En torno a estos objetos, el propio Carter había mantenido
correspondencia con otras personas. Carter, según dijo, le
había contado que esta llave provenía de sus antepasados y
que le ayudaría a abrir las puertas de su infancia perdida, y de
extrañas dimensiones y fantásticas regiones que hasta entonces había visitado sólo en sueños vagos, fugaces y evanescentes. Un día, finalmente, Carter había cogido el cofrecillo
con su contenido, y se había marchado en su coche para no
volver más.

Más tarde habían encontrado el coche al borde de una carretera vieja y cubierta de yerba que, a espaldas de la desolada ciudad de Arkham, atraviesa las colinas que habitaron un día los antepasados de Carter, de cuya gran residencia sólo queda el sótano ruinoso, abierto de cara al cielo. En un bosquecillo de olmos inmensos había desaparecido en 1781 otro de los Carter, no muy lejos de la casita medio derruida donde la bruja Goody Fowler preparaba sus abominables pociones, tiempo atrás. En 1692 la región había sido colonizada por gentes que huían de la caza de brujas de Salem, y aún ahora conserva una fama vagamente siniestra, aunque debida a unos hechos difíciles de determinar. Edmund Carter había logrado huir justo a tiempo del Monte de las Horcas adonde le querían llevar sus conciudadanos, pero todavía corrían muchos rumores acerca de sus hechizos y brujerías. ¡Y ahora, al parecer, su único descendiente había ido a reunirse con él!

En el coche habían encontrado el cofrecillo de horribles relieves y fragante madera, así como el pergamino indescifrable. La llave de plata no estaba. Se supone que Carter se la había llevado consigo. Y no se tenían referencias del caso. La policía de Boston había dicho que las vigas derrumbadas de la vieja morada de los Carter mostraban cierto desorden, y alguien había encontrado un pañuelo en la siniestra ladera rocosa cubierta de árboles que se eleva detrás de las ruinas, no lejos de la terrible caverna llamada de las Serpientes.

Fue entonces cuando las leyendas que corrían por la región sobre la Caverna de las Serpientes cobraron renovada vitalidad. Los campesinos volvieron a hablar en voz baja de las prácticas impías a las que el viejo Edmund Carter el brujo se había entregado en aquella horrible gruta, a lo que ahora venía a añadirse la extraordinaria afición que el propio Randolph Carter había mostrado de niño por ese lugar. Durante la infancia de Carter, la venerable mansión se había mantenido en pie, con su anticuada techumbre de cuatro vertientes, habitada sólo por su tío abuelo Christopher. Él la había visita-

do con frecuencia, y había hablado de modo especial sobre la
Caverna de las Serpientes. Las gentes recordaban que más de
una vez se había referido a una grieta que había en un rincón
ignorado de la cueva, y hacían cábalas sobre el cambio que
había experimentado a raíz de un día que pasó entero dentro
de la caverna, a los nueve años de edad. Esto había sucedido
en octubre, y desde entonces parecía haber adquirido una
inusitada facultad de predecir acontecimientos futuros.

La noche en que desapareció Carter había llovido, y nadie
pudo encontrar la menor huella de los pasos que dio al bajar
del coche. En el interior de la Caverna de las Serpientes se había formado un barro líquido y viscoso, debido a las grandes
filtraciones de agua. Sólo los rústicos ignorantes murmura-
ron sobre ciertas huellas que habían creído descubrir en el sitio donde los grandes olmos sobresalían por encima de la carretera y en la siniestra pendiente próxima a la Caverna de las
Serpientes donde había sido encontrado el pañuelo. Pero,
¿quién iba a hacer caso de aquellos rumores, según los cuales
esas huellas eran idénticas a las que dejaban las botas de pun-
tera cuadrada que había usado Randolph Carter cuando era
niño? Esa historia era tan insensata como aquella otra de que
habían visto las huellas inconfundibles de las botas de Benjiah Corey, que según decían iban al encuentro de las huellas
pequeñas de la carretera. El viejo Benjiah Corey había sido el
criado del señor Carter cuando Randolph era muy joven,
pero hacía treinta años que había muerto.

Debieron ser esos rumores –añadidos a las manifestaciones que el propio Carter había hecho a Parks y a otros sobre
su suposición de que la labrada llave de plata le ayudaría a
abrir las puertas de su perdida infancia– los que indujeron a
ciertos investigadores ocultistas a declarar que el desaparecido había conseguido dar la vuelta a la marcha del tiempo, re-
gresando, a través de cincuenta y cuatro años, a ese día de octubre de 1883 en que, siendo niño, había permanecido tantas
horas en la Caverna de las Serpientes. Sostenían que, cuando

salió aquella noche de la cueva, Carter había logrado de algún modo viajar hasta 1928 y volver. ¿Acaso no sabía después las cosas que habrían de suceder más tarde? Y no obstante, jamás se había referido a suceso alguno posterior a 1928.

Uno de estos sabios –un viejo excéntrico de Providence, Rhode Island, que había mantenido una larga y estrecha correspondencia con Carter– tenía una teoría aún más complicada: decía que no sólo había regresado a la niñez, sino que había alcanzado un grado de liberación aún mayor, pudiendo recorrer ahora a capricho los paisajes prismáticos de sus sueños infantiles. Tras haber sufrido una extraña visión, este hombre publicó un relato sobre la desaparición de Carter, en el que insinuaba la posibilidad de que éste ocupase el trono de ópalo de Ilek-Vad, fabulosa ciudad de innumerables torreones, asentada en lo alto de los acantilados de cristal que dominan ese mar crepuscular en que los gnorri, barbudas criaturas provistas de aletas natatorias, construyen sus singulares laberintos.

Fue este anciano, Ward Phillips, quien más enérgicamente se opuso al reparto de los bienes de Carter entre sus herederos –todos ellos primos lejanos– alegando que éste aún seguía con vida en otra dimensión del tiempo, y que muy bien podría ser que regresara un día. Contra este argumento se alzó uno de los primos, Ernest K. Aspinwall, de Chicago, diez años mayor que Carter, que era un abogado experto y combativo como un joven cuando se trataba de batallas forenses. Durante cuatro años la contienda había sido furiosa; pero la hora del reparto había sonado, y esta inmensa y extraña sala de Nueva Orleans iba a ser el escenario del acuerdo.

La casa pertenecía al albacea testamentario de Carter para los asuntos literarios y financieros: el distinguido erudito en misterios y antigüedades orientales, Etienne-Laurent de Marigny, de ascendencia criolla. Carter había conocido a De Marigny durante la guerra, cuando ambos servían en la Legión Extranjera francesa, y en seguida se sintió atraído por él a

causa de la similitud de gustos y pareceres. Cuando, durante
un memorable permiso colectivo, el erudito y joven criollo
condujo al ávido soñador bostoniano a Bayona, en el sur de
Francia, y le enseñó ciertos secretos terribles que ocultaban
las tenebrosas criptas inmemoriales excavadas bajo esa ciudad milenaria y henchida de misterios, la amistad entre ambos quedó sellada para siempre. El testamento de Carter
nombraba como albacea a De Marigny, y ahora este estudio-
so infatigable presidía de mala gana el reparto de la herencia.
Era un triste deber para él porque, como le pasaba al viejo excéntrico de Rhode Island, tampoco él creía que Carter hubiera muerto. Pero, ¿qué peso podían tener los sueños de dos
místicos frente a la rígida ciencia mundana?

En aquella extraña habitación del viejo barrio francés, se
habían sentado en torno a la mesa unos hombres que pretendían tener algún interés en el asunto. La reunión se había
anunciado, como es de rigor en estos casos, en los periódicos
de las ciudades donde se suponía que pudiera vivir alguno de
los herederos de Carter. Sin embargo, sólo había allí cuatro
personas reunidas escuchando el tic-tac singular de aquel reloj en forma de ataúd que no marcaba ninguna hora terrestre,
y el rumor cristalino de la fuente del patio que se veía a través
de las cortinas. A medida que pasaban las horas lentamente,
los semblantes de los cuatro se iban borrando tras el humo
ondulante de los trípodes que cada vez parecían necesitar
menos los cuidados de aquel viejo negro de furtivos movimientos y creciente nerviosidad.

Los presentes eran el propio Etienne de Marigny, hombre
enjuto de cuerpo, moreno, elegante, de grandes bigotes y aspecto joven, Aspinwall, representante de los herederos, de ca-
bellos blancos y rostro apoplético, rollizo, y con enormes patillas; Phillips, el místico de Providence, flaco, de pelo gris,
nariz larga, cara afeitada y cargado de espaldas; el cuarto era
de edad indefinida, delgado, rostro moreno y barbudo, absolutamente impasible, tocado de un turbante que denotaba su

elevada casta brahmánica. Sus ojos eran negros como la noche, llenos de fuego, casi sin iris, y parecía mirar desde un abismo situado muy por detrás de su rostro. Se había presentado a sí mismo como el *swami* Chandraputra, un adepto venido de Benarés con cierta información de suma importancia. Tanto De Marigny como Phillips –que habían mantenido correspondencia con él– habían reconocido inmediatamente la autenticidad de sus pretensiones esotéricas. Su voz tenía un acento singular, un tanto forzado, hueco, metálico, como si el empleo del inglés resultara difícil a sus órganos vocales; no obstante, su lenguaje era tan fluido, correcto y natural como el de cualquier anglosajón. Su indumentaria general era europea, pero las ropas le quedaban flojas y le caían extraordinariamente mal, lo cual, sumado a su barba negra y espesa, su turbante oriental y sus blancos mitones, le daba un aire de exótica excentricidad.

De Marigny, manoseando el pergamino hallado en el coche de Carter, decía:

–No, no he podido descifrar una sola letra del pergamino. El señor Phillips, aquí presente, también ha desistido. El coronel Churchward afirma que no se trata de la lengua *naakal*, y que no tiene el menor parecido con los jeroglíficos de las mazas de guerra de la Isla de Pascua. Los relieves del cofre, en cambio, recuerdan muchísimo a las esculturas de la Isla de Pascua. Que yo recuerde, lo más parecido a estos caracteres del pergamino (observen cómo todas las letras parecen colgar de las líneas horizontales) es la caligrafía de un libro que poseía el malogrado Harley Warren. Le acababa de llegar de la India, precisamente cuando Carter y yo habíamos ido a visitarle, en 1919, y no quiso decirnos de qué se trataba. Aseguraba que era mejor que no supiéramos nada, y nos dio a entender que acaso su origen fuera extraterrestre. Se lo llevó consigo aquel día de diciembre en que bajó a la cripta del antiguo cementerio, pero ni él ni su libro volvieron a la superficie otra vez. Hace algún tiempo le envié aquí, a nuestro amigo el *swami* Chandraputra, el dibujo de alguna de aquellas letras, hecho de memoria, y una fotocopia del manuscrito de Carter. Él cree que podrá aportar alguna luz sobre tales caracteres después de realizar ciertas investigaciones y consultas. En cuanto a la llave, Carter me envió una fotografía. Sus extraños arabescos no son letras, pero parece como si perteneciesen a la misma tradición cultural que el pergamino. Carter decía siempre que estaba a punto de resolver el misterio, aunque nunca llegó a darme detalles. Una vez casi se puso poético hablando de todo este asunto. Aquella antigua llave de plata, según decía, abriría las sucesivas puertas que impiden nuestro libre caminar por los imponentes corredores del espacio y del tiempo, hasta el mismo confín que ningún hombre ha traspasado jamás desde que Shaddad, empleando su genio terrible, construyó y ocultó en las arenas de la Pétrea Arabia las prodigiosas cúpulas y los incontables alminares de Irem, la ciudad de los mil pilares. Según escribió Carter, han regresado santones hambrientos y nómadas enloquecidos por la sed, para hablar de su pórtico monumental y de la mano esculpida sobre la clave del arco; pero ningún hombre lo ha cruzado y ha vuelto después para decirnos que sus huellas atestiguan su paso por las arenas del interior. Carter suponía que la llave era precisamente lo que la mano ciclópea intentaba agarrar en vano. Lo que no sabemos es por qué razón no se llevó Carter el pergamino lo mismo que la llave. Tal vez lo olvidaría, o quizá se abstuvo al recordar que su amigo llevaba consigo un libro de parecidos caracteres al descender a la cripta y no regresó. O sencillamente, puede que no tuviera nada que ver con la empresa que él pretendía llevar a cabo. Al interrumpirse De Marigny, el anciano señor Phillips dijo con voz áspera y chillona:

–Sólo podemos conocer los vagabundeos de Carter por nuestros propios sueños. Yo he estado en lugares muy extraños en mis sueños, y he oído cosas muy raras y significativas en Ulthar, al otro lado del río Skai. Parece que el pergamino no debía de hacerle falta, ya que Carter, lo que pretendía era regresar al mundo de los sueños de su niñez, y ahora es rey de Ilek-Vad.

El señor Aspinwall se puso aún más apoplético y farfulló:

–¿Por qué no hacen que se calle ese viejo loco? Ya hemos tenido bastantes tonterías de ese tipo. El problema ahora es hacer el reparto, y ya es hora de que nos pongamos a ello.

Por primera vez habló el *swami* Chandraputra con su voz singularmente metálica y lejana:

–Señores, en todo este asunto hay algo más de lo que ustedes piensan. El señor Aspinwall no hace bien en burlarse de la veracidad de los sueños. El señor Phillips tiene una idea incompleta de la cuestión, quizá porque no ha soñado lo suficiente. Por mi parte, he soñado muchísimo. En la India soñamos todos mucho, y ésta parece ser también la costumbre de los Carter. Usted, señor Aspinwall, es primo suyo por parte de madre, y por lo tanto no es Carter. Mis propios sueños, y algunas otras fuentes de información, me han revelado ciertas cosas que todavía siguen oscuras para ustedes. Por ejemplo, Randolph Carter dejó olvidado ese pergamino que no pudo descifrar, pero le habría sido muy conveniente llevárselo. Como ven ustedes, he llegado a enterarme de muchas cosas que le sucedieron a Carter desde que, hace cuatro años, en el atardecer del 7 de octubre, abandonó su coche y se fue con la llave de plata.

Aspinwall soltó una risotada, pero los demás quedaron en suspenso, presos de un renovado interés. El humo de los trípodes aumentaba, y el tic-tac extravagante de aquel reloj en forma de ataúd pareció convertirse en los puntos y rayas de algún mensaje telegráfico remoto y terrible, procedente de los espacios exteriores. El hindú se echó hacia atrás, cerró los ojos casi por completo y siguió hablando en su tono ligeramente forzado, aunque con fluidez. Y, a medida que hablaba, fue tomando forma ante su auditorio el cuadro de lo que había sucedido a Randolph Carter.

2

«Las colinas que se extienden más allá de la ciudad de Arkham están impregnadas de extraña magia por algo, quizá,
que el viejo hechicero Edmund Carter invocaría de las estrellas, o que haría emerger de las más profundas criptas de la
tierra, cuando se refugió en aquellos parajes al huir de Salem
en 1692. Tan pronto como Randolph Carter volvió a las colinas, comprendió que se encontraba cerca de las puertas que
sólo unos pocos hombres temerarios y execrados han logrado abrir a través de las titánicas murallas que separan el mundo y lo absoluto. Presentía que aquí y ahora podría poner en
práctica con éxito el mensaje, descifrado meses antes, que se
ocultaba en los arabescos de aquella enmohecida e increíble-
mente antigua llave de plata. Ahora sabía cómo hacerla girar
y cómo alzarla bajo los rayos del sol poniente y qué fórmulas
ceremoniales debían entonarse en el vacío, al dar la novena y
última vuelta. En un lugar tan próximo al vértice transdi-
mensional y a la puerta mística, era imposible que la llave fa-
llara en la misión para la que había sido creada. Era seguro
que Carter descansaría aquella noche de su perdida niñez,
por la que nunca había dejado de suspirar.

»Salió del coche con la llave en el bolsillo, y caminó cuesta
arriba por la serpeante carretera, adentrándose en el corazón
de aquella comarca embrujada y sombría. Cruzó las tapias de
piedra cubiertas de enredadera, el bosque de árboles amena-
zadores y ramaje retorcido, el huerto abandonado, la granja
desierta de rotas ventanas abiertas, y las ruinas sin nombre. A
la hora del crepúsculo, cuando las lejanas agujas de campanario de Kingsport relucían con resplandores rojizos sacó la llave, le dio las vueltas necesarias y entonó las fórmulas requeridas. Sólo más adelante se dio cuenta de la prontitud con que
surtió efecto este ritual.

»Luego, en la creciente oscuridad del crepúsculo, oyó una
voz del pasado: la del viejo Benjiah Corey, el criado de su tío

abuelo. ¿No hacía treinta años que había muerto Benjiah? ¿Pero treinta años a partir de qué fecha? ¿En qué año estaba ahora? ¿Dónde había estado? ¿Qué tenía de raro que Benjiah le estuviera llamando hoy, 7 de octubre de 1883? ¿Acaso no llevaba fuera de casa mucho más rato de lo que tía Martha le tenía dicho? ¿Qué llave era esta que llevaba en el bolsillo de la blusa, en vez del pequeño catálogo que le regalara su padre al cumplir los nueve años? ¿No la había encontrado en el desván de casa? ¿Atravesaría el pórtico que sus ojos perspicaces habían descubierto entre las rocas desgarradas del fondo de aquella cueva interior que se abría tras la Caverna de las Serpientes? Todo el mundo relacionaba ese lugar con Edmund Carter el hechicero. La gente no quería pasar por allí; nadie más que él había descubierto la grieta de la roca, ni se había escurrido por ella hasta la gran cámara interior donde se encontraba el portón. ¿Qué manos habrían tallado la roca viva formando como un pórtico de templo? ¿Quizá las del viejo Edmund, el hechicero, o acaso las de *otros seres* invocados por él y que actuaban bajo su mandato?

»Aquella noche, el pequeño Randolph cenó con tío Chris y tía Martha en el viejo caserón del enorme tejado.

»A la mañana siguiente se levantó temprano, cruzó el huerto de manzanos, y se internó por la arboleda de arriba, donde estaba oculta la Caverna de las Serpientes, tenebrosa y amenazante, entre grotescos e hinchados robles. Sentía en su interior una insospechada ansiedad, y ni siquiera se dio cuenta de que se le había caído el pañuelo, al registrarse el bolsillo para ver si traía la llave. Se deslizó a través del negro orificio con intrépida seguridad, alumbrándose el camino con las cerillas que había cogido del cuarto de estar. Un momento después, se había colado a través de la grieta de la roca, y se hallaba en la inmensa gruta interior, cuya rocosa pared final recordaba la forma de un pórtico labrado intencionadamente en la piedra. Allí permaneció en pie, ante la pared húmeda y goteante, silencioso, aterrado, encendiendo cerilla tras cerilla

mientras la contemplaba. ¿Aquella prominencia que emergía
de la clave del arco sería acaso la gigantesca mano esculpida?
Entonces sacó la llave, hizo ciertos movimientos y entonó de-
terminados cánticos cuyo origen recordaba confusamente.
¿Habría olvidado algo? Él sólo sabía que deseaba cruzar la barrera que le separaba de las regiones ilimitadas de sus sueños,
de los abismos donde todas las dimensiones se disuelven en
lo absoluto.

3

»Resulta difícil explicar con palabras lo que sucedió entonces.
Fue una sucesión de paradojas, de contradicciones, de ano-
malías que no tienen cabida en la vida vigil, pero que llenan
nuestros sueños más fantásticos, donde se aceptan como cosa
corriente, hasta que regresamos a nuestro mundo objetivo,
estrecho, rígido, encorsetado por los principios de una lógica
tridimensional. –Al proseguir su relato, el hindú tuvo que
evitar muchos escollos para no dar la impresión de delirios
triviales y pueriles, en vez de transmitir la experiencia de un
hombre trasladado a su niñez a través de los años. El señor
Aspinwall, disgustado, dio un bufido y dejó prácticamente de
escuchar.

»El ritual de la llave de plata, tal como lo había llevado a
cabo Randolph Carter en aquella cueva tenebrosa y oculta en
el interior de otra cueva, tuvo un resultado inmediato. Desde el
primer movimiento, desde la primera sílaba que había pronunciado, sintió el aura de una extraña y pavorosa mutación.
Su percepción del espacio y del tiempo experimentó un tras-
torno profundísimo y perdió las nociones que conocemos
nosotros como movimiento y duración. Imperceptiblemente,
conceptos tales como el de edad o el de localización espacial
dejaron de tener significado alguno. El día anterior Randolph
Carter había saltado milagrosamente un abismo de años.

Ahora no había ya diferencia alguna entre niño y hombre. Sólo existía la entidad Randolph Carter, dotada de cierta cantidad de imágenes que habían perdido ya toda conexión con las escenas terrestres y las circunstancias con que habían sido adquiridas. Poco antes estaba en el interior de una caverna, en cuya pared del fondo parecían destacarse vagamente los trazos de un arco monstruoso y de una mano gigantesca esculpida. Ahora no había ya ni caverna ni ausencia de caverna, ni paredes ni ausencia de paredes. Había un fluir de sensaciones no tanto visuales como cerebrales, en medio de las cuales la entidad que era Randolph Carter captaba y archivaba todo lo que su espíritu percibía, aun sin tener clara conciencia de cómo tales impresiones llegaban hasta él.

»Cuando hubo concluido el ritual, Carter se dio cuenta de que no se hallaba en ninguna región descrita por los geógrafos de la Tierra, ni en época alguna cuya fecha pudieran determinar los historiadores. Sin embargo, lo que estaba sucediendo le era en cierto modo familiar. En los misteriosos fragmentos pnakóticos figuraban alusiones a procesos análogos y, una vez descifrados los símbolos grabados en la llave de plata, todo un capítulo del *Necronomicon,* obra del árabe loco Abdul Alhazred, había adquirido significado. Acababa de abrir una puerta. No se trataba de la Última Puerta, desde luego, sino de la que daba acceso, desde el tiempo terrenal a aquella extensión de la Tierra situada fuera del tiempo en la que, a su vez, se halla la Última Puerta. Ésta comunica con los pavorosos misterios del Vacío Final que se extiende más allá de todos los mundos, de todos los universos y de toda la materia.

»Ante ella habría un Guía verdaderamente terrible, un Guía que había morado en la Tierra hace millones de años, cuando la existencia del hombre ni siquiera podía imaginarse, cuando formas ya olvidadas pululaban por el planeta cubierto todavía de vapores, construyendo extrañas ciudades entre cuyas ruinas retozaron más tarde los primeros mamífe-

ros. Carter recordaba la manera vaga con que el abominable
Necronomicon describía a este Guía:

»*Y hay quienes se han atrevido a asomarse al otro lado del
Velo, y a aceptarle a Él como guía* –había escrito el árabe
loco–, *mas habrían dado muestras de mayor prudencia no
aceptando trato alguno con Él; porque está en el Libro de Thoth
cuán terrible es el precio de una simple mirada. Y aquellos que
entraren no podrán volver jamás, porque en los espacios infinitos que transcienden nuestro mundo existen formas tenebrosas
que atrapan y envuelven. La Entidad que fluctúa en la noche, y
la Malignidad capaz de desafiar al Signo Arquetípico, y la Horda que vigila el portal secreto de cada tumba y medra con lo
que se forma en los moradores de ésta..., todos estos Horrores
son inferiores al del que guarda el Umbral, al de ESE que guia-
rá al temerario, más allá de todos los mundos, hasta el Abismo
de los devoradores innominados. Porque ÉL es ʼUMR AT-TA-
WIL, El Más Antiguo, nombre que el escriba traduce por "EL DE
LA VIDA PROLONGADA".*

»En medio del caos, sus recuerdos y su imaginación presentaron ante él confusas imágenes de perfiles inciertos; pero
Carter sabía que no tenían consistencia, puesto que sólo eran
proyecciones de su propia mente. Pero también se daba cuenta de que esas imágenes no habían aparecido en su conciencia
por azar, sino más bien a causa de la realidad inmensa, inefable y sin dimensiones que le rodeaba, la cual se esforzaba por
expresarse en los únicos símbolos que él podía comprender.
Ningún espíritu de la Tierra es capaz de captar directamente
–sino sólo por símbolos– las formas indecibles que se entrelazan en los tortuosos abismos exteriores al tiempo y a las dimensiones que conocemos.

»Delante de Carter se desplegó una vaporosa formación de
siluetas y de escenas confusas que le sugirieron de algún
modo las eras primordiales de la Tierra, sepultadas en un pasado de millones y millones de años. Monstruosas formas de
vida se movían con lentitud a través de escenarios fantásticos

como jamás han aparecido ni en los más delirantes sueños del hombre, en medio de vegetaciones increíbles, de acantilados, de montañas y de edificios distintos en todo a los que el hombre construye. Había ciudades bajo el mar, y estaban habitadas, y había torres que se alzaban en los desiertos, y de ellas despegaban globos y cilindros, y también criaturas aladas, y regresaban a ellas después de cruzar los espacios. Carter veía todo esto, aunque las imágenes no guardaban clara relación entre sí, ni tampoco con él. Y él mismo no poseía forma ni posición estables, sino sólo vagas intuiciones de forma y posición proporcionadas por su imaginación en continuo movimiento.

»Carter habría deseado encontrar regiones encantadas de sus sueños infantiles, donde las galeras navegaban curso arriba por el río Oukranos y cruzaban las doradas agujas de Thran, donde las caravanas de elefantes vagaban por las junglas perfumadas de Kle, más allá de los palacios olvidados de columnas de marfil que duermen intactos y fascinantes bajo la luna. Pero, intoxicado por visiones más vastas y profundas, apenas si sabía ahora lo que buscaba. En su mente despertaron pensamientos de infinito y blasfemo atrevimiento; y comprendió que se enfrentaría al Temible Guía sin temor, y que le preguntaría cosas monstruosas y terribles.

»De pronto, el cambiante cortejo de impresiones pareció fijarse. Había grandes masas de enormes rocas erguidas, cubiertas de unos relieves extraños e incomprensibles que se ordenaban según las leyes de alguna geometría ignorada e invertida. La luz se filtraba de un cielo de color indeterminado, tomaba direcciones desconcertantes y contradictorias, y, casi como un ser dotado de intencionalidad, jugaba por encima de algo que parecía una especie de semicírculo de pedestales exagonales cubiertos de jeroglíficos gigantescos y coronados por unas formas veladas e indefinidas.

»Había, además, otra figura que no ocupaba ningún pedestal, sino que parecía cernerse o flotar sobre la vaporosa superficie horizontal que parecía ser el suelo. No tenía silueta

estable, pero adoptaba formas fugaces que sugerían remoto
antepasado del hombre o acaso algún ser que hubiese seguido
una evolución paralela a la humana. Su tamaño, sin embargo,
era aproximadamente el de la mitad de un hombre normal.
Como las figuras de los pedestales, parecía pesadamente embozado en una especie de tejido de color neutro. Carter no
descubrió en el tejido ninguna abertura para mirar. Pero sin
duda no la necesitaba la criatura embozada, ya que debía per-
tenecer a una clase de seres de estructuras y facultades totalmente ajenas al mundo físico que conocemos.

»Un momento después, Carter comprobó que así era, en
efecto, ya que la Silueta había hablado directamente a su espíritu sin recurrir a ningún lenguaje ni emitir un solo sonido. Y
aunque el nombre con que se dio a conocer era pavoroso y terrible, Randolph Carter no se dejó vencer por el miedo. Al
contrario, contestó sin emplear tampoco ningún sonido ni
lenguaje, y le rindió el homenaje que había aprendido del *Necronomicon*. Porque esta silueta era nada menos que la de
Aquel ante quien ha temblado el mundo entero desde que Lomar emergió de las aguas y los Hijos de las Brumas de Fuego
habían bajado a la Tierra para enseñarle al hombre la Sabiduría Arquetípica. Era, en efecto, el espantoso Guía y Guardián
del Umbral: 'UMR AT-TAWIL, El Más Antiguo, cuyo nombre
ha traducido el escriba por EL DE LA VIDA PROLONGADA.

»El Guía estaba enterado, puesto que Él todo lo sabe del
viaje y la llegada de Carter, y también de que este buscador de
sueños y secretos se mantenía sin miedo ante su presencia. De
Él no irradiaba horror ni malignidad alguna, y Carter comenzó a preguntarse si las alusiones horrendas y blasfemas del
árabe loco no obedecerían a la envidia y al deseo jamás cum-
plido de haber hecho lo que él estaba a punto de realizar. O
acaso el Guía reservase su horror y su malignidad para aquellos que le temían. Como la comunicación telepática continuaba, Carter acabó finalmente por interpretar el mensaje en
forma de palabras:

»"Soy, en efecto, ese Más Antiguo que tú sabes –dijo el Guía–. Los Primigenios y Yo te hemos estado esperando. Aunque has tardado mucho te doy la bienvenida. Tienes la llave y has abierto la Primera Puerta. Ahora tienes que atravesar la Última Puerta, que ya está preparada para tu prueba. Si tienes miedo, no debes seguir. Todavía puedes regresar sin peligro por donde viniste. Pero si decides proseguir...".

»Hubo un silencio ominoso, pero la irradiación seguía siendo amistosa. Carter no dudó un segundo, porque ardía en deseos de seguir adelante.

»"Continuaré –replicó–, y te acepto como Guía."

»Al recibir esta respuesta, el Guía pareció hacer un gesto, a juzgar por los movimientos del tejido en que se hallaba embozado, que podían obedecer al hecho de haber levantado un brazo. Después hizo otra señal, y gracias a sus conocimientos de lo oculto, Carter entendió que estaba muy cerca de la Última Puerta. La luz adquirió entonces una coloración inexplicable y las siluetas de los pedestales exagonales se hicieron más definidas. Al perfilarse más, tomaron un mayor parecido con el hombre, aunque Carter sabía que no podían ser hombres. Sobre sus cabezas tapadas llevaban unas mitras altas de inciertos colores que recordaban extrañamente a las de las abominables figuras talladas por algún escultor olvidado a lo largo de los barrancos rocosos de cierta montaña inmensa y prohibida de Tartaria. Entre los repliegues de sus tupidos velos aparecían unos cetros largos cuyos pomos esculpidos representaban un misterio grotesco y arcaico.

»Carter adivinó quiénes eran y de dónde provenían, así como a Quién servían; y también sospechaba cuál era el precio de su servicio. Pero aún se consideraba dichoso porque en una aventura tan extraordinaria, podría aprender todos los secretos del universo. La condenación –se dijo– es sólo una palabra que circula entre aquellos cuya ceguera les lleva a condenar a todos los que ven, aunque sea con un solo ojo. Se asombraba de la inmensa variedad de quienes hablaban sin ton ni son de los *perversos* Primigenios, como si Ellos pudieran abandonar sus sueños eternos para desatar su cólera sobre la humanidad. Esto sería tan absurdo –pensó– como imaginar un mamut ensañándose con una lombriz.

»Luego las figuras de los pedestales exagonales le saludaron inclinando sus extraños cetros esculpidos e irradiando un mensaje telepático que él entendió:

»"Te saludamos a ti, El Más Antiguo; y a ti, Randolph Carter, que por tu audacia te has convertido en uno de los nuestros".

»Carter vio entonces que había un pedestal vacío que, con un gesto, El Más Antiguo le indicó que estaba reservado para él. Y vio también otro pedestal, más alto que los demás, en el centro de la fila –que no era semicírculo, ni elipse, ni parábola, ni hipérbola– que formaban todos ellos. "Éste debe ser el trono del propio Guía", pensó. Caminando y subiendo de manera singular e indefinible, Carter fue a ocupar su sitio, y al hacerlo, vio que el Guía se había sentado también.

»Gradualmente y como entre brumas, fue distinguiendo un objeto que El Más Antiguo sostenía entre los pliegues para que lo vieran, o lo captaran con un sentido equivalente, sus embozados compañeros. Era una gran esfera, o algo parecido, de un metal oscuramente iridiscente; y al mostrarla el Guía, una sorda e intensa *impresión* de sonido comenzó a latir como un pulso que no se parecía a ningún ritmo de la Tierra. Era algo así como un cántico, o lo que una imaginación humana podría haber interpretado como tal. Luego, el objeto parecido a una esfera comenzó a adquirir luminosidad, igual que si brillara con una luz fría y pulsátil de color indefinible, y Carter comprobó que sus destellos se acompasaban con el ritmo extraño de los cánticos. Entonces, todas las siluetas mitradas de los pedestales iniciaron un singular balanceo siguiendo el mismo ritmo inexplicable, mientras los nimbos de una luz indefinible –semejante a la de la esfera– envolvían sus cubiertas cabezas.»

El hindú interrumpió su relato y miró con curiosidad el reloj de forma de ataúd, con su esfera cubierta de jeroglíficos y sus cuatro manecillas, cuyo tic-tac desconcertante seguía un ritmo ajeno a la Tierra.

–A usted, señor De Marigny –dijo súbitamente a su sabio anfitrión– no es preciso hablarle del ritmo particularmente extraño que seguían las embozadas siluetas de los pedestales exagonales con sus cánticos y balanceos. Además de Carter, es usted el único en América que ha sentido alguna premonición de la Dimensión Exterior. Supongo que este reloj se lo enviaría el yogui de quien solía hablar el pobre Harley Warren, el vidente que decía haber sido el único que había estado en Yian-Ho, escondido reducto de la antiquísima Leng, llevándose ciertas cosas de aquella ciudad pavorosa y prohibida. Me pregunto qué objetos delicados conocerá usted de allá. Si mis sueños y lecturas no me engañan, esa ciudad fue construida por quienes conocían bastante bien la Primera Entrada. Pero seguiré mi relato.

»Por último –prosiguió el *swami*– el balanceo y los cánticos cesaron, los nimbos fosforescentes que rodeaban sus cabezas, ahora caídas e inmóviles, palidecieron y las figuras se hundieron extrañamente en sus pedestales. La esfera, no obstante, continuó palpitando con inexplicable luz. Carter comprendió que los Primigenios dormían de nuevo como cuando los viera por primera vez, y se preguntó de qué sueños cósmicos les habría sacado su llegada. Lentamente, fue abriéndose camino en su espíritu el auténtico sentido de esos cánticos extraños: había sido un ritual de iniciación, y El Más Antiguo había cantado para inducir en sus Compañeros una nueva categoría de sueño cuyos ensueños permitieran abrir la Última Puerta para pasar la cual la llave de plata servía de pasaporte. Y comprendió que en lo más hondo de ese sueño profundo, los Primigenios contemplaban las insondables inmensidades de las infinitas dimensiones exteriores, y que así cumplían lo que su presencia les había exigido. El Guía no compartía este

sueño, sino que parecía seguir dándoles instrucciones mediante una irradiación sutil y sin palabras. Sin duda les imponía las imágenes de aquello que quería que soñaran sus Compañeros, y Carter comprendió que cuando cada Primigenio
soñase el sueño ordenado, nacería el germen de una manifestación visible para sus ojos terrestres. Cuando los sueños de
todas las Siluetas se fundieran en una unidad, surgiría esta
manifestación, y todo lo que él desease se materializaría mediante concentración. Él había visto cosas parecidas en la Tierra: en la India, donde la voluntad de un círculo de adeptos,
combinada y proyectada, puede hacer que un pensamiento
tome sustancia tangible; y en la arcaica Atlaanât, de la que
muy pocos se atreven a hablar.

»Carter no sabía a ciencia cierta en qué consistía la Última
Puerta, ni cómo debía atravesarla; pero se sintió invadido por
un sentimiento de tensa expectación. Tenía conciencia de poseer alguna clase de corporeidad y de llevar la llave fatal en la
mano. Las masas descollantes de roca que se alzaban frente a
él parecían como una muralla informe, hacia el centro de la
cual se sentían sus ojos irresistiblemente atraídos. Y entonces,
de súbito, sintió que la irradiación mental del Más Antiguo
había dejado de fluir.

»Por primera vez se dio cuenta de lo absurdo y terrible que
puede ser el silencio mental y físico. Durante las primeras fases
de su aventura percibía aún cierto ritmo, que acaso no fuera
sino el latido lejano y secreto de la extensión tridimensional de
la Tierra. Pero, ahora, la quietud del abismo parecía haberlo inmovilizado todo. A pesar de su conciencia de poseer un cuerpo
físico, no consiguió oír su propia respiración. El resplandor de la
esfera de 'Umr at-Tawil se había quedado inmóvil y petrificado.
Un halo imponente, más resplandeciente aún que los nimbos
que rodearon las cabezas de las Siluetas, brillaba aterradora-
mente en torno al cráneo amortajado del espantoso Guía.

»Un vértigo infinito invadió a Carter, cuyo sentimiento de
orientación había desaparecido por completo. Las luces ex-

trañas parecían poseer la calidad de la más impenetrable negrura acumulada sobre las mismas tinieblas. En torno a los Primigenios, tan solitarios sobre sus tronos exagonales, reinaba una atmósfera de la más pasmosa lejanía. Luego se sintió arrebatado hacia unas profundidades inconmensurables, notando sobre su rostro los efluvios de un cálido perfume. Era como si flotara en un mar tórrido y rojizo, un mar de vino embriagador cuyas olas espumosas rompieran contra unas costas de bronce incandescente. Un gran temor le invadió al vislumbrar aquella vasta extensión marina cuyo oleaje rompía en costas lejanas. Pero el tiempo del silencio había terminado: las olas le hablaban con un lenguaje sin sonidos ni palabras articuladas:

»*"El Hombre-Que-Conoce-La-Verdad está más allá del bien y del mal* –entonaba una voz que no era voz–. *El Hombre-Que-Conoce-La-Verdad ha comprendido la identidad de lo Uno y el Todo. El-Hombre-Que-Conoce-La-Verdad ha comprendido que la Ilusión es la Realidad Única y que la Sustancia es la Gran Impostora".*

»Y entonces, en aquellas elevadas construcciones rocosas hacia las cuales se sentían sus ojos atraídos tan irresistiblemente, apareció el perfil titánico de un arco semejante al que recordaba haber visto hacía muchísimo tiempo en aquella cueva oculta en el interior de otra cueva, en la lejana e irreal superficie de la Tierra tridimensional.

»Se dio cuenta de que había utilizado la llave de plata de que la había movido instintivamente, sin previo aprendizaje, de acuerdo con un ritual muy semejante al que le sirvió para abrir la Primera Puerta. Ahora comprendió que aquel mar rosado y embriagador que lamía sus mejillas no era sino la masa impenetrable de la sólida muralla, que se disolvía ante su conjuro y ante el vórtice en que se habían concentrado los pensamientos de los Primigenios. Guiado aún por una instintiva y ciega determinación siguió avanzando en el vacío..., y atravesó la Última Puerta.

4

»La progresión de Randolph Carter a través de aquel ciclópeo espesor de muralla era como un vertiginoso precipitarse a través de los insondables abismos interestelares. Sentía, a una gran distancia, el oleaje triunfante y celeste de dulzura mortal; después, un batir de alas enormes y como el gorjeo o murmullo de unos seres ignorados en la Tierra y en el sistema solar. Miró hacia atrás, y vio, no una entrada sólo, sino una multitud de puertas, en algunas de las cuales clamaban ciertas Formas que él procuró no recordar.

»Y, de repente, experimentó un terror más grande aún que el que le produjeron aquellas Formas, un terror del que no podía sustraerse porque radicaba en él mismo. Al traspasar la Primera Puerta, había perdido algo de su propia consistencia, sumiéndose en dudas sobre la forma de su cuerpo y su afinidad con los objetos brumosos y difusos que le rodeaban, sin embargo, no se había alterado su sentido de la propia unidad. Había seguido siendo Randolph Carter, un punto fijo en el caos polidimensional. Ahora, una vez cruzada la Última Puerta, se dio cuenta, en un instante de miedo aniquilador, de que no era una persona, sino muchas personas a la vez.

»Se encontraba en muchos lugares al mismo tiempo. En la Tierra, a siete de octubre de mil ochocientos ochenta y tres, un niño llamado Randolph abandonaba la Caverna de las Serpientes, salía a la luz apacible de la tarde, bajaba corriendo la ladera rocosa, cruzaba el huerto de manzanos retorcidos y entraba en casa de tío Christopher, situada en las colinas de Arkham; y no obstante, en ese mismo momento, que sin saber cómo también pertenecía a primeros de mil novecientos veintiocho, una sombra vaga que también era Randolph Carter se hallaba sentada sobre un pedestal entre los Primigenios, en la prolongación tridimensional de la Tierra. Al mismo tiempo, había un tercer Randolph Carter, en el amorfo e ignorado abismo del cosmos que se extiende más allá de la Últi-

ma Puerta. Y en otras zonas, en un caos de escenas cuya infinita multiplicidad y monstruosa diversidad le arrastraban al
borde de la locura, había una ilimitada confusión de seres que
eran tan él mismo como la manifestación espacial que ahora
se hallaba al otro lado de la Última Puerta.

»Había docenas de Carter en cada época conocida o supuesta de la historia de la Tierra, y en aquellas edades del planeta, aún más remotas, que escapan a todo conocimiento y
conjetura. Los había bajo forma humana y no humana, vertebrada e invertebrada, dotada de conciencia y desprovista de
ella, animal y vegetal. Y más aún los había que no tenían nada
en común con la vida terrestre, que se agitaban de manera repugnante en otros planetas, sistemas, galaxias y continuos
cósmicos. Veía esporas de vida eterna que vagaban de mundo
en mundo, de universo en universo, y todas eran igualmente
él mismo. Alguna de estas visiones le recordaba ciertos sueños –confusos y vívidos a la vez, fugaces y duraderos– que
había tenido durante muchos años desde que comenzó a soñar; y algunas de ellas le resultaban pasmosas, fascinantes,
casi horriblemente familiares, lo cual era inexplicable según
la lógica terrestre.

»Ante esta experiencia, Randolph Carter se sintió poseído
por un supremo horror; horror que ni siquiera pudo sospechar aquella noche espantosa en que dos hombres se aventuraron, bajo la luna menguante, en cierta necrópolis horrenda
y antigua, de la que sólo uno de ellos pudo regresar. Ni la
muerte, ni la fatalidad, ni la ansiedad pueden producir la insoportable desesperación que resulta de perder la propia
identidad. Sumergirse en la nada supone caer en un olvido
apacible; pero tener conciencia de existir y saber, no obstante,
que ya no se es un ser definido, distinto de los demás seres,
que ya no se posee la propia mismidad, es la indecible culminación del horror y de la angustia.

»Sabía que en Boston había existido un Randolph Carter,
pero no estaba seguro de si él –el fragmento componente de

la entidad que ahora se hallaba al otro lado de la Última Puerta– había sido ése o algún otro. Su yo había sido aniquilado; y no obstante, él –si es que efectivamente podía, ante aquella absoluta falta de existencia individual, decir *él* con entera propiedad– tenía conciencia de ser igualmente una legión de *yos*. Era como si su cuerpo se hubiese transformado repentinamente en una de esas efigies de brazos y cabezas múltiples que se adoran en los templos de la India y contemplase el conglomerado resultante de un atolondrado intento de distinguir su cuerpo original de dichas reproducciones, si es que realmente (¡qué idea majestuosa!) *había* un original distinto de las infinitas encarnaciones.

»En medio de estas espantosas reflexiones el fragmento de Randolph Carter que había atravesado la Última Puerta fue arrebatado de lo que parecía el colmo del horror para ir a parar a los negros abismos de otro horror aún más profundo que esta vez procedía del exterior. Era una fuerza personal que súbitamente apareció frente a él, envolviéndole, penetrándole, invadiéndole. Además de poseer presencia concreta, parecía también formar parte de él mismo y coexistir asimismo con todo tiempo y todo espacio. No hubo imagen visual alguna, pero la sensación de entidad y la horrible idea de una combinación de los conceptos de localización, identidad e infinidad, le causaron un terror paralizante que superaba cualquier experiencia que las personalidades de Carter fueran capaces de soportar en sus existencias.

»Frente a este espantoso prodigio, el fragmento Carter olvidó la pérdida de su identidad. Ante él –y dentro de él– resplandecía una entidad que era Todo-en-Uno y Uno-en-Todo, a la vez ilimitada e infinitamente idéntica a sí misma. No pertenecía a un solo continuo espacio temporal, sino que formaba parte de la misma esencia animada del torbellino caótico de la vida y del ser; del último, del absoluto torbellino de confines y que rebasa tanto el campo de la fantasía como el de la matemática. Era, seguramente, Aquel a quien en algunos cultos secretos de la Tierra daban el nombre de *Yog-Sothoth*, y entre otros adoraban con nombres distintos; Aquel a quien los crustáceos de Yuggoth llaman El-del-Más-Allá, prosternándose ante él, y los seres vaporosos de la nebulosa espiral representan con un signo intraducible. Pero, en un instante de clarividencia, el fragmento Carter comprendió cuán triviales y fraccionarias son todas estas concepciones.

»Y entonces, el Ser se dirigió al fragmento Carter mediante unos efluvios prodigiosos que herían, quemaban y ensordecían mediante una concentración de energía que consumía al que la recibía, con su insospechable violencia, y que poseía un ritmo extraterrestre semejante al extraño balanceo de los Primigenios y al parpadeo de las monstruosas luces de aquella turbadora región situada detrás de la Primera Puerta. Era como si los soles y los mundos y los universos se hubieran concentrado en un punto cuya verdadera posición espacial se hubieran propuesto aniquilar con un impacto de irresistible furia. Pero, en medio de un terror inmenso, se atenúan otros terrores menores: pareció como si aquellas oleadas aislasen de alguna manera al Carter que estaba Más-Allá-de-la-Puerta-Última de toda la infinita multiplicidad de los demás Carter, lo cual le restituyó, por así decir, cierto sentimiento de identidad. Pronto fue capaz de empezar a traducir aquellos efluvios en formas lingüísticas por él conocidas, y disminuyeron sus sensaciones de horror y opresión. El espanto se convirtió en sagrado pavor, y lo que le había parecido diabólico y blasfemo, adquirió ahora la apariencia de una majestad inefable.

»Randolph Carter –parecía decir–, mis manifestaciones en la extensión de tu planeta, que son los Primigenios, te han enviado a mí porque, aun cuando podías haber regresado a las regiones menores del sueño que perdiste con tu infancia, sin embargo, has alzado el vuelo hacia más grandes y más nobles anhelos e intereses. Deseabas navegar por el Oukranos, buscar las olvidadas ciudades de marfil de Kled, el país de las orquídeas, y ocupar el trono de ópalo de Ilek-Vad, cuyas torres fabulosas e innumerables cúpulas se elevan poderosas hacia una única estrella roja que brilla en un firmamento extraño a tu Tierra y a toda la materia. Ahora después de haber atravesado las dos Puertas, deseas cosas más elevadas aún. No huyes como un niño de una visión desagradable a un sueño placentero, sino que te sumerges como un hombre en el último y más recóndito de los secretos que yace detrás de todas las visiones y de todos los sueños.

»Lo que deseas es de mi complacencia; y Yo estoy dispuesto a concederte lo que sólo he otorgado once veces a seres de tu planeta; y de ellas, cinco a los que tú llamas hombres, o a seres parecidos al hombre. Estoy dispuesto a mostrarte el Último Misterio, cuya contemplación aniquila a los débiles de espíritu. Pero antes de contemplar el primero y último de los misterios, todavía eres libre de regresar, si quieres, por las dos Puertas, porque el Velo aún no te ha sido retirado de los ojos.

5

«La brusca interrupción de aquellas ondas sumió a Carter en el silencio frío y espantoso de una absoluta desolación. Por todos lados sentía el agobio de la ilimitada inmensidad del vacío. Sin embargo, sabía que el Ser estaba aún allí. Después, formuló mentalmente las palabras cuyo significado deseaba transmitir al vacío:

»"Acepto. No retrocederé".

»Las ondas brotaron nuevamente, y Carter entendió que el Ser le había oído. Y entonces emanó de aquel Espíritu ilimitado una corriente de sabiduría y comprensión que abrió ante él horizontes nuevos y le preparó para contemplar una visión del cosmos que jamás habría esperado llegar a tener. Le explicó cuán infantil y estrecha es la noción de un mundo tridimensional, y qué infinidad de direcciones existen además de las conocidas de abajo-arriba, delante-detrás y derecha-izquierda. Le mostró la pequeñez huera y presuntuosa de los dioses de la Tierra, con sus mezquinos intereses humanos y sus odios, cóleras, amores y vanidades ruines, sus apetencias de honores y sacrificios, y sus exigencias de que se les tribute una fe contraria a toda razón y naturaleza.

»La mayor parte de estas revelaciones se traducían por sí mismas en palabras ante Carter, pero en cambio le llegaban otras a través de otros sentidos. Quizá con la vista, o tal vez con la imaginación, se daba cuenta de que se hallaba en una región cuyas dimensiones eran ajenas a las que el ojo y el entendimiento humano pueden concebir. En las sombras de lo que al principio había sido como una concentración de poder, y luego como un vacío ilimitado, percibía ahora un torbellino de fuerzas creadoras que aturdían sus sentidos. Desde algún punto de vista inconcebiblemente elevado, dominó un panorama de formas prodigiosas cuyas múltiples dimensiones rebasaban cualquier idea de ser, tamaño y contorno que su entendimiento hubiera podido concebir hasta entonces, a pesar de haber consagrado su vida al estudio de lo misterioso y lo oculto. Empezaba a comprender vagamente por qué podía existir a un tiempo un niño llamado Randolph Carter en una casa de campo de Arkham en el año mil ochocientos ochenta y tres, una forma brumosa sobre un pedestal exagonal al otro lado de la Primera Puerta, el fragmento que ahora se hallaba ante la Presencia del abismo ilimitado, y todos los demás Carter que percibía su imaginación o sus sentidos.

»Luego, las ondas más intensas trataron de aumentar su capacidad de comprensión, ajustándole a la multiforme entidad de la que el fragmento que actualmente era su yo constituía una parte infinitesimal. Le hicieron saber que cada figura espacial no es más que el resultado de la intersección, en un plano, de una figura correspondiente que posee además otra dimensión, como el cuadrado resulta de la sección de un

cubo, o el círculo de la de una esfera. El cubo y la esfera, con
sus tres dimensiones, corresponden a su vez a la sección de
otras figuras de cuatro dimensiones, que los hombres conocen sólo por sueños y conjeturas; y éstas a su vez, son sección
de otras figuras de cinco dimensiones, y así sucesivamente,
hasta remontarse a la inalcanzable infinitud arquetípica. El
mundo de los hombres y de los dioses humanos es tan sólo
una fase infinitesimal de un ser infinitésimo: la fase tridimensional de la pequeña totalidad que termina en la Primera
Puerta, donde 'Umr at-Tawil dicta sus sueños a los Primigenios. Aunque los hombres la proclamen como única y auténtica realidad, y tachen de irreal todo pensamiento sobre la
existencia de un universo original de dimensiones múltiples,
la verdad consiste en todo lo contrario. Lo que llamamos sustancia y realidad es sombra e ilusión, y lo que llamamos sombra e ilusión es sustancia y realidad.

»El tiempo –siguieron informándole aquellas ondas– es inmóvil y no tiene principio ni fin. Es erróneo considerarlo
como movimiento y causa de todo cambio. En realidad, el
tiempo en sí mismo es una ilusión, porque, a excepción de la
visión estrecha de los seres de dimensiones limitadas, no existen cosas tales como pasado, presente y futuro. Los hombres
comprenden el tiempo en tanto que significa cambio; ahora
bien, el cambio también es una ilusión. Todo lo que fue, es y
será, existe simultáneamente.

»Estas revelaciones llegaban a Carter con tan sobrenatural
solemnidad que le impedían toda duda. Aun cuando casi es-
capasen a su comprensión, sentía que eran ciertas a la luz de
aquella realidad cósmica final que desmiente toda perspectiva parcial y toda visión estrecha, por su parte, había ahonda-
do en las más profundas cuestiones filosóficas como para li-
berarse de la servidumbre que impone toda concepción fragmentaria y parcelada. ¿Acaso no se había basado todo este
viaje al trasmundo en una convicción de la irrealidad de lo
fragmentario y parcial?

»Tras un silencio impresionante, las ondas continuaron di-
ciéndole que lo que los habitantes de las regiones de menos
dimensiones llaman cambio, no es más que una simple función de sus conciencias, las cuales contemplan el mundo desde diversos ángulos cósmicos. Las Figuras que se obtienen al
seccionar un cono parecen variar según el ángulo del plano
que lo secciona, engendrando el círculo, la elipse, la parábola
o la hipérbola, sin que el cono experimente cambio alguno; y
del mismo modo, los aspectos locales de una realidad inmutable e infinita parecen cambiar con el ángulo cósmico de observación. Los débiles seres de los mundos inferiores son esclavos de esta diversidad de ángulos de conciencia, ya que,
aparte alguna rara excepción, no llegan a dominarlos. Sólo
unos pocos seres versados en materias prohibidas han logrado una ínfima parte de ese dominio, conquistando de este
modo el tiempo y el cambio. Pero las entidades que habitan
más allá de las Puertas dominan todos los ángulos. Y pueden
contemplar a voluntad, ya las miríadas de facetas distintas del
cosmos en su forma fragmentaria y sometida al cambio, ya la
inmutable totalidad no deformada por perspectiva alguna.

»Las ondas callaron otra vez, y Carter empezó a comprender vagamente, preso de terror, el último sentido de aquella
pérdida de la individualidad que al principio le había horro-
rizado. Su intuición fue articulando los datos de las distintas
revelaciones, acercándose más y más a la comprensión del
misterio. Comprendió que gran parte de esta espantosa reve-
lación –la división de su yo en millares de duplicados terrestres– habría podido llegar a revelársele al atravesar la Primera
Puerta, si la magia de 'Umr at-Tawil no lo hubiera impedido
con el fin de que pudiera utilizar con precisión la llave de plata para abrir la Última Puerta. Deseoso de una mayor claridad, emitió ondas telepáticas para preguntar más detalles sobre la relación entre sus múltiples manifestaciones: entre el
fragmento que había traspasado la Última Puerta, el que aún
se alzaba sobre el pedestal exagonal detrás de la Primera

Puerta, el niño de mil ochocientos ochenta y tres, el hombre de mil novecientos veintiocho, las diversas formas primitivas de vida que constituían sus antepasados y que habían ido configurando su ego, y los abominables habitantes de remotísimas edades y universos perdidos que en su primer destello de percepción absoluta había identificado consigo mismo. Poco a poco, las ondas del Ser surgieron como respuesta, tratando de esclarecer lo que casi estaba fuera de la comprensión humana.

»Todas las estirpes de los seres pertenecientes a dimensiones limitadas –prosiguieron las ondas– y todas las fases evolutivas de cada uno de esos seres, son meras manifestaciones de un ser arquetípico y eterno. Cada ser aislado –hijo, padre, abuelo, y así sucesivamente– y cada fase evolutiva de un mismo ser –niño, muchacho, joven, hombre– es tan sólo una de las infinitas facetas de ese mismo ser arquetípico y eterno, originada por una variación del ángulo de la conciencia-plano que lo corta. Randolph Carter en todas sus edades, Randolph Carter y todos sus antepasados, humanos y prehumanos, terrestres y preterrestres, no son sino meras facetas de un Carter último y eterno, exterior al espacio y al tiempo, proyecciones fantasmales diferenciadas únicamente por el ángulo con que el plano de la conciencia había incidido en cada caso sobre el arquetipo eterno.

»Una ligera modificación del ángulo podría convertir al sabio de hoy en niño de ayer; a Randolph Carter en Edmund Carter, el brujo que huyó de Salem a las montañas de Arkham en mil seiscientos noventa y dos, o en Pickman Carter, que empleó extraños procedimientos para rechazar a las hordas mongolas de Australia; al Carter humano en una de aquellas entidades primordiales que habitaron en la arcaica Hyperborea y adoraron al negro y pastoso Tsathoggua, después de huir de Kythamil, el planeta doble que un día giró en torno a Arcturus; al Carter terrestre en un antepasado remotísimo y rudimentario, morador del propio Kythamil, o incluso en las criaturas aún más remotas de las transgalácticas Stronti, o en una conciencia etérea y tetradimensional de un continuo espacio-temporal aún más antiguo, o en una mente vegetal del futuro, habitante de un cometa radiactivo de órbita inconcebible. Y así sucesivamente en infinitos ciclos cósmicos.

»Los arquetipos –vibraron las ondas–, son los pobladores del Último Abismo; son informes, inefables, y en los mundos inferiores apenas los vislumbran unos pocos soñadores. Por encima de todos ellos está el mismo ser que comunica estas revelaciones, *el cual, en verdad es justamente el arquetipo del propio Carter*. El insaciable deseo de Carter y de todos sus antepasados por descubrir los secretos cósmicos era el resultado natural de la procedencia del propio Arquetipo Supremo. En cada mundo, todos los grandes hechiceros, todos los grandes pensadores, todos los grandes artistas, son facetas de Él.

»Casi desfallecido de pavor pero exultante a la vez de una alegría terrible, la conciencia de Randolph Carter rindió homenaje a aquella Entidad trascendente de la cual derivaba. Y como de nuevo cesaron las ondas, meditó en el silencio imponente, pensando en extraños tributos, en cuestiones aún más extrañas, y en ruegos aún mayores. Pero a su cerebro ofuscado fluían contradictoriamente imágenes de paisajes insólitos y revelaciones imprevistas. Se le ocurrió que, si aquellos descubrimientos eran realmente ciertos, podría visitar corporalmente todas aquellas edades infinitamente lejanas y aquellas regiones del universo que hasta entonces sólo conocía en sueños. Le bastaría con poseer el poder mágico de cambiar el ángulo del plano de su conciencia. ¿Y no le proporcionaría esa magia la llave de plata? ¿No había transformado al principio a un hombre de mil novecientos veintiocho en un niño de mil ochocientos ochenta y tres, y después en algo absolutamente exterior al tiempo y al espacio? Era fantástico, pero a pesar de su aparente falta de corporeidad, sabía que tenía aún la llave consigo.

»Mientras duraba el silencio, Randolph Carter emitió los pensamientos y dudas que le asaltaban. Sabía que, en este abismo final, se hallaba situado en un punto equidistante de cada una de las facetas de su arquetipo, humanas o no humanas, terrestres o extraterrestres, galácticas o transgalácticas; y sentía una curiosidad febril por conocer las otras facetas de su ser, especialmente las más alejadas en tiempo y lugar del año terrestre de mil novecientos veintiocho, o las que más le habían obsesionado en sueños durante su vida. Se daba cuenta de que su Entidad arquetípica podía enviarle corporalmente, si quería, a cualquiera de esas fases de vida pasadas y lejanas con sólo modificar el plano de incidencia de su psique. Y así, pese a las maravillas que había presenciado, ardía en deseos de experimentar ese otro prodigio de caminar, en carne y hueso, por los escenarios increíbles y grotescos que sus visiones nocturnas le habían mostrado de manera fragmentaria.

»Sin pretenderlo deliberadamente, estaba rogando a la Presencia que le trasladara a un mundo fantástico y crepuscular cuyos cinco soles multicolores, ignoradas constelaciones, barrancos sombríos y vertiginosos habitados por seres con garras y hocico de tapir, extrañas torres metálicas, inexplicables túneles y misteriosos cilindros flotantes, se había deslizado una y otra vez en sus sueños. Presentía vagamente que aquel mundo era el que sin duda estaría más en contacto con los demás universos, y anhelaba explorar a fondo los paisajes que tan sólo había vislumbrado, y navegar por los espacios hacia aquellos mundos aún más remotos con los que traficaban los habitantes de zarpas y hocico de tapir. No había tiempo para el temor. Como en todas las crisis de su insólita vida, una aguda curiosidad cósmica se imponía por encima de toda otra consideración.

»Cuando las ondas reanudaron sus espantosas vibraciones, Carter entendió que su terrible petición había sido escuchada. El Ser le habló de los tenebrosos abismos que tendría que atravesar, de la desconocida estrella quíntuple de cierta galaxia insospechada en torno a la cual gira ese mundo extraño, y de los horribles moradores de madrigueras contra los que perpetuamente lucha la raza de garras y hocico. Le habló también de cómo el ángulo del plano de su conciencia y la relación existente entre este ángulo y las coordenadas espacio-temporales del mundo deseado debían inclinarse simultáneamente con el fin de hacer retornar a ese mundo aquella faceta de Carter que ya había habitado allí.

»La Presencia le aconsejó que conservara los símbolos, por si alguna vez deseaba regresar de aquel mundo remoto y ajeno que había escogido, y él replicó con una afirmación impaciente, pues sentía que la llave de plata seguía en su poder, y sabía que en ella estaban grabados dichos símbolos, ya que con ella había logrado inclinar a la vez su plano personal y el universal cuando regresó a mil ochocientos ochenta y tres. Y entonces el Ser, comprendiendo su impaciencia, le hizo saber que estaba dispuesto a llevar a cabo la monstruosa transposición. Las ondas cesaron bruscamente y sobrevino un instante de tensa quietud, de espantosa e inenarrable expectación.

»Luego, sin previo aviso, percibió un zumbido y un batir de tambores que fueron en aumento hasta convertirse en un tronar aterrador. Una vez más se sintió Carter en el punto focal de una intensa concentración de energía que le abrasaba que le destrozaba, que le desintegraba con aquel ritmo insoportable del espacio exterior que ya iba conociendo. Y, sin embargo, no sabía exactamente si tal energía era el fuego irresistible de una estrella fulgurante o el frío petrificador del abismo final. Ante él brotaron franjas y rayos de color enteramente ajenos a cualquier espectro luminoso de nuestro universo, trenzándose y entrelazándose mientras cobraba conciencia de ir desplazándose a una prodigiosa velocidad. Y muy fugazmente, vislumbró una figura *solitaria* sentada sobre un trono de apariencia exagonal.»

6

El hindú interrumpió su relato y observó que De Marigny y
Phillips le miraban absortos. Aspinwall pretendía ignorarle y
mantenía los ojos ostensiblemente fijos en los papeles que tenía ante sí. El ritmo extraño del reloj en forma de ataúd tomó
un sentido nuevo y ominoso, en tanto que las vaharadas de
los trípodes excesivamente recargados se entrelazaban componiendo siluetas fantásticas e inexplicables, combinándose
de manera inquietante con las grotescas figuras de las tapice-
rías movidas por el viento. El viejo negro que los había llena-
do se había ido, tal vez porque la tensión creciente que reinaba le había asustado. El orador reanudó el monólogo con su
lenguaje trabajoso y fluido, después de una ligera vacilación.

–Todo esto les habrá parecido difícil de creer –dijo–, pero
aún más increíble les van a parecer las cosas materiales y tan-
gibles que vienen a continuación. Ésa es nuestra forma de
proceder. Lo maravilloso resulta doblemente increíble al tras-
ladarlo de las regiones vagas de los sueños posibles a este
mundo tridimensional. No me extenderé mucho en ello porque resultaría una historia muy distinta. Sólo les contaré lo
que estrictamente deben saber.

»Carter, después de aquel torbellino de extraña y polícro-
ma cadencia, creyó hallarse por un momento en uno de sus
sueños más antiguos y reiterativos. Como tantas veces en sus
vagabundeos oníricos, se encontraba ahora entre multitudes
de seres con zarpas y hocico, y caminaba por las calles de un
laberinto metálico inexplicablemente construido, bajo los
fulgores de una luz solar de variados colores; y al mirar hacia
abajo, vio que su cuerpo era como el de los demás: rugoso,
parcialmente cubierto de escamas y articulado de manera
singular, muy semejante al de un insecto, aunque recordaba
rudimentariamente la forma humana. Aún llevaba consigo la
llave de plata, pero ahora la sujetaba con una zarpa repugnante.

»Un momento después desapareció la sensación de estar soñando, y se encontró más como si acabara de despertar. El abismo último, el Ser, la entidad llamada Randolph Carter y perteneciente a una absurda y remota raza aún no nacida en quién sabe qué mundo futuro, formaban parte de los sueños que insistentemente visitaban al hechicero Zkauba, habitante del planeta Yaddith. Eran sueños tan persistentes que obstaculizaban el cumplimiento de sus deberes, consistentes en preparar hechizos para mantener a los dholes en sus madrigueras, y llegaban a confundirse con sus recuerdos de miríadas de mundos que había visitado con su envoltura de luz. Y ahora parecían más reales que nunca. Esta llave de plata que tenía en su zarpa derecha, imagen exacta de una que había soñado, no indicaba nada bueno. Debía descansar y reflexionar, y consultar las tablillas de Nhing para ver qué debía hacer. Subió a un muro de metal por un callejón apartado de los lugares de gran afluencia, entró en su aposento y se acercó a los estantes donde se apilaban las tablillas grabadas.

»Siete fracciones de día más tarde, Zkauba se acuclilló en su prisma, sobrecogido y desesperado, porque la verdad que acababa de descubrir le había abierto un nuevo caudal de vivencias. Nunca más volvería a conocer la paz de ser una unidad. Efectivamente, en todo tiempo y espacio se vería desdoblado: Zkauba, el hechicero de Yaddith, disgustado por la idea de que en el futuro sería un repugnante mamífero de la Tierra llamado Carter, cosa que por otra parte ya había sido; y Randolph Carter, de la ciudad terrestre de Boston que temblaba de terror ante aquella criatura de zarpas y hocico que había sido él en el pasado y en la que se había convertido nuevamente.

»Durante las unidades de tiempo que transcurrieron en Yaddith –graznó el *swami,* cuya voz trabajosa empezaba a dar muestras de cansancio– sucedieron cosas que constituyen en sí otra historia y no pueden relatarse en cuatro palabras. Hubo expediciones a Stronti, y a Mthura, y a Kath y a otros mundos de las veintiocho galaxias accesibles a las envolturas luminosas de las criaturas de Yaddith, y viajes de ida y vuelta a través de millones y millones de años, realizados con ayuda de la llave de plata y de otros muchos símbolos que los hechiceros de Yaddith conocían. Hubo luchas tremendas con los pálidos y viscosos dholes que moran en las madrigueras de aquel minado planeta. Hubo pavorosas sesiones de estudio en bibliotecas donde se acumulaba una ingente masa de sabiduría recogida de diez mil mundos vivos o muertos. Hubo violentas discusiones con otros espíritus de Yaddith, incluso con el del Archiantiguo Buo. Zkauba no confesó a nadie lo que le había sucedido a su personalidad, pero cuando en él predominaba el fragmento Randolph Carter, se dedicaba frenéticamente a estudiar todos los medios posibles para regresar a la Tierra, y a la humana forma, y practicaba desesperadamente el lenguaje humano con sus extraños órganos vocales tan poco aptos para ello.

»El fragmento Carter no tardó en comprobar con horror que la llave de plata no servía para regresar a la forma humana. Según dedujo demasiado tarde de cosas que recordaba, de sus propios sueños y de la sabiduría de Yaddith esta llave había sido forjada en Hyperborea, en la Tierra, y sólo tenía poder sobre los ángulos de conciencia de los seres humanos. No obstante, podía cambiar el ángulo planetario y enviar a su poseedor a través del tiempo sin que su cuerpo sufriera mutación alguna. Había un hechizo adicional que confería a la llave ilimitados poderes, de los que de otro modo carecía; pero este hechizo también había sido descubierto por el hombre en sus inalcanzables regiones del espacio, y jamás podría ser reproducido por los hechiceros de Yaddith. Se hallaba escrito en el pergamino indescifrable que acompañaba a la llave de plata en su cofrecillo de horribles adornos, y Carter se lamentaba amargamente de habérselo olvidado. El Ser ahora inaccesible del abismo ya le había advertido que debía conservar los símbolos, y sin duda había creído que no le faltaba ninguno.

»A medida que el tiempo pasaba, se esforzaba en ahondar más y más en la monstruosa ciencia de Yaddith, con objeto de hallar un medio para regresar al abismo de la Entidad omnipotente. Con sus nuevos conocimientos, podría haber sacado mucho provecho del enigmático pergamino; pero ese otro poder, en las circunstancias presentes, era pura ironía. Había ocasiones, sin embargo, en que predominaba la faceta Zkauba, y entonces se esforzaba por borrar los turbadores recuerdos de Carter que tanto le angustiaban.

»Así transcurrieron períodos de tiempo más largos de lo que el cerebro humano puede concebir, ya que los seres de Yaddith mueren tras prolongados ciclos biológicos. Después de muchos centenares de revoluciones, el fragmento Carter se fue imponiendo sobre el fragmento Zkauba, y se pasó grandes períodos calculando la distancia espacial y temporal que habría entre Yaddith y la Tierra habitada por los hombres. Las cifras eran inconcebibles –incalculables millones de años luz–, pero la sabiduría inmemorial de Yaddith permitió a Carter comprender todas estas cosas. Ejercitó su poder de orientarse en sueños hacia la Tierra, y aprendió muchas cosas acerca de nuestro planeta que jamás había sabido antes. Pero no podía soñar con la fórmula del pergamino que necesitaba.

»Finalmente concibió un plan insensato para huir de Yaddith y empezó a prepararlo tan pronto como descubrió una droga para mantener perpetuamente aletargado al fragmento Zkauba, sin por ello anestesiar los recuerdos y conocimientos de éste. Pensó que sus cálculos le permitirían realizar un viaje en una de las envolturas luminosas, como ningún ser de Yaddith lo había realizado jamás: un viaje *corporal,* a través de innumerables millones de años de increíbles extensiones galácticas, hasta el sistema solar y la Tierra misma. Una vez en la Tierra, aunque encarnado en un ser de zarpas y hocico, podría encontrar de algún modo el pergamino de extraños jeroglíficos que había dejado en su coche abandonado en Arkham, y descifrarlo; y con su ayuda, y la de la llave, recuperar su aspecto terrestre normal.

»No ignoraba los peligros de la empresa. Sabía que cuando inclinara el ángulo planetario hacia el período requerido (cosa imposible de hacer durante su veloz trayectoria por el espacio), Yaddith sería un mundo muerto, dominado por los triunfantes dholes, y que su huida en la envoltura luminosa estaría expuesta a graves eventualidades. Sabía asimismo que habría de suspender su vida, a la manera de un iniciado, para soportar un viaje de millones de años a través de abismos insondables. Y sabía también que –en caso de rematar con éxito el viaje– debería inmunizarse contra las bacterias y demás condiciones terrestres hostiles a un cuerpo de Yaddith. Además, debería adoptar algún medio de fingir la forma humana de los habitantes de la Tierra, hasta que lograra encontrar y descifrar el pergamino, y recuperar de verdad esa forma. En caso contrario, sería descubierto probablemente por las gentes que le matarían, horrorizadas ante una criatura que les resultaba inconcebible. Y debería llevar consigo algo de oro –fácil de obtener en Yaddith– para desenvolverse durante su búsqueda.

»Los planes de Carter se fueron realizando lentamente. Se proveyó de una envoltura luminosa de dureza excepcional, capaz de soportar tanto una prodigiosa transición temporal como un vuelo sin igual a través del espacio. Comprobó todos los cálculos y orientó una y otra vez sus sueños hacia la Tierra, tratando de aproximarse lo más posible a mil novecientos veintiocho. Practicó la suspensión de las funciones vitales. Descubrió los agentes bactericidas que necesitaba y logró calcular la fuerza de gravedad a la cual debía acostumbrarse. Modeló con gran habilidad una máscara de cera y confeccionó un atuendo que le permitiera desenvolverse entre los hombres como un ser humano normal y corriente, e inventó un hechizo doblemente poderoso con el que podría contener a los dholes en el momento de su partida del negro y consumido planeta Yaddith de inconcebible futuro. Tuvo también la precaución de hacerse con una buena provisión de drogas –imposibles de obtener en la Tierra– para mantener aletargado al fragmento Zkauba, hasta poder despojarse del cuerpo de Yaddith; y tampoco dejó de hacer acopio de una pequeña reserva de oro para utilizarlo en la Tierra.

»El día de la partida estaba hecho un mar de dudas y recelos. Subió a la plataforma de lanzamiento con el pretexto de trasladarse a la triple estrella Nython y se metió en la envoltura de brillante metal. Tenía el sitio justo para llevar a cabo el ritual de la llave de plata y comenzó a ejecutarlo mientras se elevaba lentamente la envoltura. Se originó un torbellino aterrador, se oscureció la luz del día y sintió un dolor punzante e intolerable. El cosmos pareció tambalearse como gobernado por un dios loco, y en la negrura del firmamento danzaron constelaciones nuevas.

»Inmediatamente, Carter sintió un nuevo equilibrio. El frío de los abismos interestelares corroía el exterior de su envoltura, y pudo observar desde su interior que flotaba libremente en el espacio. El edificio de metal del que acababa de despegar se había hundido en ruinas años antes. Por debajo de él, el suelo estaba plagado de gigantescos dholes; y mientras los miraba, uno de ellos se incorporó varios centenares de pies y tendió hacia él una extremidad blancuzca y viscosa. Pero sus hechizos surtieron efecto y un momento después se alejaba de Yaddith sin haber sido alcanzado.

7

En aquella rara habitación de Nueva Orleans, de la que había huido instintivamente el viejo criado negro, la voz del *swami* Chandraputra se hizo aún más ronca:

–Señores –continuó–, no voy a pedirles que crean estas cosas hasta que no les haya mostrado una prueba irrefutable.

Mientras tanto, cuando les hable de *los millares de años de luz,
de los millares de años de tiempo, y de los billones de kilómetros*
que Randolph Carter empleó en cruzar los espacios en su
cuerpo abominable e inhumano, protegido por una envoltura de metal electroactivo, pueden considerarlo como pura
fantasía. Carter había regulado cuidadosamente la duración
de su suspensión vital, disponiendo que ésta concluyera pocos años antes de aterrizar en la Tierra en mil novecientos
veintiocho.

»Nunca olvidará ese despertar. Recuerden señores, que antes de provocarse aquel letargo de millones de siglos, *había
vivido conscientemente durante miles de años terrestres en medio de los prodigios extraños y horribles de Yaddith.* Sintió la
intensa mordedura del frío, cesaron los sueños amenazado-
res, y se asomó por los portillos de la envoltura. Las estrellas,
las constelaciones, las nebulosas, se desparramaban por todo
el firmamento... *Y, finalmente, sus contornos adoptaron la majestad de las constelaciones de la Tierra que él conocía.*

»Algún día podrá contarse su descenso al sistema solar.
Vio Kynarth y Yuggoth en el borde, pasó muy cerca de Neptu-
no y vislumbró los infernales hongos blancuzcos que ensu-
cian la superficie, descubrió cierto secreto inenarrable a su
paso por las nieblas de Júpiter, vio el horror que mora en uno
de sus satélites, y contempló las ruinas ciclópeas esparcidas
sobre el disco rojizo de Marte. Al aproximarse a la Tierra, la
vio como un tenue creciente que aumentaba de tamaño de
manera alarmante. Aflojó la velocidad, aunque la emoción de
regresar le impulsara a no perder ni un instante. Pero no pre-
tendo contarles esas sensaciones tal como yo las he sabido del
propio Carter.

»Bien; finalmente, Carter se mantuvo inmóvil en las capas
superiores de la atmósfera terrestre, en espera de que la luz
del día iluminase el hemisferio occidental. Quería tomar tierra en el mismo lugar de donde había partido: cerca de la Caverna de las Serpientes, en los montes de Arkham. Si alguno

de ustedes ha estado fuera de su hogar durante mucho tiempo –y sé que uno de ustedes sí lo ha estado–, que calcule lo
que le tuvo que emocionar la visión de las ondulantes colinas
de Nueva Inglaterra, de los grandes olmos y los huertos de árboles nudosos y viejos cercados de piedra.

»Al despuntar el día, tomó tierra en el prado que se extiende más abajo de la antigua propiedad de los Carter, y se alegró
de poderlo hacer en el silencio y la soledad. Era otoño, lo mismo que cuando partió, y el perfume de las colinas fue como
un bálsamo para su espíritu. Se las arregló para subir la envoltura por la ladera, hasta el bosque, y ocultarla en la Caverna de las Serpientes, pero no consiguió hacerla pasar por la
grieta hasta la cueva interior. Allí mismo cubrió su cuerpo extraño con las ropas humanas y la máscara de cera. La envoltura quedó en aquel lugar durante un año hasta que ciertas circunstancias le obligaron a buscarle otro escondite.

»Se fue andando a Arkham, lo cual le sirvió para acostumbrarse a manejar su cuerpo en posturas humanas y en las
condiciones ambientales de la Tierra, y entró en un banco
para cambiar el oro por dinero. Hizo también ciertas indagaciones haciéndose pasar por un extranjero que ignoraba el
inglés, y descubrió que estaba en mil novecientos treinta, sólo
dos años después de la época a la que había pretendido llegar.

»Naturalmente, su situación era horrible. Le era imposible
dar a conocer su identidad, estaba forzado a vivir en guardia
en todo momento, tenía ciertas dificultades respecto a la alimentación, y necesitaba disponer de su droga extraña para
mantener aletargado el fragmento Zkauba. Por todo ello se
daba cuenta de que debía actuar con la mayor rapidez posible. Marchó a Boston y tomó una habitación en el ruinoso barrio de West End, donde pudo vivir sin grandes gastos y en el
más oscuro anonimato, y comenzó inmediatamente a hacer
indagaciones sobre los bienes y efectos de Randolph Carter.
Fue entonces cuando se enteró de lo ansioso que estaba el señor Aspinwall, aquí presente, por efectuar el reparto de la he-

rencia, y supo con cuánta valentía se empeñaban el señor De Marigny y el señor Phillips en conservarla intacta.

El hindú hizo una reverencia, pero su rostro barbudo, atezado e impasible no manifestó expresión alguna.

–Por medios indirectos –prosiguió–, Carter consiguió al fin una copia del pergamino perdido, y comenzó el penoso trabajo de descifrarlo. Celebro poder decir que he tenido la satisfacción de ayudarle en este trabajo; porque efectivamente, recurrió muy pronto a mí, y por mediación mía entró en contacto con otros místicos repartidos por el mundo. Me fui a vivir con él a Boston, en un pésimo tugurio de Chambers Street. En cuanto al pergamino, me complazco en poder sacar de dudas al señor De Marigny. Permítame que le diga que la lengua en que están escritos estos jeroglíficos no es naakal sino r'lyehiana, idioma que fue traído a la Tierra, hace innumerables eras geológicas, por los descendientes de Cthulhu. Naturalmente, se trata de la traducción de un original hyperbóreo, millones de años más antiguo, escrito en la primordial lengua Tsath-yo.

»Hizo falta más tiempo para traducirlo de lo que Carter había calculado, pero en ningún momento se dio por vencido. A principios de este año hizo grandes progresos gracias a un libro que le trajeron del Nepal, y no cabe duda de que lo logrará antes que pase mucho tiempo. Desgraciadamente, sin embargo, ha surgido una dificultad. Se le ha terminado la droga que mantiene aletargado al fragmento Zkauba. Pero esta calamidad no es tan grande como él temía. La personalidad de Carter domina cada vez más en ese cuerpo, y cuando Zkauba logra alcanzar cierta preponderancia, cosa que sucede durante períodos cada vez más breves y sólo cuando experimenta alguna inusitada excitación, se suele quedar demasiado confundido para contrarrestar el trabajo de Carter. No puede encontrar la envoltura de metal, que podría llevarle de regreso a Yaddith; una vez estuvo a punto de encontrarla, pero Carter, aprovechando que el fragmento Zkauba había vuelto a sumirse en su letargo, la escondió en otro lugar. El único daño que ha hecho Zkauba ha sido asustar a unas cuantas personas y dar origen a ciertos rumores terroríficos que han circulado entre los polacos y los lituanos del barrio de West End, de Boston. Hasta el momento, no ha llegado a estropear del todo el cuidadoso disfraz preparado por el fragmento Carter, aunque a veces lo arroja de tal manera, que ha tenido que recomponerlo por algunos sitios. Yo he visto lo que hay debajo de ese disfraz... y no resulta agradable de ver.

»Hace un mes, Carter leyó el anuncio de esta reunión, y comprendió que debía actuar rápidamente para salvar sus bienes. No podía esperar a terminar de descifrar el pergamino y recobrar su forma humana. Por esta razón, me ha enviado, para que yo actúe en su nombre.

»Señores, yo les aseguro formalmente que Randolph Carter no ha muerto; que se halla temporalmente en una situación excepcional, pero que dentro de dos o tres meses a lo sumo podrá presentarse en su verdadera forma, y exigir la restitución de sus bienes. Estoy dispuesto a presentarles pruebas de ello si es necesario. Por lo tanto, les ruego que suspendan esta reunión por tiempo indefinido.

8

De Marigny y Phillips se quedaron mirando al hindú como hipnotizados, mientras Aspinwall emitía una serie de gruñidos y resoplidos. Por fin, el malhumor del viejo abogado estalló en una furia incontenible, y dio un puñetazo en la mesa con su mano de hinchadas venas apopléticas. Cuando pudo hablar, parecía más bien que ladraba:

–¿Cuánto tiempo hay que soportar esta payasada? Llevo una hora escuchando a este loco, a este impostor*, y ahora

---

* Aquí Aspinwall hace un juego de palabras entre *faker,* impostor y *fakir,* como religioso mendicante hindú. (*N. del T.*)

tiene la desfachatez de decir que Carter está vivo..., ¡y de pedir que se aplace la distribución de la herencia sin una razón justificada! ¿Por qué no echa a la calle a este bribón, De Marigny? ¿Pretende usted que nos dejemos tomar el pelo por un charlatán o un majadero?

De Marigny, sereno, alzó la mano con sosiego:

–Reflexionemos con calma. Esta historia es muy singular y hay en ella algunas cosas que yo, como ocultista no del todo ignorante, considero muy lejos de ser imposible. Además desde mil novecientos treinta he venido recibiendo cartas del *swami* que concuerdan con el relato.

Al interrumpirse, el viejo señor Phillips aventuró:

–El *swami* Chandraputra ha hablado de pruebas. A mí también me parece que hay cosas muy significativas en esta historia, y también yo he recibido muchas cartas del *swami* que lo confirman. Pero algunas de estas declaraciones parecen excesivas. ¿No nos puede usted mostrar alguna prueba tangible ?

Con el rostro impasible, el *swami* sacó un objeto del bolsillo de sus ropajes holgados y contestó con su voz ronca:

–Aunque ninguno de ustedes haya *visto* jamás la llave de plata, el señor De Marigny y el señor Phillips sí la han visto en fotografía. *¿Les resulta entonces esto familiar?*

Nerviosamente, colocó sobre la mesa, con su enorme mano enfundada en blancos mitones, una pesada llave de plata enmohecida, de unos doce o trece centímetros de largo, de una artesanía exótica y absolutamente desconocida, y cubierta de punta a punta por jeroglíficos sumamente extraños. De Marigny y Phillips dejaron escapar una exclamación.

–¡Eso es! –exclamó De Marigny–. La fotografía no miente. ¡No puede haber error!

Pero Aspinwall ya había soltado su respuesta:

–¡Locos! ¿Qué prueba eso? ¡Si ésa es la llave que realmente perteneció a mi primo, este extranjero, este condenado negro, tendrá que explicarnos cómo ha venido a parar a sus manos! Randolph Carter desapareció con esa llave hace cuatro años. ¿Cómo sabemos que no se la robó y le asesinó después? Mi primo estaba medio chiflado y tenía relación con gente más chiflada aún. Vamos a ver, negro: ¿de dónde has sacado esa llave? ¿Has matado a Randolph Carter?

El semblante del *swami*, normalmente tranquilo, no se inmutó; pero sus hundidos ojos negros llamearon peligrosamente en el fondo de sus órbitas y habló con gran dificultad.

–Le ruego que se domine, señor Aspinwall. Hay otra clase de prueba que *podría* enseñarles, pero el efecto que les causaría no sería agradable. Seamos razonables. Aquí tengo algunos papeles que evidentemente han sido escritos en mil novecientos treinta, y con letra inconfundible de Randolph Carter.

Sacó con torpeza un gran sobre del interior de sus holgadas vestiduras y se lo tendió al furioso apoderado, mientras De Marigny y Phillips presenciaban la escena hechos un mar de confusiones, y con una incipiente sensación de terror insuperable.

–La escritura, por supuesto, es casi ilegible, pero recuerde que Randolph Carter no tiene en la actualidad las manos bien adaptadas para la escritura humana.

Aspinwall ojeó los papeles; estaba visiblemente perplejo, pero no cambió de actitud. En la estancia reinaba una tensa excitación y un temor apenas reprimido. El ritmo extraño del reloj en forma de ataúd resultaba completamente diabólico para De Marigny y Phillips, pero al abogado no parecía impresionarle en absoluto.

Aspinwall habló otra vez:

–Esto parece una falsificación muy bien hecha. Y si no lo es, puede que Randolph Carter se encuentre en poder de algún desaprensivo que lo tenga secuestrado. Sólo cabe hacer una cosa: arrestar a este impostor. De Marigny, ¿quiere usted telefonear a la policía?

–Aguarde todavía –contestó el anfitrión–. No considero necesario que intervenga la policía en este caso. Tengo una idea. Señor Aspinwall, este caballero hindú es un ocultista de verdadero talento que afirma estar en íntima comunicación con Randolph Carter. ¿Se quedaría usted satisfecho si contestara a ciertas preguntas cuya respuesta sólo podría conocer alguien que estuviera en estrecho contacto con él? Conozco a Carter y puedo hacer preguntas de esta índole. Permítame traer un libro que, según creo, podrá servirnos de prueba.

Se dirigió hacia la puerta para ir a la biblioteca, y Phillips, perplejo, le siguió maquinalmente. Aspinwall permaneció en su sitio escrutando con atención al hindú que estaba sentado frente a él, con su rostro impasible. De repente, cuando Chandraputra recogía con torpeza la llave y se la guardaba en el bolsillo, el abogado soltó un grito gutural:

–¡Ah, cielos, ya lo entiendo! Este bribón está disfrazado. A mí no me hace creer que es un indio del Asia. Esa cara... ¡No es una cara, es una *máscara!* La idea me la ha debido dar su historia, pero es verdad. No la mueve por nada, y el turbante y la barba le ocultan los bordes. ¡Este tipo es un vulgar criminal! Ni siquiera es extranjero. Me he venido dando cuenta por su manera de hablar. Y miren esos mitones. Sabe que puede dejar huellas dactilares. ¡Maldita sea, se la voy a arrancar!...

–¡Alto! –la voz ronca y extraña del *swami* denotaba un terror ultraterreno–, le he dicho que *había otra forma de probarle lo que digo, si era necesario,* y le advertí que no me provocara. Este viejo entrometido tiene razón: no soy un indio de verdad. *Este rostro es una máscara, pero el que hay debajo no es humano.* Ustedes también lo han sospechado, me he dado cuenta hace unos minutos. No resultaría nada agradable que me quitara la máscara. Déjalo estar, Ernest. De todos modos tengo que decírtelo ya: *yo soy Randolph Carter.*

Nadie se movió. Aspinwall soltó un gruñido e hizo un gesto vago. De Marigny y Phillips, desde el otro extremo de la habitación, veían el congestionado rostro del viejo y la espalda de la figura con turbante que se alzaba ante él. En el anormal latido del reloj había algo espantoso, y el humo de los trípodes y las figuras de los tapices parecían moverse al son de una danza macabra. El abogado, fuera de sí, rompió el silencio:

–¡No; no eres mi primo, ladrón... no me asustarás! Tus razones tendrás para no querer que te veamos la cara. Seguramente porque sabemos quién eres. ¡Fuera esa máscara!

Al abalanzarse contra él, el *swami* le agarró la mano con las suyas, enfundadas en los mitones, y emitió un extraño grito, mezcla de dolor y sorpresa. De Marigny quiso interponerse entre los dos, pero se detuvo desconcertado cuando el grito de protesta del falso hindú se transformó en una especie de zumbido o rechinamiento inexplicable. Aspinwall tenía el rostro congestionado y enfurecido, y lanzó su mano libre a la espesa barba de su oponente. Esta vez consiguió cogerla, y de un tirón frenético, desprendió del turbante el rostro de cera, que quedó colgando de la mano del abogado.

En el mismo instante, Aspinwall dejó escapar un grito ahogado y Phillips y De Marigny vieron que su cara se contraía en la convulsión más salvaje, en la más espantosa mueca de horror que nunca vieran en rostro humano. Entre tanto, el falso *swami* había soltado su otra mano y se había quedado de pie, como atontado, emitiendo una serie de ruidos entrecortados de lo más incomprensible. Luego, la figura del turbante se acurrucó en una postura muy poco humana y comenzó a arrastrarse de manera singular hacia el reloj en forma de ataúd, que seguía marcando un ritmo cósmico anormal. Su cara descubierta estaba en ese momento vuelta hacia otro lado, y De Marigny y Phillips no podían ver lo que el abogado había puesto al descubierto. Centraron su atención en Aspinwall, que se había desplomado en el suelo. El encanto se había roto... Pero cuando se acercaron al viejo, estaba muerto.

Al volverse rápidamente hacia el *swami* que retrocedía resollando, De Marigny vio cómo de uno de sus brazos colgantes se desprendía un enorme mitón blanco. Las vaharadas del olíbano eran espesas, y todo lo que logró ver de la mano descubierta fue una cosa larga y negra. Antes que el criollo pudiera llegar hasta la figura que retrocedía, el anciano señor Phillips le retuvo por el hombro.

–¡No! –susurró–. No sabemos con qué nos vamos a enfrentar. La otra faceta, ya sabe, Zkauba, el hechicero de Yaddith...

La figura del turbante había llegado junto al extraño reloj, y los dos hombres presenciaron a través de la humareda cómo una zarpa negra manipulaba en la alargada puerta cubierta de jeroglíficos. Aquella manipulación produjo un extraño golpeteo. Luego, la figura entró en la caja de forma de ataúd y cerró la tapa después.

De Marigny no pudo contenerse, pero cuando se acercó y abrió el reloj, estaba vacío. Seguía palpitando con el ritmo cósmico y misterioso que subyace en todos los accesos del éxtasis místico. En el suelo habían quedado un enorme mitón blanco y un hombre muerto con una máscara en su mano crispada; ni un solo rastro más.

Transcurrió un año, y no se oyó hablar más de Randolph Carter. Sus bienes siguen intactos aún. Las señas de Boston, desde donde un tal «*swami* Chandraputra» había enviado información a diversos místicos entre los años 1930 y 1932 correspondían al domicilio de un extraño hindú, pero éste se había ausentado poco antes de la reunión de Nueva Orleans y no se le volvió a ver desde entonces. Era, al parecer, un individuo moreno, inexpresivo y con barba. El dueño de la casa cree que la máscara de color oscuro que le mostraron se parece muchísimo a él. Sin embargo, jamás se sospechó que hubiera relación alguna entre el desaparecido hindú y las pesadillescas apariciones sobre las que tanto murmuraban los eslavos del barrio. Las colinas de Arkham fueron registradas en busca de la «envoltura metálica», pero sin resultado. Sin embargo, un empleado del First National Bank de Arkham recuerda que en octubre de 1930, un extranjero con turbante cambió por dinero cierta cantidad de barras de oro.

De Marigny y Phillips no saben qué pensar del caso. Después de todo, ¿qué pruebas hay sobre él? Un relato, una llave que podía haber sido imitada de una de las fotografías que Carter había distribuido en 1928, algunos documentos... Ninguna de estas pruebas era concluyente. Había un extranjero enmascarado, pero, ¿vivía alguien que hubiera visto lo que ocultaba la máscara? En medio de la tensión nerviosa y del humo del olíbano, aquella desaparición en el interior del reloj podía muy bien explicarse como una alucinación sufrida por ambos. Los hindúes conocen muchos secretos de la hipnosis. La razón proclama que el *swami* era un criminal que había tratado de apoderarse de la herencia de Randolph Carter. Pero la autopsia decía que Aspinwall había muerto de un ataque. ¿Fue *sólo* un arrebato de cólera lo que provocó el desenlace? Hay ciertos detalles en esa historia...

En una inmensa estancia con tapices de extrañas figuras y ambiente impregnado por el humo del olíbano, Etienne-Laurent de Marigny se sienta a menudo a escuchar el ritmo anómalo de ese reloj en forma de ataúd, cubierto de extraños jeroglíficos.

H. P. Lovecraft:
En busca de la ciudad del sol poniente*

Por tres veces soñó Randolph Carter la maravillosa ciudad, y por tres veces fue súbitamente arrebatado cuando se hallaba en una elevada terraza que la dominaba. Brillaba toda con los dorados fulgores del sol poniente: las murallas, los templos, las columnatas y los puentes de veteado mármol, las fuentes de tazas plateadas y prismáticos surtidores que adornaban las grandes plazas y los perfumados jardines, las amplias avenidas bordeadas de árboles delicados, de jarrones atestados de flores, y de estatuas de marfil dispuestas en filas resplandecientes. Por las laderas del norte ascendían filas y filas de rojos tejados y viejas buhardillas picudas, entre las que quedaban protegidos los pequeños callejones empedrados, invadidos por la yerba. Había una agitación divina, un clamor de trompetas celestiales y un fragor de inmortales címbalos. El misterio envolvía la ciudad como envuelven las nubes una fabulosa montaña inexplorada; y mientras Carter, con la respiración contenida, se hallaba recostado en la balaustrada de la terraza, se sintió invadido por la angustia y la nostalgia de unos recuerdos casi olvida-

* Título original: *The Dream-Quest of Unknown Kadath.*

dos, por el dolor de las cosas perdidas y por la apremiante necesidad de localizar de nuevo el que algún día fuera trascendental y pavoroso lugar.

Sabía que, para él, aquel lugar debió de tener alguna vez un significado supremo, pero no podía recordar en qué época ni en qué encarnación lo había visitado, ni si había sido en sueños o en vigilia. Vislumbraba vagamente alguna fugaz reminiscencia de una primera juventud lejana y olvidada, en la que el gozo y la maravilla henchían el misterio de los días, y el anochecer y el amanecer se sucedían bajo un ritmo igualmente impaciente y profético de laúdes y canciones abriendo las puertas ardientes de nuevas y sorprendentes maravillas. Pero cada noche en que se encontraba en esa elevada terraza de mármol, ornada de extraños jarrones y balaustres esculpidos, y contemplaba, bajo una apacible puesta de sol, la belleza sobrenatural de la ciudad, sentía el cautiverio en el que le tenían los dioses tiranos del sueño, de ningún modo podía dejar aquel elevadísimo lugar para bajar por la interminable escalinata de mármol hasta aquellas calles impregnadas de antiguos sortilegios que le fascinaban...

Cuando despertó por tercera vez sin haber descendido por aquellos peldaños, sin haber recorrido aquellas apacibles calles en el atardecer, suplicó larga y fervientemente a los ocultos dioses del sueño que meditan ceñudos sobre las nubes que envuelven la desconocida Kadath, ciudad de la inmensidad fría jamás hollada por el hombre. Pero los dioses no contestaron, ni se conmovieron, ni dieron ningún signo favorable cuando les imploró en sueños o cuando les ofreció sacrificios por medio de los sacerdotes Nasht y Kaman-Thah, de luenga barba, cuyo templo subterráneo, en el cual se venera una columna de fuego, se encuentra no lejos de las puertas del mundo vigil. Parecía, al contrario, que sus súplicas habían sido escuchadas con hostilidad, ya que desde la primera invocación dejó radicalmente de contemplar la maravillosa ciudad como si sus tres lejanas visiones le hubieran sido permitidas por ca-

sualidad o por inadvertencia, en contra de algún plan o deseo
oculto de los dioses.

Finalmente, enfermo de tanto suspirar por las avenidas es-
plendorosas y por los callejones de la colina, ocultos entre
aquellos tejados antiguos que ni en sueños ni despierto podía
apartar de su espíritu, Carter decidió llegar hasta donde ningún otro ser humano había osado antes, y cruzar los tenebrosos desiertos helados donde la desconocida Kadath, cubierta
de nubes y coronada de estrellas ignotas, guarda el nocturno
y secreto castillo de ónice donde habitan los Grandes Dioses.

En uno de sus sueños ligeros, descendió los setenta peldaños que conducen a la caverna de fuego y habló de su proyecto a los sacerdotes Nasht y Kaman-Thah de luenga barba. Y
los sacerdotes, cubiertos con sus tiaras, movieron negativa-
mente la cabeza, augurando que sería la muerte de su alma.
Le dijeron que los Grandes Dioses habían manifestado ya sus
deseos y que no les agradaría sentirse agobiados por súplicas
insistentes. Le recordaron también que no sólo no había llegado jamás hombre alguno a Kadath, sino que nadie podía
sospechar dónde se halla, si en los países del sueño que ro-
dean nuestro mundo o en aquellas regiones que circundan alguna insospechada estrella próxima a Fomalhaut o a Aldeba-
rán. Si estuviera en la región de nuestros sueños, no sería imposible llegar a ella. Pero desde el principio de los tiempos,
sólo tres seres completamente humanos han cruzado los abismos impíos y tenebrosos del sueño, y de los tres, dos regresaron totalmente locos. En tales viajes había incalculables peligros imprevisibles, así como una tremenda amenaza final: el
ser que aúlla abominablemente más allá de los límites del cosmos ordenado, allí donde ningún sueño puede llegar. Esta última entidad maligna y amorfa del caos inferior, que blasfema y babea en el centro de toda infinidad, no es sino el ilimitado Azathoth, el sultán de los demonios, cuyo nombre jamás
se atrevieron labios humanos a pronunciar en voz alta, el que
roe hambriento en inconcebibles cámaras oscuras, más allá

de los tiempos, entre los fúnebres redobles de unos tambores de locura y el agudo, monótono gemido de unas flautas execrables, a cuyas percusiones y silbos danzan lentos y pesados los gigantescos Dioses Finales, ciegos, mudos, tenebrosos, estúpidos; y los Dioses Otros, cuyo espíritu y emisario es Nyarlathotep, el caos reptante.

De todas estas cosas advirtieron a Carter los sacerdotes Nasht y Kaman-Thah en la caverna de fuego, pero él siguió decidido a partir en busca de la desconocida Kadath, que se alza perdida en la inmensidad fría y de sus dioses tenebrosos, para poder gozar de la visión, del recuerdo y del amparo de la maravillosa ciudad del sol poniente. Sabía que su viaje iba a ser extraño y largo, y que los Grandes Dioses se opondrían a ello; pero estando habituado a los sueños, contaba Carter con la ayuda de muchos recuerdos provechosos y estratagemas útiles. Así que, tras pedir a los sacerdotes su bendición solemne y maquinar con astucia su expedición, descendió audazmente los trescientos peldaños que conducen al Pórtico del Sueño Profundo y emprendió el camino a través del bosque encantado.

En las oquedades de ese bosque enmarañado, cuyos prodigiosos robles tantean y entrelazan sus ramas al aire, y cuyas umbrías relucen con la apagada fosforescencia de unos hongos extraños, habitan los furtivos y silenciosos zoogs. Estos seres conocen una infinidad de secretos de la región de los sueños, y algo también del mundo vigil, ya que el bosque linda con las tierras de los hombres por dos lugares, aunque sería desastroso decir cuáles. Ciertos rumores inexplicables, ciertos accidentes y desapariciones ocurren entre los hombres alli donde los zoogs tienen acceso, y por ello es una gran suerte que éstos no puedan alejarse demasiado de la región de los sueños. Sin embargo, los zoogs cruzan libremente la frontera más próxima de esta región y se deslizan, negros, menudos, invisibles, para poder contar relatos divertidos a su regreso y entretener con ellos las largas horas que pasan al amor del fuego, en el corazón de su adorado bosque. La mayoría vive en madrigueras, aunque algunos habitan en los troncos de los grandes árboles; y a pesar de que se alimentan principalmente de hongos, se dice que también les atrae la carne, tanto la física como la espiritual. Y, efectivamente, en el bosque han entrado muchos soñadores que luego no han vuelto a salir. Pero Carter no tenía miedo; era un soñador veterano que conocía el lenguaje chirriante de estos seres y había tratado muchas veces con ellos. Con la ayuda de los zoogs había descubierto la espléndida ciudad de Celephais, situada en Ooth-Nargai, más allá de los Montes Tanarios, donde reina durante la mitad del año el gran rey Kuranes, ser humano a quien él había conocido en la vida vigil bajo otro nombre. Kuranes era el único ser humano que había alcanzado los abismos estelares y regresado en su sano juicio.

Mientras recorría, pues, los angostos corredores fosforescentes que quedan entre los troncos gigantescos de ese bosque iba Carter emitiendo ciertos sonidos chirriantes, a la manera de los zoogs, y callando de cuando en cuando en espera de respuesta. Recordaba que había un poblado de zoogs en el centro del bosque, en una zona en que abundaban grandes rocas musgosas y donde, según se contaba, habían vivido anteriormente seres aún más terribles, ya olvidados afortunadamente, después de tanto tiempo. Así que se dirigió hacia ese lugar. Reconocía el camino por los hongos grotescos, que cada vez parecían más voluminosos y mejor alimentados, a medida que se iba aproximando al terrible círculo de piedras en cuyo centro habían danzado y habían celebrado sus sacrificios los innominados seres anteriores. Finalmente, el enorme resplandor de aquellos hongos hinchados reveló una siniestra inmensidad verdosa y gris que ascendía hasta la bóveda espesa de la selva. Estaba muy cerca del anillo de piedras, y por ello supo Carter que el poblado de los zoogs debía hallarse a poca distancia. Renovó sus llamadas en el lenguaje chirriante y esperó pacientemente, por fin vio recompensados sus esfuerzos al darse cuenta de que le vigilaba una multitud de ojos. Eran los zoogs, cuyos ojos espectrales destacan en la oscuridad mucho antes de que puedan distinguirse sus siluetas oscuras, desmedradas y escurridizas.

Salieron en enjambre de sus madrigueras y de los árboles huecos, y eran tan numerosos que invadieron todo el espacio iluminado. Los más fieros le rozaron desagradablemente, y uno de ellos llegó a darle un repulsivo mordisco en una oreja; pero estos seres desordenados e irrespetuosos fueron contenidos muy pronto por los más viejos y sensatos. El Consejo de los Sabios, al reconocer al visitante, le ofreció una calabaza llena de savia fermentada de cierto árbol encantado que era distinto a todos los demás, y que había nacido de una semilla procedente de la luna. Y después de beber Carter ceremoniosamente, se inició un extraño coloquio. Por desgracia, los zoogs no sabían dónde se encontraba el pico de Kadath, ni podían decirle si la inmensidad fría se hallaba en nuestro país de los sueños o en otro. Se decía que los Grandes Dioses aparecen indistintamente en cualquier parte, y sólo uno de los zoogs pudo informarle de que era más frecuente verlos en los picos de las altas montañas que en los valles, ya que en tales picos ejecutan sus danzas conmemorativas cuando la luna brillaba sobre ellos y las nubes los aíslan de las tierras bajas.

Entonces un zoog que era muy viejo recordó algo que los demás ignoraban y dijo que en Ulthar, al otro lado del río Skai, todavía existía un último ejemplar de los Manuscritos Pnakóticos, copiado por hombres del mundo vigil en algún reino boreal ya olvidado, y trasladado a la región de los sueños cuando los caníbales velludos llamados gnophkehs conquistaron Olathoe, la tierra de los infinitos templos, y mataron a todos los héroes del país de Lomar. Esos manuscritos –dijo– eran inconcebiblemente antiguos y hablaban mucho de los dioses; y, además, en Ulthar había quienes habían visto las huellas de los dioses; incluso vivía un sacerdote que había escalado una gran montaña para verlos danzar bajo la luz de la luna. Afortunadamente había fracasado en su intento, pero un acompañante suyo que los consiguió ver había perecido horriblemente.

Randolph Carter agradeció esta información a los zoogs, que emitieron amistosos chirridos y le dieron otra calabaza de vino lunar para que se la llevara consigo, y emprendió el camino a través del bosque fosforescente, en dirección a la linde opuesta, donde las tumultuosas aguas del Skai se precipitan por las pendientes de Lerion, de Hatheg, de Nir y de Ulthar, y se sosiegan después en la llanura. Tras él, fugitivos y disimulados, reptaban varios zoogs curiosos que deseaban saber lo que le sucedería para poder contarlo más tarde a los suyos. Los robles inmensos se fueron haciendo más corpulentos y espesos a medida que se alejaba del poblado, por lo que le llamó la atención un lugar donde se veían mucho más ralos, desmedrados y moribundos, como ahogados entre una profusa cantidad de hongos deformes, hojarasca podrida y troncos de sus hermanos muertos. Aquí se tuvo que desviar bastante, porque en ese lugar había inscrustada en el suelo una enorme losa de piedra. Y dicen quienes se habían atrevido a acercarse a ella, que tiene una argolla de hierro de un metro de diámetro. Recordando el arcaico círculo de rocas musgosas y la razón por la cual fue erigido posiblemente, los zoogs no se detuvieron junto a la losa de gigantesca argolla. Sabían que no todo lo olvidado ha desaparecido necesariamente y no sería agradable ver levantarse aquella losa lentamente.

Carter se volvió al oír tras de sí los asustados chirridos de algunos zoogs atemorizados. Sabía ya que le seguían, y por ello no se alarmó; uno se acostumbra pronto a las rarezas de esas criaturas fisgonas. Al salir del bosque se vio inmerso en una luz crepuscular cuyo creciente resplandor anunciaba que estaba amaneciendo. Por encima de las fértiles llanuras que descendían hasta el Skai, y por todas partes, se extendían las cercas y los campos arados y las techumbres de paja de aquel país apacible. Se detuvo una vez en una granja a pedir un trago de agua, y los perros ladraron espantados por los invisibles zoogs que reptaban tras él por la yerba. En otra casa, donde las gentes andaban atareadas, preguntó si sabían algo de los dioses y si danzaban con frecuencia en la cima de Lerión; pero el granjero y su mujer se limitaron a hacer el Signo Arquetípico y a indicar sin palabras el camino que conducía a Nir y a Ulthar.

A mediodía caminaba ya por una calle principal de Nir, donde había estado anteriormente. Era esta ciudad el lugar más alejado que él había visitado tiempo atrás en aquella dirección. Poco después llegaba al gran puente de piedra que cruza el Skai, en cuyo tramo central los constructores habían sellado su obra con el sacrificio de un ser humano hacía mil trescientos años. Una vez al otro lado, la frecuente presencia de gatos (que erizaban sus lomos al paso de los zoogs) anunció la proximidad de Ulthar; pues en Ulthar, según una antigua y muy importante ley, nadie puede matar un solo gato. Muy agradables eran los alrededores del Ulthar, con sus casitas de techumbre de paja y sus granjas de limpios cercados, y aún más agradable era el propio pueblecito, con sus viejos tejados puntiagudos y sus pintorescas fachadas, con sus innumerables chimeneas y sus estrechos callejones empinados, cuyo viejo empedrado de guijarros podía admirarse allí donde los gatos dejaban espacio suficiente. Una vez que notaron los gatos la presencia de los zoogs y se apartaron, Carter se dirigió directamente al modesto Templo de los Grandes Dioses, donde, según se decía, estaban los sacerdotes y los viejos archivos; y ya en el interior de la venerable torre circular cubierta de hiedra –que corona la colina más alta de Ulthar– buscó al patriarca Atal, el que había subido al prohibido pico de Hathea-Kla, en el desierto de piedra, y había regresado vivo.

Atal, sentado en su trono de marfil cubierto de dosel, en el santuario ornado de guirnaldas que ocupa la parte más elevada del templo, contaba más de trescientos años de edad, aunque conservaba todavía su agudeza de espíritu y toda su memoria. Por él supo Carter muchas cosas acerca de los dioses; sobre todo, que no son éstos sino dioses de la Tierra, los cuales ejercen un débil poder sobre el mundo de nuestros sueños, y no tienen ningún otro señorío ni habitan en ningún otro lugar. Podían atender la súplica de un hombre si estaban de buen humor, pero no se debía intentar subir hasta su fortaleza, que se alzaba en lo más alto de Kadath, ciudad de la inmensidad fría. Era una suerte que ningún hombre conociera la localización exacta de las torres de Kadath, porque cualquier expedición a ellas podría haber traído consecuencias muy graves. Barzai el Sabio, compañero de Atal, había sido arrebatado aullando de terror por las fuerzas del cielo, sólo por haber osado escalar el conocido pico de Hatheg-Kla. En lo que respecta a la desconocida Kadath, si alguien llegara a encontrarla, la cosa sería mucho peor; pues aunque a veces los dioses de la Tierra puedan ser dominados por algún sabio mortal, están protegidos por los Dioses Otros del Exterior, de los que es más prudente no hablar. Dos veces por lo menos, en la historia del mundo, los Dioses Otros habían dejado su huella impresa en el primordial granito de la Tierra: la primera, en tiempos antediluvianos, según podía deducirse de ciertos grabados de aquellos fragmentarios Manuscritos Pnakóticos, cuyo texto es demasiado antiguo para poderse interpretar; y otra en Hatheg-Kla, cuando Barzai el Sabio quiso presenciar la danza de los dioses de la tierra a la luz de la luna. Así pues –dijo Atal–, era mucho mejor dejar tranquilos a todos los dioses y limitarse a dirigirles plegarias discretas.

Carter, aunque decepcionado por los desalentadores consejos de Atal y la escasa ayuda que le proporcionaron los Manuscritos Pnakóticos y los Siete Libros Crípticos de Hsan, no perdió toda la esperanza. Primero preguntó al anciano sacerdote sobre aquella maravillosa ciudad del sol poniente que veía desde una terraza bordeada de balaustradas, pensando que quizá pudiera encontrarla sin la ayuda de los dioses; pero

Atal no pudo decirle nada. Probablemente –dijo Atal– ese lugar pertenecía al mundo de sus sueños personales y no al mundo onírico común, y lo más seguro es que se hallara en otro planeta. En ese caso, los dioses de la tierra no podrían guiarle ni aunque quisieran. Pero esto tampoco era seguro, ya que la interrupción de sus sueños por tres veces indicaba que había algo en él que los Grandes Dioses querían ocultarle.

Entonces Carter hizo algo reprobable: ofreció a su bondadoso anfitrión tantos tragos del vino lunar que le regalaron los zoogs, que el anciano se volvió irresponsablemente comunicativo. Liberado de su natural reserva, el pobre Atal se puso a charlar con entera libertad de cosas prohibidas, y le habló de una gran imagen que, según contaban los viajeros, está esculpida en la sólida roca del monte Ngranek, situado en la isla de Oriab, allá en el Mar Meridional; y le dio a entender que, posiblemente, fuera un retrato que los dioses de la tierra habían dejado de su propio semblante en los días que danzaban a la luz de la luna sobre la cima de aquella montaña. Y añadió hipando que los rasgos de aquella imagen son muy extraños, de manera que podían reconocerse perfectamente y constituían los signos inequívocos de la auténtica raza de los dioses.

La utilidad de toda esta información se le hizo inmediatamente patente a Carter. Se sabe que, disfrazados, los más jóvenes de los Grandes Dioses se casan a menudo con las hijas de los hombres, de modo que junto a los confines de la inmensidad fría, donde se yergue Kadath, los campesinos llevaban todos sangre divina. En consecuencia, la manera de descubrir el lugar donde se encuentra Kadath sería ir a ver el rostro de piedra de Ngranek y fijarse bien en sus rasgos. Luego de haberlos grabado cuidadosamente en la memoria, tendría que buscar esos rasgos entre los hombres vivos. Y allá donde se encontrasen los más evidentes y notorios, sería el lugar más próximo de la morada de los dioses. Y así, el frío desierto de piedra que se extienda más allá de estos poblados será sin duda aquel donde se halla Kadath.

En tales regiones puede uno enterarse de muchas cosas acerca de los Grandes Dioses, puesto que quienes lleven sangre suya bien pueden haber heredado igualmente pequeñas reminiscencias muy valiosas para un investigador. Es posible que los moradores de estas regiones ignoren su parentesco con los dioses, porque a los dioses les repugna tanto ser reconocidos por los hombres, que entre éstos no hay uno solo que haya visto los rostros de aquéllos, cosa que Carter comprobó más adelante, cuando intentó escalar el monte Kadath. Sin embargo, estos hombres de sangre divina tendrían sin duda pensamientos singularmente elevados que sus compañeros no llegarían a comprender, y sus canciones hablarían de parajes lejanos y de jardines tan distintos de cuantos son conocidos, incluso en el país de los sueños, que las gentes vulgares les tomarían por locos. Acaso sirviera esto a Carter para desvelar alguno de los viejos secretos de Kadath, o para obtener alguna alusión a la maravillosa ciudad del sol poniente que los dioses guardan en secreto. Más aún, si la ocasión se presentaba, podría utilizar como rehén a algún hijo amado de los dioses, o incluso capturar a un joven dios de los que viven disfrazados entre los hombres, casados con hermosas campesinas.

Pero Atal no sabía cómo podía llegar Carter al monte Ngranek, en la isla de Oriab, y le aconsejó que siguiera el curso del Skai, cantarino bajo los puentes, hasta su desembocadura en el Mar Meridional, donde jamás ha llegado ningún habitante de Ulthar, pero de donde vienen mercaderes en embarcaciones o en largas caravanas de mulas y carromatos de pesadas ruedas. Allí se alza una gran ciudad llamada Dylath-Leen, pero tiene mala reputación en Ulthar a causa de los negros trirremes que entran en su puerto cargados de rubíes, venidos de no se sabe qué litorales. Los comerciantes que vienen en esas galeras a tratar con los joyeros son humanos o casi humanos, pero jamás han sido vistos los galeotes. Y en Ulthar no se considera prudente traficar con estos mercaderes de negros barcos que vienen de costas remotas y cuyos remeros jamás salen a la luz.

Después de contar todo esto, Atal se quedó amodorrado. Carter lo depositó suavemente en su lecho de ébano y le recogió decorosamente su larga barba sobre el pecho. Al emprender el camino, observó que no le seguía ningún ruido solapado, y se preguntó por qué razón los zoogs habrían abandonado su curioso seguimiento. Entonces se dio cuenta de la complacencia con que los lustrosos gatos de Ulthar se lamían las fauces, y recordó los gruñidos, maullidos y gemidos lejanos que se habían oído en la parte baja del templo, mientras él escuchaba absorto la conversación del viejo sacerdote. Y recordó también con qué hambrienta codicia había mirado un joven zoog particularmente descarado a un gatito negro que había en la calle. Y como a él nada le gustaba tanto como los gatitos negros, se detuvo a acariciar a los enormes gatazos de Ulthar que se relamían, y no se lamentó de que los zoogs hubiera dejado de escoltarle.

Caía la tarde, así que Carter paró en una antigua posada que daba a un empinado callejón, desde donde se dominaba la parte baja del pueblo. Se asomó al balcón de su dormitorio y, al contemplar la marea de rojos tejados, los caminos empedrados y los encantadores prados que se extendían a lo lejos, pensó que todo formaba un conjunto dulce y fascinante a la luz sesgada del ocaso, y que Ulthar sería sin duda alguna el lugar más maravilloso para vivir, si no fuera por el recuerdo de aquella gran ciudad del sol poniente que le empujaba de manera incesante hacia unos peligros ignorados. Empezaba ya a anochecer; las rosadas paredes y las cúpulas se volvieron violáceas y místicas, y tras las celosías de las viejas ventanas comenzaron a encenderse lucecitas amarillas. Las campanas de la torre del templo repicaron armoniosas allá arriba, y la primera estrella surgió temblorosa por encima de la vega del Skai. Con la noche vinieron las canciones, y Carter asintió en silencio cuando los vihuelistas cantaron los tiempos antiguos

desde los balcones primorosos y los patios taraceados de Ulthar. Y sin duda se habría podido apreciar la misma dulzura
en los maullidos de los gatos, de no haber estado casi todos
ellos pesados y silenciosos a causa de su extraño festín. Algunos de ellos se escabulleron sigilosamente hacia esos reinos
ocultos que sólo conocen los gatos y que según los lugareños,
se hallan en la cara oculta de la luna adonde trepan desde los
tejados de las casas más altas. Pero un gatito negro subió a la
habitación de Carter y saltó a su regazo para jugar y ronro-
near, y se ovilló a sus pies cuando él se tendió en el pequeño
lecho cuyas almohadas estaban rellenas de yerbas fragantes y
adormecedoras.

Por la mañana, Carter se unió a una caravana de mercaderes que salía hacia Dylath-Leen con lana hilada de Ulthar y
coles de sus fértiles huertas. Y durante seis días cabalgó al son
de los cascabeles por un camino llano que bordeaba el Skai,
parando unas noches en las posadas de los pintorescos pueblecitos pesqueros, y acampando otras bajo las estrellas, al
arrullo de las canciones de los barqueros que llegaban desde
el apacible río. El campo era muy hermoso, con setos verdes y
arboledas, y graciosas cabañas puntiagudas y molinos octo-
gonales.

Al séptimo día vio alzarse una mancha borrosa de humo
en el horizonte, y luego las altas torres negras de Dylath-Leen,
construida casi en su totalidad de basalto. Dylath-Leen con
sus finas torres angulares, parece desde lejos un fragmento de
la Calzada de los Gigantes, y sus calles son tenebrosas e inhos-
pitalitarias. Tiene muchas tabernas marineras de lúgubre aspecto junto a sus innumerables muelles, y todas están atesta-
das de extrañas gentes de mar venidas de todas las partes de
la tierra, y aun de fuera de ella también, según dicen. Carter
preguntó a aquellos hombres de exóticos atuendos si sabían
dónde se encuentra el pico Ngranek de la isla Oriab, y se encontró con que sí lo sabían. Varios barcos hacían la ruta de
Baharna, que es el puerto de esa isla, y uno de ellos iría para

allá al cabo de un mes. Desde Baharna, el Ngranek queda a dos días escasos de viaje a caballo. Pero son pocos los que han visto el rostro de piedra del dios porque está situado en la vertiente de más difícil acceso al pico del Ngranek, en lo alto de unos precipicios inmensos desde donde se domina un siniestro valle volcánico. Una vez los dioses se irritaron con los hombres en aquel paraje, y hablaron del asunto a los Dioses Otros.

Le fue difícil recoger esta información de los mercaderes y de los marineros de las tabernas de Dylath-Leen, porque casi todos preferían hablar de las negras galeras. Una de ellas llegaría dentro de una semana cargada de rubíes desde su ignorado puerto de origen, y las gentes de la ciudad se sentían invadidas por el pánico sólo de pensar en verlas aparecer por la bocana del puerto. Los mercaderes que venían en esa galera tenían la boca desmesurada, y sus turbantes formaban dos bultos hacia arriba desde la frente que resultaban particularmente desagradables. Su calzado era el más pequeño y raro que se hubiera visto jamás en los Seis Reinos. Pero lo peor de todo era el asunto de los nunca vistos galeotes. Aquellas tres filas de remos se movían con demasiada agilidad, con demasiada precisión y vigor para que fuese cosa normal; como tampoco era normal que un barco permaneciera en puerto durante semanas, mientras los mercaderes trataban sus negocios, y que en ese tiempo no viera nadie a su tripulación. A los taberneros de Dylath-Leen no les gustaba esto, y tampoco a los tenderos y carniceros, ya que jamás habían subido a bordo la más mínima cantidad de provisiones. Los mercaderes no compraban más que oro y robustos esclavos negros, traídos de Parg por el río. Eso era lo único que cargaban esos mercaderes de desagradables facciones y de dudosos remeros. Jamás embarcaron producto alguno de las carnicerías y las tiendas, sino sólo oro y corpulentos negros de Parg a quienes compraban al peso. Y el olor que emanaba de aquellas galeras, olor que el viento traía hasta los muelles, era indescrip-

tible. Únicamente podían soportarlo los parroquianos más
duros de las tabernas, a base de fumar constantemente taba-
co fuerte. Jamás habría tolerado Dylath-Leen la presencia de
las negras galeras, de haber podido obtener tales rubíes por
otro conducto; pero ninguna mina de todo el país terrestre de
los sueños los producía como aquéllos.

Los cosmopolitas de Dylath-Leen hablaban ante todo de
estas cosas, mientras Carter aguardaba pacientemente el barco de Baharna que le llevaría a la isla donde se alzan los picos
del Ngranek, elevados y estériles. Durante ese tiempo no dejó
de indagar por los lugares que frecuentaban los lejanos viajeros, en busca de cualquier relato que hiciese referencia a Kadath, la ciudad de la inmensidad fría, o la maravillosa ciudad
de muros de mármol y fuentes de plata que había contemplado desde lo alto de una terraza a la hora del crepúsculo. Pero
nadie pudo darle noticias al respecto, aunque en una de las
ocasiones tuvo la sensación de que cierto viejo mercader de
ojos oblicuos le dirigió una mirada extrañamente brillante al
oírle mencionar la inmensidad fría. Tenía fama este hombre
de comerciar con los habitantes de los horribles poblados de
piedra que se levantan en la helada y desierta meseta de Leng,
jamás visitada por gentes sensatas, y cuyas hogueras malignas se habían visto brillar por la noche en la lejanía. Incluso
corría el rumor de que tenía contacto con ese gran sacerdote
enigmático que cubre su rostro con una máscara de seda
amarilla y vive solitario en un prehistórico monasterio de
piedra. Era indudable que aquel individuo había tenido algún comercio con los seres que habitan en la inmensidad
fría; pero Carter no tardó en comprobar que era inútil pre-
guntarle.

Por aquellos días entró en puerto la galera negra; pasó el
dique de basalto y el gran faro, silenciosa y extraña, envuelta
en una rara pestilencia que el viento del sur arrojaba a la ciudad. El malestar invadió las tabernas que se extendían a lo
largo de los muelles, y al poco tiempo, los sombríos mercade-

res de boca inmensa, turbantes jibosos y pies minúsculos bajaron a tierra furtivamente en busca de las tiendas de los joyeros. Carter los observó de cerca, y cuanto más los miraba, más desagradables le parecían. Después vio cómo embarcaban por la pasarela a los fornidos negros de Parg, que subían gruñendo y sudando, y los metían en el interior de aquella galera singular; y no pudo por menos de preguntarse en qué tierra –si es que llegaban a desembarcar– estarían destinadas a servir aquellas obesas y conmovedoras criaturas.

Al tercer día de haber llegado la galera, uno de aquellos desagradables mercaderes se encaró con él y, con una sonrisa obsequiosa y artera, le dijo que había oído en la taberna que estaba haciendo ciertas indagaciones. El mercader parecía estar enterado de cosas demasiado secretas para hablarlas en público, y, aunque tenía una voz insoportablemente odiosa, Carter comprendió que no debía desestimar los conocimientos de un viajero que venía de tan lejos. Por eso, le invitó a subir a una de sus habitaciones privadas, y le ofreció la última porción que le quedaba del vino lunar de los zoogs para soltarle la lengua. El extraño mercader bebió copiosamente, pero no por ello dejaba de sonreír cínicamente. Luego sacó a su vez una rara botella que traía consigo, y Carter tuvo ocasión de comprobar que se trataba de un rubí ahuecado. Ofrecióle el mercader vino de esta botella a su anfitrión, y aunque Carter bebió tan sólo un breve sorbo, al momento sintió el vértigo del vacío y la fiebre de insospechadas junglas. El invitado no dejaba de sonreír ni un momento, pero cada vez lo fue haciendo con más descaro. Cuando Carter se sumió al fin en la negrura, lo último que vio fue aquella cara siniestra contorsionada por una risa perversa, y una cosa totalmente inconcebible que surgió de uno de los bultos frontales del turbante anaranjado al desenrollársele por las sacudidas de aquella risa convulsiva.

Carter recobró el conocimiento en una atmósfera espantosamente maloliente. Se hallaba bajo una especie de tienda

plantada en la cubierta de un barco, y vio cómo las maravillosas costas del Mar Meridional se deslizaban con anormal rapidez. No estaba encadenado, pero a su lado había de pie tres
de aquellos mercaderes de tez oscura sonriéndole, y la visión
de los bultos de sus turbantes le mareó casi tanto como la fetidez que emanaba de las siniestras escotillas. Frente a él vio
pasar tierras gloriosas y ciudades que un compañero de ensueños terrestres –torrero de faro de un antiguo puerto– le
había descrito a menudo tiempo atrás, y reconoció los templos escalonados de Zak, moradas de sueños olvidados, las
agujas de la infame Thalarión, ciudad diabólica de mil maravillas donde reina el ídolo Lathi, los jardines-osarios de Zura,
tierra de placeres insatisfechos, y los promontorios gemelos
de cristal, que se unen por arriba formando el arco resplandeciente que custodia el puerto de Sona-Nyl, la bienaventurada
tierra de la imaginación.

Pasadas todas estas tierras fastuosas, la pestilente embarcación navegó con inquietante premura, impulsada por la
boga anormalmente veloz de sus invisibles remeros. Y antes
de terminar el día, Carter vio que el timonel no llevaba otro
rumbo que los Pilares Basálticos del Oeste, más allá de los
cuales dicen los crédulos que se halla la ilustre Cathuria, aunque los soñadores expertos saben muy bien que estos pilares
son las puertas de una monstruosa catarata por la que todos
los océanos de la tierra de los sueños se precipitan en el abismo de la nada y atraviesan los espacios hacia otros mundos y
otras estrellas, y hacia los espantosos vacíos exteriores al universo donde Azathoth, sultán de los demonios, roe hambriento en el caos, entre fúnebres redobles y melodías de flauta, mientras presencia la danza infernal de los Dioses Otros,
ciegos, mudos, tenebrosos y torpes, junto con Nyarlathotep,
espíritu y mensajero de éstos.

Entre tanto, los sardónicos mercaderes no decían una palabra de sus intenciones, pero Carter sabía muy bien que debían estar en complicidad con quienes querían impedir su

empresa. Se sabe en la tierra de los sueños que los Dioses Otros tienen muchos agentes mezclados entre los hombres; y todos estos enviados, casi o enteramente humanos, están dispuestos a cumplir la voluntad de esas entidades ciegas y estúpidas, a cambio de obtener los favores de su horrible espíritu y mensajero el caos reptante Nyarlathotep. De ello dedujo Carter que los mercaderes de abultados turbantes, al enterarse de su temeraria búsqueda del castillo de Kadath donde moran los Grandes Dioses, habían decidido raptarlo para entregarse a Nyarlathotep a cambio de quién sabe qué merced. Carter no podía adivinar cuál sería la tierra de aquellos mercaderes, ni si estaba en nuestro universo conocido o en los horribles espacios exteriores. Tampoco sospechaba en qué punto infernal se reunirían con el caos reptante para entregarle y exigir su recompensa. Sabía, sin embargo, que ningún ser casi humano como aquéllos se atrevería a acercarse al trono de la tiniebla final, a Azathoth, allá en el centro del vacío sin forma.

Al ponerse el sol, los mercaderes empezaron a lamerse sus enormes labios, con la mirada hambrienta. Uno de ellos bajó a algún compartimiento oculto y nauseabundo, y regresó con una olla y un cesto de platos. Se sentaron juntos bajo la tienda y comieron carne ahumada, que se pasaban unos a otros. Pero cuando le dieron un trozo a Carter, descubrió éste, por su tamaño y forma, algo terrible. Se puso más pálido que antes y arrojó al mar aquel trozo de carne, cuando nadie se fijaba en él. Y nuevamente pensó en aquellos remeros invisibles de abajo y en el sospechoso alimento del cual sacaban su tremenda fuerza muscular.

Era de noche cuando la galera pasó entre los pilares basálticos del Oeste, y el ruido de la catarata final se hizo ensordecedor. Y la nube de agua pulverizada se elevaba hasta oscurecer el fulgor de las estrellas, y la cubierta se puso más húmeda, y el barco se estremeció zarandeado por la corriente embravecida del borde del abismo. Luego, con un extraño silbido y de un solo impulso, la nave saltó al vacío, y Carter sintió un acceso de terror indescriptible al notar que la tierra huía bajo la quilla, y que el navío surcaba silencioso como un cometa los espacios planetarios. Jamás había tenido noticia hasta entonces de los seres informes y negros que se ocultan y se retuercen por el éter, gesticulando y hostigando a cualquier viajero que pueda pasar, y palpando con sus zarpas viscosas todo objeto móvil que excite su curiosidad. Son las larvas de los Dioses Otros, que como ellos, son ciegas y carecen de espíritu, y están poseídas por un hambre y una sed sin límites.

Pero el destino de aquella horrenda galera no era tan lejano como Carter había supuesto, pues no tardó en comprobar que el timonel ponía rumbo a la luna. La luna aparecía en un brillante cuarto creciente que aumentaba más y más a medida que se iban acercando, y mostraba sus cráteres singulares y sus picos inhóspitos. El barco siguió rumbo a sus riberas, y pronto se puso de manifiesto que su destino era aquella cara misteriosa y secreta que siempre ha permanecido de espaldas a la tierra, y que ningún ser enteramente humano, salvo el soñador Snireth-Ko quizá, ha contemplado jamás. Al acercarse la galera, el aspecto de la luna le pareció sobremanera inquietante a Carter: no le gustaban ni la forma ni las dimensiones de las ruinas diseminadas por todas partes. Los templos muertos de las montañas estaban construidos y orientados de tal manera que, evidentemente, no podían haber servido para rendir culto a ningún dios normal y corriente; y en la simetría de las rotas columnas parecía traslucirse un significado oscuro y secreto que no invitaba a ser desentrañado. Carter prefirió no hacer conjeturas sobre la naturaleza y proporciones de los antiguos adoradores de esos templos.

Cuando el barco dobló el borde del satélite, y navegó sobre aquellas tierras invisibles a los ojos de los hombres, aparecieron en el misterioso paisaje ciertos signos de vida, y Carter vio una infinidad de casitas de campo, bajas, amplias circulares, que se alzaban en unos campos cubiertos de hinchados

hongos blancuzcos. Observó que las casas carecían de ventanas, y pensó que sus formas recordaban a las de las chozas de
los esquimales. Luego vio las olas oleaginosas de un mar pe-
rezoso, y pudo comprobar que el viaje iba a progeguir de nuevo sobre las aguas; al menos, sobre elemento líquido. La galera tocó la superficie con un ruido peculiar, y la extraña elasti-
cidad con que las olas la acogieron dejó perplejo a Carter. La
nave se deslizaba ahora a gran velocidad. En una ocasión ade-
lantó a otra galera igual, y ambas tripulaciones se saludaron a
voces; pero en general, sólo se distinguía aquel mar extraño, y
un cielo negro y sembrado de estrellas aun cuando el sol brillaba de forma abrasadora.

Luego se alzaron frente al navío los henchidos acantilados
de una costa de aspecto leproso. Y Carter vislumbró las sóli-
das y desagradables torres grises de una ciudad. Su extraña
inclinación y su insólita curvatura, el modo con que se apiña-
ban y el hecho de carecer de ventanas, resultaron considerablemente turbadores para el prisionero, que lamentaba amargamente la tontería de haber probado el raro vino de aquel
mercader de turbante jiboso. Cuando ya se aproximaban a la
costa, y la horrenda fetidez de la ciudad se hizo aún más irresistible, vio sobre las quebradas colinas una infinidad de selvas, algunos de cuyos árboles reconoció como de la misma
especie de aquel solitario árbol lunar que viera en el bosque
encantado de la tierra, y cuya savia fermentada constituía el
singular vino de los pequeños y pardos zoogs.

Carter podía distinguir ahora unas figuras que se movían
por los muelles pestilentes, y según las iba viendo con mayor
claridad, sentía crecer su miedo y su aversión. Porque no eran
hombres, ni aun parecidos a hombres, sino criaturas descomunales, grisáceas, viscosas y blanduzcas que podían estirar-
se y contraerse a voluntad, pero cuya forma más común
–aunque la modificaran a menudo– era la de una especie de
sapo sin ojos, con una extraña masa de tentáculos sonrosados
que vibraban en la punta de sus chatos hocicos. Estas bestias

se afanaban torpemente por los muelles, manejando fardos y
cuévanos y cajas con fuerza prodigiosa, y saltando a cada momento del muelle a los barcos amarrados o de los barcos al
muelle, con largos remos entre sus patas delanteras. De cuando en cuando, pasaban conduciendo un tropel de esclavos de
caracteres muy semejantes a los humanos, pero cuyas bocas
inmensas recordaban a las de los mercaderes que traficaban
en Dylath-Leen; sin embargo, estos individuos, sin turbante
ni calzado ni ropa alguna, no parecían tan humanos como
aquéllos. Algunos de los esclavos, los más obesos –cuyas car-
nes tentaba una especie de vigilante para calcular su calidad–
eran desembarcados de las galeras y enjaulados en grandes
canastos asegurados con clavos, que los cargadores metían a
empujones en los almacenes o embarcaban en grandes furgones chirriantes.

Cargaron uno de los furgones y partió inmediatamente; la
fabulosa criatura que lo conducía era tal que Carter se quedó
estupefacto, aun después de haber visto las demás monstruo-
sidades de aquel abominable lugar. De cuando en cuando, pasaban pequeños grupos de esclavos vestidos y con turbantes,
igual que los atezados mercaderes, y eran conducidos a bordo
de una galera, seguidos de un grupo numeroso de viscosos
seres con cuerpo de sapo que componían la tripulación: ofi-
ciales, marineros y remeros. Carter veía que las criaturas casi
humanas eran destinadas a las más ignominiosas tareas ser-
viles, para las que no se requería una fuerza excepcional,
como gobernar el timón y cocinar, hacer recados y negociar
con los hombres de la tierra o de los demás planetas con los
que ellos mantenían comercio. Estas criaturas debían de ser
las más adecuadas para estas comisiones terrestres, ya que no
se diferenciaban grandemente de los hombres una vez vestidas, calzadas y tocadas con sus oportunos turbantes; y podían regatear en las tiendas de éstos sin tener que dar explicaciones embarazosas e inoportunas. Pero casi todas ellas,
mientras no fueran exageradamente flacas o feas, iban desnu-

das y metidas en jaulas que los seres fabulosos transportaban en pesados carricoches. A veces desembarcaban y enjaulaban también otras clases de seres, algunos muy parecidos a las criaturas semihumanas, otros no tan parecidos y otros totalmente distintos. Y Carter se preguntaba si aquellos desdichados negros de Parg no serían desembarcados, enjaulados y transportados en el interior de aquellos ominosos carricoches.

Cuando la galera atracó a un muelle grasiento, de roca esponjosa, una horda pesadillesca de seres con forma de sapo surgió por las escotillas. Dos de ellos agarraron a Carter y lo desembarcaron. El olor y el aspecto de aquella ciudad eran indescriptibles, y Carter sólo pudo captar imágenes dispersas de las calles enlosadas, de las negras puertas y de las elevadísimas fachadas verticales y grises, carentes de ventanas. Por fin, le metieron en un portal de bajo dintel y le hicieron subir una infinidad de peldaños por un pozo de tinieblas. Al parecer, a los seres con cuerpo de sapo les daba lo mismo la luz que la oscuridad. El olor que reinaba en aquel lugar era insoportable, y cuando Carter fue encerrado en una cámara y le dejaron solo allí, apenas le quedaron fuerzas para arrastrarse a lo largo de los muros y cerciorarse de su forma y dimensiones. Se trataba de un recinto circular de unos veinte pies de diámetro.

A partir de ese momento, el tiempo dejó de existir. A intervalos le echaban de comer, pero Carter no quiso tocar aquella comida. No tenía idea de lo que iba a ser de él, pero presentía que le mantendrían allí hasta la llegada de Nyarlathotep, el caos reptante, espíritu y mensajero de los Dioses Otros. Finalmente, después de una interminable sucesión de horas o de días, la gran puerta de piedra se abrió de par en par y Carter fue conducido a empellones escaleras abajo, hasta las calles, iluminadas con luces rojas, de aquella aterradora ciudad. Era de noche en la luna, y por toda la ciudad se veían esclavos estacionados, sosteniendo antorchas encendidas.

En una detestable plaza se había formado una especie de
procesión compuesta por diez seres de cuerpo de sapo y vein-
ticuatro portadores de antorchas casi humanos, once a cada
lado y uno en cada extremo. Carter fue colocado en medio de
la formación, con cinco seres de cuerpo de sapo delante y
otros cinco detrás, y un casi humano a cada lado. Otros seres
de cuerpo de sapo sacaron flautas de ébano y ejecutaron tonadas repugnantes. Al son de aquellas infernales melodías, la
columna comenzó a desfilar por las calles pavimentadas, dejó
atrás la ciudad y se internó por las oscuras llanuras pobladas
de hongos obscenos. No tardaron en ascender por la ladera de
una de las más bajas colinas que se elevaban a espaldas de la
ciudad. Carter estaba convencido de que el caos reptante
aguardaba en alguno de aquellos declives escarpados o en alguna abominable llanura, y deseaba que su tortura terminase
pronto. El canto plañidero de las flautas impías era enloquecedor, y él habría dado el mundo entero por que el sonido hubiese sido sólo un poco menos anormal; pero aquellos seres carecían de voz y los esclavos no hablaban. Entonces, a través de
aquellas tinieblas estrelladas le llegó un sonido familiar que re-
tumbó por los montes y resonó en todos los picos desgarrados,
y sus ecos se propagaron dilatándose en una especie de coro
demoníaco. Era el maullido del gato a media noche, y Carter
comprendió por fin que las gentes del pueblo tenían razón
cuando decían en voz baja que los gatos son los únicos que conocen las regiones misteriosas, y que los más viejos las visitan a
escondidas, por la noche saltando a ellas desde los más elevados tejados. En verdad es a la cara oscura de la luna adonde van
a saltar y retozar por las colinas, y a conversar con sombras antiguas. Y aquí, en medio de la columna de fétidas criaturas, oyó
Carter su maullido familiar, amistoso, y pensó en los tejados
puntiagudos y en los cálidos hogares y en las ventanas débilmente iluminadas de las casas de Ulthar.

A la sazón, Randolph Carter conocía bastante bien el lenguaje de los gatos, y emitió el grito que le convenía en aquel

paraje lejano y terrible. Pero no habría sido necesario que lo hiciera, ya que en el momento de abrir la boca oyó que el coro aumentaba y se iba acercando, y vio recortarse unas sombras veloces contra las estrellas, unas sombras pequeñas y graciosas que saltaban de colina en colina, en legiones apretadas. La llamada del clan había sido dada, y antes de que la abyecta procesión tuviese tiempo ni aun de asustarse, una nube de sedosas pieles, una falange de garras homicidas, cayó sobre ella como una riada tempestuosa. Callaron las flautas y los alaridos desgarraron la noche. Gritaban los moribundos casi humanos, y los gatos gruñían y aullaban y rugían. Pero de los seres con cuerpo de sapo no brotó ni un sonido, mientras derramaban fatalmente sus líquidos verdosos y repugnantes sobre aquella tierra porosa de hongos obscenos.

En tanto duraron las antorchas, el espectáculo fue prodigioso. Jamás había visto Carter tantos gatos. Negros, grises y blancos, amarillos, atigrados y mezclados, callejeros, persas, maneses, tibetanos, de Angora y egipcios, de todas clases los había en la furia de la batalla; y sobre todos ellos se cernía el aura de esa profunda e inviolada santidad que les otorgara su deidad tutelar en los enormes templos de Bubastis. Saltaban de siete en siete a las gargantas de los casi humanos o al hocico tentaculado de los seres con forma de sapo, y los derribaban salvajemente a la fungosa tierra donde miles y miles de compañeros se abalanzaban frenéticamente sobre ellos con uñas y dientes, presos de un furor sagrado. Carter había cogido la antorcha de un esclavo caído, pero no tardó en verse desbordado por las crecientes oleadas de sus fieles defensores. Cayó entonces en la más completa negrura, en cuyo seno escuchó el fragor de la batalla y los gritos de los vencedores, y sintió las suaves patas de sus amigos que de un lado a otro le saltaban por encima, en medio de la refriega.

Finalmente, el horror y la fatiga le cerraron los ojos, y cuando los abrió nuevamente, se vio inmerso en una escena extraña. El gran disco resplandeciente de la Tierra, trece veces

mayor que el de la luna tal como nosotros la vemos, derramaba torrentes de inquietante luz sobre el paisaje lunar. Y a través de leguas y leguas de meseta salvaje y de crestas desgarradas, se extendía un mar interminable de gatos alineados en
círculos concéntricos. Dos o tres de los jefes de este ejército se
hallaban fuera de las filas, y le lamían la cara y ronroneaban
para consolarle. No quedaba ni rastro de los esclavos y de los
seres con forma de sapo, aunque Carter creyó ver un hueso
no lejos de donde se encontraba, en el espacio que quedaba
despejado entre él y los guerreros.

Carter habló entonces con los jefes en el suave lenguaje de
los gatos, y se enteró de que su antigua amistad con la especie
gatuna era muy conocida y comentada en todo lugar donde
los gatos se reunían. No había pasado inadvertido por Ulthar,
y los viejos gatazos lustrosos recordaban cómo los había aca-
riciado después que ellos se hubieran ocupado de los hambrientos zoogs, que tan perversamente miraban al gatito negro. Y recordaban también lo cariñosamente que había acogido al gatito que subió a verle en la posada, y el platito de
riquísima leche con que le había obsequiado la mañana antes
de marcharse. El abuelo de aquel cachorrillo era precisamente el jefe del ejército allí reunido, ya que había visto la maligna
procesión desde una lejana colina, reconociendo en el prisionero a un amigo fiel de su especie, tanto en la Tierra como en
el país de los sueños.

Sonó un aullido desde un pico lejano, y el viejo jefe interrumpió su charla. Era uno de los vigías del ejército, apostado
en la más elevada de las montañas para vigilar al único enemigo que temen los gatos de la Tierra: a los mismísimos gatos
enormes de Saturno, que por alguna razón no han olvidado
el encanto de la cara oscura de nuestra luna. Estos gatos están
ligados por un pacto a los malvados seres de cuerpo de sapo,
y son enemigos declarados de nuestros pequeños felinos terrestres. De modo que, en estas circunstancias, un encuentro
con ellos habría sido bastante grave.

Tras una breve deliberación entre los generales, los gatos se levantaron y cerraron filas en torno a Carter para protegerle. Se prepararon para dar el gran salto a través del espacio y regresar a los tejados de nuestra Tierra y de la región terrestre de los sueños. El viejo mariscal de campo aconsejó a Carter que se dejara llevar tranquila y pasivamente por la masa compacta de saltadores de sedoso pelaje, y le explicó cómo debía saltar cuando saltaran los demás, y cómo aterrizar suavemente cuando el resto lo hiciera. Asimismo se ofreció a depositarle en el lugar que él deseara, y Carter escogió la ciudad de Dylath-Leen, de donde había zarpado la negra galera, pues él deseaba partir por mar desde allí con rumbo a Oriab y la cresta esculpida del Ngranek, y también quería prevenir a sus habitantes para que no mantuvieran por más tiempo ningún tráfico con las galeras negras, si es que podían interrumpirlo con tacto y diplomacia. Entonces, a una señal, los gatos saltaron ágilmente, protegiendo entre todos a su amigo. Entretanto, en una caverna tenebrosa que se abría en la sagrada cumbre de las montañas lunares, Nyarlathotep, el caos reptante, aguardaba en vano.

El salto de los gatos a través del espacio fue realmente vertiginoso. Rodeado esta vez por sus compañeros, Carter no vio las grandes sombras confusas que acechan y se enroscan y palpitan en el abismo. Antes de acabar de comprender lo que estaba sucediendo, se encontró de nuevo en su familiar habitación de la posada de Dylath-Leen, por cuya ventana salían a raudales los silenciosos y amigables gatos. El anciano jefe de Ulthar fue el último en marcharse, y cuando Carter le estrechó la zarpa, le dijo que llegaría a su casa hacia el alba. Cuando empezaba a amanecer, Carter bajó y se enteró de que había transcurrido una semana desde que le raptaran. Debía aguardar todavía un par de semanas más para tomar el barco con destino a Oriab, y durante este tiempo habló cuanto pudo en contra de las galeras negras y sus infames costumbres. La mayor parte de la gente le creyó; pero tanto interesaban los

grandes rubíes a los joyeros, que nadie le dio promesa formal
de terminar sus tratos con los mercaderes de boca inmensa.
Si un día sobreviene alguna calamidad a Dylath-Leen como
consecuencia de esos negocios, no será por culpa de Carter.

Al cabo de una semana, el deseado barco atracó junto al
muelle negro y la torre del faro, y Carter se alegró al ver que se
trataba de una embarcación tripulada por hombres normales. Tenía los costados pintados, amarillentas las velas latinas,
y un capitán de pelo gris y ropas de seda. Su carga consistía en
toneles de fragante resina procedente de los pinares del interior de Oriab, delicada cerámica cocida por los artesanos de
Baharna, y pequeñas tallas esculpidas en la antigua lava del
Ngranek. Esta mercancía se les paga con lana de Ulthar, teji-
dos iridiscentes de Hatheg y marfiles labrados por los negros
que habitan en Parg, al otro lado del río. Carter llegó a un
arreglo con el capitán para que le llevase a Baharna, y supo
que el viaje duraría diez días. Durante la semana de espera,
charló muchas veces sobre el Ngranek con el capitán, el cual
le dijo que eran muy pocos los que habían visto el rostro esculpido en la roca, pero que muchísimos viajeros se contenta-
ban con recoger las leyendas que de él conocían los viejos, los
recolectores de lava y los escultores de Baharna, y que después regresaban a sus lejanos hogares contando que, efectivamente, lo habían contemplado. El capitán ni siquiera estaba
seguro de si vivía alguien en la actualidad que hubiese visto
aquel rostro esculpido, ya que el otro lado del Ngranek es de
muy difícil acceso, árido y siniestro; y según ciertos rumores,
se abren unas cavernas junto a su cima en donde habitan las
descarnadas alimañas de la noche. Pero el capitán no quiso
decir qué eran exactamente tales alimañas descarnadas,
porque sabido es que semejantes criaturas suelen presentarse después con gran persistencia en los sueños de quienes
piensan demasiado en ellas. Luego interrogó al capitán
acerca de la ignorada Kadath de la inmensidad fría y sobre
la maravillosa ciudad del sol poniente; pero el buen hombre

le confesó con toda sinceridad que no sabía una palabra de todo aquello.

Zarparon de Dylath-Leen una mañana temprano al cambiar la marea, y Carter vio incidir los primeros rayos del sol naciente en las finas torres de aquella lúgubre ciudad de basalto. Y navegaron durante dos días hacia el este, costeando los verdes litorales y avistando a menudo los pacíficos pueblecitos pesqueros que trepaban por las laderas, con sus tejados de ladrillo y sus chimeneas, a partir de los viejos y soñolientos embarcaderos, y de las playas con las redes extendidas para que secaran al sol. Pero al tercer día viraron bruscamente hacia el sur, y el oleaje se hizo más fuerte, y no tardaron en perder de vista la tierra. Al quinto día, los marineros dieron muestras de nerviosismo, pero el capitán disculpó sus temores diciendo que el barco iba a pasar por encima de los muros cubiertos de algas y de las columnas truncadas de una ciudad sumergida, tan antigua que no quedaba de ella recuerdo alguno. Cuando el agua estaba clara, podía verse una infinidad de sombras inquietas moviéndose por los fondos de aquel lugar, lo que repugnaba sobremanera a la gente simple y supersticiosa. Admitía además el capitán que se habían perdido muchos barcos por aquella zona del mar; se les había saludado al cruzarse con ellos, pero no se les había vuelto a ver.

Aquella noche tuvieron una luna muy brillante, y se podía ver a una considerable profundidad bajo el agua. Soplaba una brisa tan tenue que el barco apenas se movía y el océano permanecía en calma. Carter se asomó por encima de la borda y vio muchos espectros bajo la cúpula de un gran templo sumergido, frente al cual se extendía una avenida de esfinges monstruosas que desembocaba en lo que un día fuera plaza pública. Los delfines salían y entraban alegremente por las ruinas y las marsopas aparecían torpemente por todas partes, subiendo a veces hasta la superficie e incluso saltando fuera del agua. Al avanzar un poco más el barco, el piso del océano se elevó formando cerros, haciéndose más visible los contornos de antiguas calles empinadas y las paredes derruidas de muchas casas.

Luego llegó el navío a las afueras del poblado sumergido, y allí apareció, en la cima de una colina, un gran edificio solitario, de líneas más simples que el resto de las construcciones y mucho mejor conservado. Era oscuro y bajo, y cerraba cuatro lados de una plaza. Tenía una torre en cada esquina, un patio pavimentado en el centro, y extrañas ventanitas redondas en los muros. Probablemente era de basalto, aunque las algas lo recubrían casi por completo; y se veía tan solitario e impresionante sobre aquella lejana colina, bajo el mar, que daba la sensación de haber sido un templo o un antiguo monasterio. Algunos peces fosforescentes se habían introducido en su interior, y daban a las ventanitas redondas cierta apariencia de iluminación, y Carter no censuró a los marineros por sus temores. Después, a la luz de la luna, filtrada por las aguas, descubrió un extraño monolito, muy alto, en medio de aquel patio central, y vio que había una cosa atada a él. Y después de ver con el catalejo del capitán, que la cosa atada era un marinero vestido con ropas de seda de Oriab, cabeza abajo y sin ojos, se sintió aliviado de que la brisa, que ahora comenzaba a soplar, impulsara el barco hacia otras regiones más naturales del mar.

Al día siguiente, cruzaron saludos con un barco de velas color violeta que iba rumbo a Zar, la tierra de los sueños olvidados, con un flete de bulbos de lirios de extraños colores. Y en la noche del undécimo día, avistaron la isla de Oriab, con el Ngranek desgarrado y coronado de nieve irguiéndose a lo lejos. Oriab es una isla muy grande; y su puerto de Baharna, una poderosa ciudad. Los muelles de Baharna son de pórfido y la ciudad se eleva tras ellos formando grandes terrazas de piedra y calles de tramos escalonados unos y abovedados otros, pues hay edificios y puentes que se comunican entre sí por encima de las calles. Hay también un gran canal que atraviesa la ciudad entera por un túnel de puertas de granito y fluye hasta el lago de Yath, en cuyas costas se hallan las inmensas ruinas de ladrillo de una ciudad primordial cuyo nombre no se recuerda. Cuando el barco entró en puerto, ya al anochecer, los dos faros gemelos Thon y Thal parpadearon una señal de bienvenida, mientras las innumerables ventanas de las terrazas de Baharna comenzaron a atisbar con sus lucecitas modestas, y por encima de éstas, las estrellas se asomaban desde la oscuridad. El puerto, escarpado y trepador, se fue convirtiendo así en una constelación resplandeciente, suspendida entre las estrellas del cielo y los reflejos de esas mismas estrellas en las sosegadas aguas de la dársena.

El capitán, después de atracar, invitó a Carter a su propia casa, situada en las orillas del lago de Yath, en la cima donde terminan todas las cuestas del pueblo; y su mujer y la servidumbre sacaron sabrosos y extraños manjares para delectación del viajero. Y en los días que siguieron estuvo Carter indagando en todas las tabernas y lugares públicos donde se reunían los recolectores de lava y los escultores por si alguno de ellos había oído algún rumor o conocía algún relato sobre el Ngranek; pero no encontró a nadie que hubiera subido a las más elevadas alturas ni que hubiera contemplado el rostro esculpido. El Ngranek era un monte muy difícil, pues no tiene más que un valle maldito a su espalda; por otra parte, no había ninguna certeza de que las descarnadas alimañas de la noche fueran exclusivamente imaginarias.

Cuando el capitán zarpó de nuevo para Dylath-Leen, Carter se alojó en una antigua taberna abierta en un callejón escalonado de la parte primitiva del pueblo. Esta taberna construida de ladrillo, se parecía a las ruinas que había en la orilla más alejada del lago de Yath. En ella trazó sus planes para escalar el Ngranek y revisó todos los datos que le habían proporcionado los recolectores de lava sobre los caminos que mejor conducían allá. El tabernero era un hombre muy viejo y había oído muchas historias, por lo que le fue de gran ayuda. Incluso condujo a Carter a una de las habitaciones supe-

riores de aquella antigua casa, y le mostró un tosco dibujo
que un viajero había trazado sobre el yeso de la pared, en los
viejos tiempos en que los hombres eran más audaces y no tenían tanto miedo a escalar las cumbres del Ngranek. El bisabuelo del viejo tabernero le había oído contar a su bisabuelo
que el viajero que grabó aquel dibujo en la pared había subido al Ngranek y había visto el rostro de piedra, dibujándolo
allí para que otros lo pudieran contemplar, pero Carter no se
quedó convencido, puesto que aquellos toscos trazos estaban
hechos con negligencia y rapidez, y quedaban casi ocultos
bajo una multitud de siluetas diminutas del peor gusto, llenas
de cuernos, y alas, y garras, y colas enroscadas.

Finalmente, habiendo conseguido toda cuanta información podía recogerse de las tabernas y lugares públicos de Baharna Carter alquiló una cebra, y una mañana temprano
tomó el camino que bordea la orilla del lago Yath, internán-
dose después hacia la zona donde se eleva el rocoso Ngranek.
A su derecha se elevaban onduladas colinas, se veían apacibles huertas y limpias casitas de piedra que le recordaban muchísimo los fértiles campos que flanquean el Skai. Al atardecer se hallaba ya cerca de las arcaicas ruinas desconocidas que
se alzan en la ribera más alejada del Yath, y aunque los recolectores de lava le habían aconsejado que no acampara allí
por la noche, ató la cebra a una rara columna que había ante
un muro derruido y echó su manta en un rincón resguarda-
do, al pie de unas esculturas cuyo significado nadie había podido descifrar. Se envolvió con otra manta, porque en Oriab
las noches son frías y, en una ocasión en que le despertó la
sensación de que le rozaban la cara las alas de algún insecto,
se cubrió la cabeza completamente y durmió en paz, hasta
que le despertaron los pájaros *magah* de los lejanos bosqueci-
llos resinosos.

El sol acababa de aparecer por encima de la gran ladera
donde se extendían leguas enteras de primordiales basamen-
tos de ladrillo, paredes desmoronadas y ocasionales colum-

nas rotas y pedestales fragmentados hasta la desolada ribera del Yath; y Carter buscó con la mirada su cebra. Grande fue su consternación al ver al animal tendido junto a la extraña columna en que la había atado, y más grande aún fue su inquietud al descubrir que estaba muerta y que le habían chupado toda la sangre por medio de una herida singular que mostraba en el cuello. Le habían revuelto su equipaje y le habían desaparecido algunas baratijas brillantes; y por todo el polvo del suelo se veían las huellas enormes de unos pies palmeados, a las que de ningún modo pudo encontrar explicación. Los consejos de los recolectores de lava le vinieron a la cabeza, y se preguntó entonces qué clase de cosa sería la que le había rozado la cara durante la noche. Luego se echó al hombro el equipaje y emprendió la marcha hacia el Ngranek, aunque no sin sentir un escalofrío al ver de cerca, cuando cruzaba las ruinas, el chato portal de una entrada que se abría en la fachada de un viejo templo, y cuyos peldaños descendían hasta unas tinieblas imposibles de escudriñar.

El camino subía ahora cuesta arriba por una comarca más agreste y boscosa en la que sólo se veían cabañas, carboneras y campamentos de recolectores de resina. Todo el aire parecía embalsamado por la fragante resina y los pájaros *magah* cantaban alegremente, haciendo centellear sus siete colores al sol. Hacia el atardecer, llegó a otro campamento de recolectores de lava, que ya llegaban de regreso, con sus pesados sacos al hombro, desde la falda del Ngranek. Aquí acampó él también, y escuchó las canciones y los relatos de los hombres, y les oyó hablar atemorizados de un compañero que habían perdido. Había trepado este hombre demasiado arriba, con el fin de alcanzar una mole de finísima lava que había divisado, y al caer la noche no había regresado con sus compañeros. Cuando fueron a buscarle, al día siguiente, sólo encontraron su turbante, pero no hallaron señal alguna entre los riscos de que se hubiera despeñado. No lo buscaron más, porque el más viejo de todos ellos dijo que era inútil. Aunque se duda

mucho de la existencia de las descarnadas alimañas de la noche, y algunos las tienen por puramente fabulosas, se dice también que jamás se recupera cosa alguna que caiga en su poder.
Carter entonces les preguntó si las descarnadas alimañas de la
noche chupaban la sangre, si les gustaban los objetos brillantes
y si dejaban huellas de pies palmeados, pero ellos movieron ne-
gativamente la cabeza y parecieron alarmarse por aquellas preguntas. Cuando vio lo taciturnos que se habían vuelto, no les
preguntó más y se fue a dormir a su manta.

Al día siguiente se levantó a la vez que los recolectores de
lava y se despidió, ya que ellos se marchaban hacia el oeste y
él tomaba la dirección opuesta a lomos de una cebra que les
había comprado. Los más viejos dijeron que sería mejor que
no trepara demasiado arriba del monte Ngranek, pero aunque él les agradeció el consejo sinceramente, no se dejó disuadir lo más mínimo. Creía que iba a encontrar allí a los dioses
de la desconocida Kadath y que obtendría de ellos indicaciones para llegar a la encantada y maravillosa ciudad del sol poniente. Hacia mediodía, después de un largo ascenso llegó a
las aldeas abandonadas de los montañeses que un día habitaron junto al Ngranek y esculpieron imágenes en su fina lava.
Aquí habían vivido hasta los tiempos del abuelo del tabernero, época en que empezaron a notar que su presencia no era
grata. Sus nuevas casas habían sido construidas en zonas cada
vez más elevadas de la montaña, y cuanto más arriba edifica-
ban, más gente desaparecía al amanecer. Por último, decidieron que era mejor marcharse todos, ya que a veces se veían en
la oscuridad cosas nada tranquilizadoras; así que, finalmente,
bajaron todos hacia el mar y se instalaron en Baharna, donde
ocuparon un barrio muy viejo y enseñaron a sus hijos el antiguo arte de esculpir figuras, lo que siguen haciendo hasta hoy.
Fue de estos descendientes de los desterrados del Ngranek de
quienes Carter había recogido las más interesantes historias
sobre este monte, cuando anduvo indagando por las antiguas
tabernas de Baharna.

A medida que Carter, pensando en estas cosas, se aproximaba al Ngranek, la agreste mole desnuda parecía hacerse más elevada y brumosa. En lo más bajo de su ladera crecían los árboles diseminados; algo más arriba era arbustos raquíticos lo que había; y en las alturas, sólo la roca tremenda y desnuda se alzaba espectral en el cielo para mezclarse con el hielo y las nieves eternas. Carter contempló las grietas y escarpas de aquellas rocas sombrías, y no le pareció muy grata la empresa de escalarlas. En algunos lugares se veían corrientes de lava petrificada y montones de escoria apilados en pendientes y cornisas. Hace noventa evos, antes de que los dioses vinieran a danzar sobre el agudo pico, aquella montaña había hablado el lenguaje del fuego y había rugido con la voz de los truenos interiores. Ahora se erguía silenciosa y siniestra, conservando en su cara oculta aquel gigantesco semblante secreto del que se hablaba con temeroso respeto. Y había cuevas en aquel monte cuyas tinieblas, jamás disipadas desde los tiempos más remotos, acaso estuvieran vacías y solitarias, o tal vez –si la leyenda decía verdad– albergaran horrores de formas insospechadas.

Hasta el pie del Ngranek, el suelo ascendía cubierto de escasos robles y de fresnos desmedrados, sembrado de fragmentos rocosos, de lava y de antiguas cenizas. Encontró allí Carter los restos carbonizados de muchos fuegos de campamento, pues los recolectores de lava acostumbraban sin duda a detenerse allí, y varios altares rudimentarios, construidos ya para propiciarse a los Grandes Dioses, ya para conjurar a los seres –quizá sólo soñados– que habitan en los elevados desfiladeros y en el dédalo de grutas del Ngranek. Al atardecer, Carter alcanzó el montón de cenizas más lejano de todos y acampó allí para pasar la noche. Ató la cebra a una rama y se envolvió bien en las mantas antes de quedarse dormido. Y durante toda la noche estuvo ululando un *voonith* lejano al borde de alguna charca oculta, pero Carter no sintió miedo alguno ante aquel espantoso ser anfibio, pues le habían ase-

gurado que ninguno de los seres de esta especie se atreve a
acercarse siquiera a la falda del Ngranek.

A la clara luz de la mañana siguiente, comenzó Carter el
largo ascenso. Llevó su cebra hasta donde el útil animal pudo
llegar, y la ató a un fresno raquítico, cuando la pendiente se
hizo demasiado pronunciada. A partir de aquí subió él solo.
Primero atravesó el bosque, en cuyos calveros cubiertos de
maleza abundaban las ruinas de antiguos poblados. Después
recorrió los duros campos donde crecían diseminados unos
arbustos anémicos. Lamentó que los árboles se fueran distan-
ciando, ya que la pendiente era muy pronunciada y en general le producía vértigo. Por fin empezó a distinguir toda la comarca que se extendía a sus pies por dondequiera que mirara.
Vio las cabañas deshabitadas de los escultores, los bosqueci-
llos de árboles resinosos y los campamentos de los que reco-
gían la resina, los grandes bosques donde anidaban y cantaban los prismáticos *magahs,* e incluso la lejanísima línea de la
ribera del Yath, junto a la cual se alzan las antiguas ruinas prohibidas cuyo nombre no se recuerda. Prefirió no mirar a su
alrededor, y siguió trepando, hasta que los matorrales se hicieron cada ves más ralos, y no encontró otra cosa donde agarrarse que una yerba de tallos robustos.

Después, el suelo se hizo aún más pobre. De vez en cuando
aparecían grandes trechos donde afloraba la roca desnuda y
algún nido de cóndor oculto entre las grietas. Finalmente ya
no hubo sino roca pura, y de no haber estado tan áspera y
erosionada, difícilmente habría podido seguir adelante. Sus
prominencias, rebordes y remates le ayudaron mucho, y le resultó alentador descubrir de cuando en cuando alguna señal
dejada por los recolectores de lava al arañar toscamente la
roca, sabiendo por ellas que seres humanos normales y corrientes habían estado allí antes que él. Un poco más arriba la
presencia del hombre se evidenciaba en unos asideros para
pies y manos que habían sido practicados a golpe de piqueta
allí donde se hacían necesarios, y en las pequeñas canteras y

excavaciones efectuadas donde se había descubierto una rica veta de mineral o una corriente de lava. En un lugar se había tallado artificialmente una estrecha cornisa que se apartaba bastante de la línea principal de ascenso para dar acceso a un filón especialmente rico. Una o dos veces se atrevió Carter a mirar alrededor, y se quedó pasmado ante el inmenso paisaje que se dominaba desde aquella altura. Toda la isla, desde donde se encontraba él hasta la costa, se extendía a sus pies. Al fondo distinguía las terrazas de piedra de Baharna y el humo de sus chimeneas, misterioso y distante; y aún más allá, el ilimitado Mar Meridional henchido de secretos.

Hasta entonces había ido subiendo en zig-zag, de modo que la vertiente esculpida de la montaña permanecía oculta a sus ojos. Carter vio entonces una cornisa que ascendía a la izquierda, y le pareció que ésa era la dirección que él debía tomar. Echó hacia allá con la esperanza de que el camino continuase sin interrupción, y diez minutos más tarde comprobó que, efectivamente, no se trataba de un callejón sin salida, sino de una empinada senda que conducía a un arco, el cual, si no estaba bruscamente cortado y no se desviaba, le llevaría en unas pocas horas de ascensión a aquella desconocida vertiente sur que domina los desolados precipicios y el maldito valle de lava. La comarca que apareció ante él por esta dirección era más desolada y salvaje que las tierras que hasta entonces había atravesado. La ladera de la montaña era también algo diferente, pues se veía perforada de extrañas hendiduras y cuevas como no había visto hasta ahora en la ruta que acababa de dejar. Unos por debajo de él y otros por encima, todos estos enormes agujeros se abrían en las paredes verticales, de forma que eran absolutamente inalcanzables al hombre. El aire era frío ahora, pero tan difícil resultaba la escalada que no hizo caso. Sólo le preocupaba su creciente enrarecimiento, y pensó que quizá fuera la dificultad de respirar lo que trastornaba la cabeza de otros viajeros suscitando aquellas absurdas historias de alimañas descarnadas y nocturnas, con las que pretendían explicar la desaparición de los que trepaban por aquellos senderos peligrosos. No le habían impresionado mucho los relatos de los viajeros, pero traía consigo una buena cimitarra por si acaso. Todos los demás pensamientos perdían importancia ante su deseo de ver aquel rostro esculpido que podía proporcionarle por fin la pista de los dioses que reinan sobre la desconocida Kadath.

Por último, en medio del frío glacial de las regiones superiores, desembocó de lleno en la cara oculta del Ngranek y, en las simas infinitas que se abrían a sus pies, vio los desolados precipicios y abismos de lava que señalaban el lugar donde en tiempos remotos se había desencadenado la cólera de los Grandes Dioses. Desde allí se divisaba también en dirección sur una vasta extensión de terreno, pero ahora era una tierra desierta, sin campos de labranza ni chimeneas de cabañas, y parecía no tener fin. En esta dirección no se veía el mar ni aun en la lejanía, pues Oriab es una isla grande. Las negras cavernas y las extrañas grietas seguían siendo numerosas en aquellos cortes verticales, pero ninguna era accesible al escalador. Por encima de estas aberturas descollaba una gran masa prominente que impedía ver la parte superior de la montaña, y Carter temió por un momento que resultase infranqueable. Encaramado en una roca insegura batida por el viento, en difícil equilibrio a varias millas por encima del suelo, entre el vacío y una desnuda pared de piedra, conoció Carter el medio que hace esquivar a los hombres el flanco oculto del Ngranek. Si el camino quedaba interceptado, la noche le sorprendería allí acurrucado todavía, y el amanecer no le encontraría ya.

Pero había un acceso y Carter lo vio justo a tiempo. Sólo un soñador auténticamente experto podía haberse valido de aquellos asideros imperceptibles, pero a Carter le fueron suficientes. Remontó la roca inmensa por su pared exterior y se encontró con una pendiente mucho más accesible que la de abajo, ya que el deshielo de un glaciar había dejado en ella un trecho holgado con salientes y surcos. A la izquierda se abría un precipicio que descendía vertical desde ignoradas alturas hasta remotas profundidades. Por encima, fuera de su alcance, podía distinguir la oscura boca de una gruta. A la derecha, sin embargo, el monte se inclinaba bastante, permitiéndole recostarse y descansar.

Por el frío reinante se dio cuenta de que debía encontrarse cerca de las nieves de la cumbre, y alzó los ojos para ver si distinguía el resplandor de los picos nevados, a la luz rojiza del atardecer. Ciertamente había nieve a varios miles de pies más arriba, pero antes de llegar a ella se veía un enorme farallón, suspendido por siempre en atrevido perfil, que sobresalía lo mismo que el que acababa de sortear. Y al verlo dejó escapar un grito, y lleno de pavor, se agarró a las hendiduras de la roca; porque aquella titánica prominencia no conservaba la forma con que las primeras edades de la Tierra la habían modelado, sino que brillaba al sol de la tarde, roja y mayestática, con los tallados y bruñidos rasgos de un dios.

Aquel rostro resplandecía severo y terrible bajo la ígnea luz del sol poniente. Era tan inmenso que resultaba imposible calcular sus dimensiones; pero claramente se veía que aquella obra no había sido esculpida por manos humanas. Era un dios cincelado por dioses, y su mirada altiva y majestuosa descendía desde su altura hasta el lugar donde se encontraba el explorador. Los rumores afirmaban que el rostro era muy singular e incomprensible, y Carter comprobó que, efectivamente, era así; pues aquellos ojos alargados y estrechos, y aquellas orejas de grandes lóbulos, y aquella nariz fina, y la puntiaguda barbilla, y todo en fin, revelaba una raza que no es de hombres sino de dioses.

Aun cuando esta imagen grandiosa era lo que iba buscando y lo que había esperado encontrar, se sintió sobrecogido por un horror sagrado, y tuvo que aferrarse a las paredes del elevado y peligroso nido de águilas en que se hallaba. Pues el rostro de un dios es mucho más prodigioso que todo lo ima-

ginable, y cuando ese rostro es más grande que un templo, y
se le ve contemplando el universo desde las alturas, bajo los
rayos del sol poniente y en el silencio eterno de las cumbres en
cuya oscura lava ha sido esculpido en tiempo inmemorial por
divinidades ignotas y terribles, resulta tan impresionante que
nadie se puede sustraer a su pavoroso hechizo.

Pero además, vino a añadirse la sorpresa de que los rasgos
del dios le eran familiares; pues aunque había proyectado
buscar por todo el país de los sueños a quienes por su parecido con este rostro se señalasen como hijos de los dioses, comprendía ahora que tal búsqueda no era necesaria. Ciertamente, el gran rostro esculpido en aquel monte inaccesible no le
era extraño, sino que tenía los rasgos que había visto a menudo en las gentes que frecuentaban las tabernas portuarias de
Celephais, ciudad del país de Ooth-Nargai que se extiende
más allá de los Montes Tanarios y está gobernado por el Rey
Kuranes, a quien Carter conoció una vez en su vida vigil. Todos los años llegaban marineros con ese mismo semblante
desde el norte, en sus negras embarcaciones, a cambiar ónice
por jade esculpido, y por hilo de oro, y por rojos pajarillos
cantores de Celephais; y era evidente que tales marineros no
eran sino los semidioses que él buscaba. Y el lugar donde ha-
bitaban no debía de estar lejos de la inmensidad fría, en donde se alzaba la ignorada Kadath, cuyo castillo de ónice era la
morada de los Grandes Dioses. De modo que debía dirigirse
a Celephais. Y como se hallaba muy lejos de Oriab, decidió
regresar a Dylath-Leen y remontar el Skai hasta el puente de
Nyr, para atravesar nuevamente el bosque encantado de los
zoogs. Desde allí tomaría un camino que va hacia el norte y
cruzaría los innumerables jardines que bordean las riberas
del Oukranos, hasta llegar a las doradas flechas de campanario de Thran, ciudad donde podría encontrar algún galeón
que zarpara rumbo al mar Cerenerio.

Pero la oscuridad era ahora más densa, y el gran rostro esculpido resultaba aún más severo en la sombra. La noche co-

gió al explorador encaramado en aquel saliente; y en la negrura no pudo ni bajar ni subir, sino sólo permanecer allí, y agarrarse, y temblar en aquel angosto lugar hasta que viniese el nuevo día. Deseó fervientemente mantenerse despierto, no fuese que con el sueño perdiera apoyo y cayese por el insondable vacío a los despeñaderos y agudos riscos de aquel valle maldito. Aparecieron las estrellas; pero salvo ellas, sus ojos sólo percibían un negro vacío, un vacío ligado a la muerte, contra la cual no podía sino agarrarse a las rocas y pegarse al muro de piedra, apartándose lo más posible del borde del abismo, invisible en las tinieblas. Lo último que vio, antes de que la noche cerrara, fue un cóndor que planeaba muy cerca del precipicio donde él se encontraba, y que se alejó chillando al pasar por delante de la gruta cuya boca se abría un poco por encima de su alcance.

De pronto, sin un ruido que le previniera en la oscuridad, sintió que una mano invisible le sustraía furtivamente la cimitarra de su cinto. Luego oyó caer el arma por las rocas de abajo; y, recortada contra el vago resplandor de la Vía Láctea, le pareció ver la silueta terrible de una criatura flaca y monstruosa, provista de cuernos, de cola, y alas de murciélago. Otros seres habían comenzado también a recortar sus sombras contra las estrellas de poniente, como si una bandada de pájaros inconcebibles saliera aleteando con torpes y silenciosos movimientos de aquella caverna inaccesible de la pared del precipicio. Luego, una especie de tentáculo frío y gomoso le agarró por el cuello, y otra cosa le aprisionó los pies, sintiéndose elevado y suspendido en el espacio. Un minuto después, las estrellas habían desaparecido, y Carter comprendió que había caído en poder de las descarnadas alimañas de la noche.

Sin aliento estaba Carter, cuando le arrastraron al interior de la caverna del precipicio y le condujeron a través de intrincados laberintos. Al principio trató de zafarse instintivamente, pero sus captores le pellizcaron ferozmente para

impedírselo. No cambiaron entre sí un solo sonido; y aun
sus alas membranosas se movían en silencio. Eran espantosamente fríos, húmedos y resbaladizos, y sus zarpas le ma-
noseaban de manera repugnante. Poco después se dejaron
caer a través de abismos inconcebibles en un torbellino vertiginoso de aire húmedo y sepulcral, y Carter sintió que se
precipitaba en un vórtice final de locura ululante y demo-
níaca. Gritaba y gritaba desesperadamente, y cada vez que
lo hacía, las pinzas de aquellas bestias le pellizcaban con
más sutileza. Después vio a su alrededor una especie de fosforescencia gris, y supuso que estaría llegando a aquel mundo subterráneo de horrores profundos del cual hablaban las
oscuras leyendas, y dicen que está iluminado tan sólo por
un pálido fuego letal que nace del mismo aire emponzoña-
do y de las brumas primordiales de los abismos del centro
de la tierra.

Por último, allá abajo, en las profundidades aquellas, divisó unas alineaciones casi imperceptibles de montañas, y supuso que serían los fabulosos Picos de Throk. Se elevan éstos,
pavorosos y siniestros, en la mágica oscuridad de las profundidades eternas. Son más altos de lo que el hombre es capaz
de calcular, y defienden los valles donde moran los dholes en
sucias madrigueras. Pero Carter prefería mirar los picos
aquellos que a sus captores, que eran unas criaturas negras,
toscas y espantosas, de piel suave y grasienta como la de las
ballenas, con unos cuernos desagradables, curvados hacia
adentro, y sigilosas alas de murciélago. Poseían horribles patas prensiles y estaban armados de una cola que hacían resta-
llar de manera tan inquietante como innecesaria. Y lo peor de
todo era que no hablaban ni reían jamás, ni tampoco podían
esbozar una sonrisa siquiera, ya que carecían totalmente de
rostro, por lo que allí donde debían tener la cara sólo había
una superficie lisa y vacía. Todo cuanto podían hacer era agarrar, volar y pellizcar, pues tal es la naturaleza de esas bestias
nocturnas.

Al descender la bandada, los Picos de Throk comenzaron a descollar contra el cielo, grises y lúgubres, y Carter observó claramente que en aquel granito austero e imponente, sumido en eterno crepúsculo, no podía existir forma alguna de vida. Cuando descendieron aún más, se apagaron los fuegos letales del aire, y el mundo se sumergió en la negrura primordial del vacío, salvo por arriba, donde los agudos picos se alzaban como espectros. Pronto se perdieron las cimas en las brumas de las alturas; y en las tinieblas Carter sólo percibió tremendas corrientes de vientos húmedos y helados, procedentes de las grutas inferiores. Luego, por fin, las descarnadas alimañas se posaron en un suelo sembrado de cosas invisibles que parecían montones de huesos, y dejaron solo a Carter en aquel valle tenebroso. Traerle aquí había sido la misión de las descarnadas alimañas de la noche que guardan el Ngranek; una vez cumplida, alzaron el vuelo silenciosamente. Cuando Carter trató de seguir su vuelo con la mirada, se dio cuenta de que no le era posible, ya que tardaron muy poco en desaparecer tras los Picos de Throk. Nada había en torno suyo, sino tinieblas, y horror, y huesos, y silencio.

Ahora sabía Carter con toda certeza que se encontraba en el valle de Pnoth, donde se arrastran y excavan madrigueras los enormes dholes; pero no sabía qué podría pasarle allí porque nadie ha visto jamás un dhole ni aun imaginado su apariencia. A los dholes se les reconoce únicamente por un rumor confuso, por los crujidos que producen al arrastrarse entre montañas de huesos, y por el tacto viscoso de su piel cuando le rozan a uno al pasar. No pueden ser vistos porque salen únicamente en la oscuridad. Como Carter no tenía ganas de encontrarse con ningún dhole, estaba muy atento a cualquier ruido que sonara por la enorme masa de huesos que había a su alrededor. Aun en este espantoso lugar tenía un plan y un objetivo que cumplir, ya que tenía ciertas referencias de Pnoth por un individuo con quien había conversado largamente tiempo atrás. En suma, parecía cabalmente que

era aquél el lugar donde todos los gules* del mundo vigil
arrojan los despojos de sus festines. Si tenía suerte, podría llegar a un farallón imponente, más alto que los Picos de Throk,
que marca el límite de sus dominios. Las carretadas de huesos
le indicarían hacia dónde tenía que buscar, y una vez descubierto el farallón, podría pedirle a un gul que le echara una
escala de cuerda; pues, por extraño que parezca, Carter tenía
ciertos vínculos con estas terribles criaturas.

Había conocido en Boston a un hombre –un pintor extraño que tenía su estudio secreto en un antiguo callejón que
bordeaba un cementerio–, el cual había hecho amistad con
los gules. Este pintor le había enseñado a comprender lo más
simple de la desagradable algarabía que constituye el lenguaje de esos seres. El pintor había acabado por desaparecer, y
Carter estaba convencido de que ahora se lo encontraría aquí
y de que, por primera vez en el país de los sueños, podría hacer uso del habitual inglés de su vida vigil, que ahora se le an-
tojaba extraño y remoto. En cualquier caso, confiaba en per-
suadir a un gul para que le ayudara a salir de Pnoth. Por otra
parte, siempre sería mejor toparse con un gul, puesto que al
menos puede verse, que con un dhole, que es invisible.

Caminaba, pues, Carter alerta en la oscuridad, y cuando le
parecía oír que algo se removía entre los huesos, echaba a correr. De pronto llegó a un declive de piedra y comprendió que
debía encontrarse al pie de uno de los Picos de Throk. Después oyó una horrible algarabía que provenía de las alturas y
tuvo la certeza de haber llegado al barranco de los gules. No
estaba seguro de que le pudieran oír desde el fondo del valle
ya que tenía varias millas de profundidad pero el mundo in-

---

* *Gul:* traducción del inglés *ghoul*. Los *ghouls*, procedentes de mitologías
orientales, son cadáveres que se dedican a devorar a otros cadáveres. Blasco
Ibáñez, en su versión de *Las mil y una noches,* tradujo este término por
«gul», denominación que conservamos por considerarla más ajustada que
la del «vampiro», que es por la que se suele traducir dicha palabra. *(N. del T.)*

terior posee leyes muy extrañas. Al pararse a reflexionar, recibió el golpe de un proyectil óseo tan pesado que sin duda debió de tratarse de una calavera; y dándose cuenta de la proximidad del barranco fatal, emitió lo mejor que pudo el quejido lastimero que es la llamada de los gules.

El sonido se propaga despacio, así que transcurrió cierto tiempo antes de oír el grito de respuesta. Pero lo oyó al fin, y entendió que le iban a echar una escala. La espera entonces se le hizo muy tensa, ya que no hace falta decir qué criaturas podían haber despertado sus llamadas entre aquellos huesos. En efecto, no tardó en oír un vago crujido a lo lejos. A medida que se le fue acercando el crujido aquel, Carter se fue sintiendo más intranquilo, porque no quería alejarse del lugar donde le bajarían la escala. Finalmente, la tensión se le hizo casi insoportable, y estaba a punto de echar a correr, lleno de pánico, cuando oyó chocar algo contra un montón de huesos no lejos del sitio de donde procedía el ominoso crujir que avanzaba poco a poco. Era la escala, y después de buscarla a tientas durante unos momentos, consiguió sujetarla tirante entre sus manos. Pero el otro ruido no cesó, sino que siguió tras él, mientras Carter trepaba por la escala. Había subido más de cinco pies, cuando las vibraciones de abajo aumentaron considerablemente, y al llegar a diez pies del suelo, algo sacudió la escala desde abajo. A una altura de unos quince o veinte pies, sintió que le rozaba todo el costado una cosa larga y escurridiza que se hacia alternativamente cóncava y convexa, como culebreando para atraparle. A partir de entonces, Carter trepó desesperadamente para escapar del insoportable contacto de aquel nauseabundo y bien cebado dhole, cuya forma ningún hombre puede contemplar.

Trepó durante horas y horas, con los brazos doloridos y las manos cubiertas de ampollas. De nuevo aparecieron ante él los fuegos letales y las inquietantes cumbres de Throk. Finalmente, vislumbró por encima de él una cornisa que sobresalía del borde del gran despeñadero de los gules, cuya pared vertical no pudo percibir. Mucho tiempo después, vio un rostro singular que le escudriñaba encaramado en la cornisa como una gárgola acurrucada en una balaustrada de Notre Dame. A punto estuvo de perder el conocimiento por la impresión pero un momento después se había recuperado, su desaparecido amigo Richard Pickman* le había presentado una vez a un gul, y recordó su rostro canino, sus formas consumidas y su indescriptible comportamiento. Así, pues, para cuando aquella criatura espantosa le hubo sacado del inmenso vacío, izándole por encima del borde del precipicio, ya se había dominado, y no gritó al ver los despojos medio devorados que se amontonaban a un lado y los grupos de gules acurrucados que roían y le miraban con curiosidad.

Se encontraba ahora en una llanura débilmente iluminada cuya principal característica era la existencia de grandes peñascos y de numerosas madrigueras. En general, los gules se mostraron respetuosos, aun cuando uno de ellos intentara pellizcarle y los demás le miraran apreciativamente evaluando su delgadez. Mediante pacientes gruñidos y quejidos, hizo algunas preguntas acerca de su desaparecido amigo, y supo por ellos que se había convertido en un gul de cierta importancia, y que habitaba en los abismos más próximos al mundo vigil. Un gul viejo y de color verdoso se ofreció a llevarle a la residencia actual de Pickman; así que, pese a su repugnancia natural, siguió a aquella criatura por una madriguera espaciosa y se arrastró tras ella durante horas y horas en una negrura de moho corrompido. Al fin salieron a una llanura oscura, sembrada de incongruentes reliquias de la tierra –viejas lápidas, urnas rotas y grotescos fragmentos de monumentos funerarios–, por lo que Carter presintió con cierta emoción que probablemente se hallaban más cerca que nunca del mundo vigil, desde que bajara los setecientos peldaños que

---

* Protagonista del cuento «Pickman's model», de H. P. Lovecraft. *(N. del T.)*

conducen de la caverna de fuego a las Puertas del Sueño Profundo.

Allí, encima de una lápida de 1768 robada del cementerio de Granary de Boston, estaba sentado el gul que antaño fuera el pintor Richard Upton Pickman. Mostraba desnudo su cuerpo gomoso, y había adquirido de tal modo la fisionomía de los gules que sus rasgos humanos eran ya apenas perceptibles. Pero todavía recordaba un poco de inglés y pudo conversar con Carter por medio de gruñidos y monosílabos, aunque recurriendo a cada momento a la algarabía de los gules. Cuando supo que Carter deseaba llegar al bosque encantado, para ir de allí a Celephais, ciudad de Ooth-Nargai situada más allá de los Montes de Tanaria, se mostró escéptico; porque estos gules del mundo vigil no actúan en los cementerios del Alto País de los Sueños (los ceden a los vampiros de pies rojos que habitan en las ciudades muertas), y además se interponen muchos peligros entre los riscos donde viven y el bosque encantado, uno de los cuales es el terrible reino de los gugos.

En tiempos pasados, los gugos, velludos y gigantescos, habían construido en aquel bosque unos círculos de piedra donde celebraron extraños sacrificios a los Dioses Otros y a Nyarlathotep, el caos reptante, hasta que una noche, una de estas abominaciones llegó a oídos de los dioses de la tierra, quienes los desterraron a las cavernas inferiores. Sólo una gran losa de piedra con una argolla de hierro comunica el abismo de los gules terrestres con el bosque encantado y los gugos tienen miedo de abrirla a causa de una maldición. Era muy poco probable que un soñador mortal pudiera cruzar el reino subterráneo de los gugos y salir por aquella losa, ya que los soñadores mortales constituían en un principio su alimento predilecto, existiendo todavía entre los gugos leyendas que hablan de la exquisita carne de tales soñadores, a pesar de que su confinamiento ha reducido su dieta a los lívidos, seres repulsivos que mueren al contacto con la luz y que viven en las

cuevas de Zin, donde brincan con sus largas patas como can-
guros.

Así que el gul que había sido Pickman aconsejó a Carter
que abandonara el abismo en Sarkomand, ciudad desierta del
valle que se abre bajo la meseta de Leng, cuyas negras escaleras salitrosas, custodiadas por leones alados, conducen desde
la tierra de los sueños a las simas inferiores; o que regresara al
mundo vigil a través de un cementerio y empezara la búsqueda de nuevo a partir de los setenta peldaños del Sueño Ligero,
de las Puertas del Sueño Profundo y del bosque encantado.
Sin embargo, el explorador no siguió este itinerario porque
no sabía el camino de Leng a Ooth-Nargai; y además, tenía
pocas ganas de despertar, no fuera a olvidar todo lo que había
aprendido en este sueño. Sería desastroso para su empresa olvidar los rostros augustos y celestiales de aquellos marineros
del norte que traficaban con el ónice en Celephais, los cuales,
siendo hijos de dioses, le señalarían el camino hacia la inmensidad fría y, por consiguiente, hacia Kadath donde moran los
Grandes Dioses.

Después de muchas súplicas, el gul consintió en guiar a su
huésped hasta el interior de las murallas que circundan el reino de los gugos. Había una posibilidad de que Carter consiguiera cruzar sigilosamente aquel reino crepuscular, erizado
de rocas dispuestas en círculo. A la hora en que estos seres gigantescos roncan saciados en sus habitáculos no le sería imposible llegar a la torre central, coronada por el signo de
Koth, de donde arranca la escalera que conduce a la losa de
piedra del bosque encantado. Pickman accedió incluso a
prestarle tres gules para que le ayudaran a levantar con una
palanca la losa de piedra; pues los gugos se muestran algo
asustadizos ante los gules, huyendo a menudo de sus cementerios colosales cuando les ven celebrar allí algún festín.

También aconsejó a Carter que se disfrazara de gul: que se
afeitara la barba que se había dejado crecer (los gules no tienen), que se revolcara desnudo en el moho verdoso para ad-

quirir el adecuado aspecto de cadáver medio corrompido, y llevara su ropa hecha un lío como si fuera una presa arrebatada de la tumba. Llegarían a la ciudad de los gugos a través de las madrigueras correspondientes y saldrían a un cementerio situado no lejos de la Torre de Koth. Debían evitar, sin embargo, una gran caverna que había junto al cementerio, ya que ésta era la boca de las criptas de Zin, donde los vindicativos lívidos acechan a los habitantes del abismo superior que vienen a cazarlos para devorarlos. Los lívidos intentan salir cuando los gugos duermen, y atacan a los gules con tanta gana como a los gugos, porque no saben distinguirlos. Son muy primitivos y se comen unos a otros. Los gugos tienen apostado un centinela en un angosto recodo de la cripta de Zin, pero con frecuencia se queda amodorrado, y algunas veces es sorprendido por alguna facción de lívidos. Aunque los lívidos no pueden vivir bajo una luz verdadera, pueden, sin embargo, soportar durante algunas horas la penumbra crepuscular de los abismos.

Así, Carter reptó por las interminables madrigueras acompañado de tres serviciales gules, portadores de una lápida sepulcral que pertenecía a un tal coronel Nepemiah Derby, fallecido en 1719, que habían sacado del cementerio municipal de Charter Street, de Salem. Cuando salieron otra vez a la luz crepuscular, se encontraron en un bosque de enormes monolitos, cubiertos de líquenes, los cuales alcanzaban tal altura que casi no se podía divisar su extremo superior. Eran lápidas del cementerio de los gugos. A la derecha de la abertura por donde habían salido a rastras, y entre los colosales sepulcros, se veía un grandioso panorama de ciclópeas torres cilíndricas que se elevaban a una altura inconcebible en la atmósfera gris de las entrañas de la tierra. Era la gran ciudad de los gugos, cuyas puertas tienen treinta pies de altura. Los gules vienen aquí a menudo porque el cadáver enterrado de un gugo puede alimentar a toda la comunidad durante casi un año. Aunque la empresa tenga sus peligros, es preferible echar mano de los gugos a tener que afanarse en las tumbas de los hombres para obtener mezquinos resultados. Carter comprendía ahora la presencia de aquellos huesos gigantescos que había advertido en el valle de Pnoth.

Frente a ellos, y nada más salir del cementerio, se elevaba una escarpa completamente vertical en cuya base se abría una caverna inmensa.

Los gules dijeron a Carter que debían evitarla a toda costa, ya que era la entrada a los impíos subterráneos de Zin, donde los gugos cazan a los lívidos en la oscuridad. Y, en efecto, aquella advertencia se vio muy pronto justificada, porque en el momento en que un gul comenzaba a arrastrarse hacia las torres para ver si habían calculado bien la hora de descanso de los gugos, en la oscuridad de la caverna fulguró un par de ojos rojizos y amarillentos, y luego otro, lo que indicaba que los gugos tenían un centinela menos y que los lívidos poseen realmente una gran agudeza olfativa. Así que el gul regresó a la madriguera e hizo señas a sus compañeros para que guardaran silencio. Era mejor no interrumpir a los lívidos; había una posibilidad de que se retiraran pronto, ya que sin duda estarían cansados después de haber luchado con el gugo centinela de los negros subterráneos. Al poco rato saltó a la luz gris del crepúsculo un ser del tamaño de un caballo pequeño, y Carter se sintió enfermo al ver el aspecto de aquella bestia obscena y malsana, cuyo rostro resultaba bastante humano, pese a la ausencia de nariz, de frente y de otros detalles importantes.

En ese momento, otros tres lívidos saltaron fuera de la caverna y se unieron al primero, y un gul susurró a Carter en voz casi imperceptible que aquella ausencia de rasguños que mostraban era mala señal. Indicaba que no habían luchado con el gugo centinela, de modo que aún conservaban toda su fuerza y ferocidad, y que así permanecerían hasta que encontraran y devoraran alguna víctima. Resultaba muy desagradable ver aquellos animales inmundos y desproporcionados, que no tardaron mucho en ser una quincena, hozando por el suelo y dando saltos de canguro bajo la luz crepuscular, en esa atmósfera brumosa traspasada de titánicas torres e inmensos monolitos. Pero aún más desagradable fue oírles cuando empezaron a hablar con las toses y sonidos guturales que constituyen el lenguaje de los lívidos. Y aunque eran horripilantes, no lo eran tanto como lo que surgió en ese momento por detrás de ellos, de manera asombrosamente repentina.

Era una zarpa de unas tres cuartas de anchura, provista de formidables garras. Después apareció otra; y después, un brazo enorme de negro pelaje al que se unían ambas zarpas con dos cortos antebrazos. Luego brillaron dos ojos rosados, apareciendo a continuación la cabeza bamboleante del gugo centinela que había despertado. Tenía el tamaño de un barril aquella cabeza; y los ojos sobresalían unas dos pulgadas a cada lado, protegidos por unas protuberancias óseas cubiertas de pelo encrespado. Pero lo que le daba a esta cabeza un aspecto particularmente terrible era la boca. Aquella boca de enormes colmillos amarillos recorría la cabeza de arriba abajo, abriéndose verticalmente y no de forma corriente.

Pero antes de que el infortunado gugo acabara de salir de la gruta y enderezara sus siete metros de altura, los arteros lívidos se habían abalanzado sobre él. Carter temió por un momento que diera la alarma y despertase a los suyos, pero un gul le susurró que los gugos no tienen voz y que se comunican por medio de gestos faciales. La batalla que a continuación tuvo lugar fue inenarrable y atroz. Los venenosos lívidos acometían febrilmente por todos lados al medio incorporado gugo, mordiéndole y destrozándole con sus mandíbulas, e hiriéndole cruelmente con sus duras y afiladas pezuñas. Durante la lucha, los lívidos carraspeaban y tosían con excitación, gritando cuando la enorme boca vertical del gugo hacía presa en alguno de ellos, de suerte que el fragor del combate habría despertado ya, con toda seguridad, a todos los demás gugos de no haber sido porque el cada vez más debilitado centinela había ido retrocediendo, trasladando así la batalla cada vez más adentro de la caverna. De este modo, el tumulto desapareció pronto de la vista y se sumergió en la negrura, y sólo algún eco infernal y esporádico indicaba que la lucha proseguía.

Entonces el más avisado de los gules dio la señal de avanzar, y Carter siguió a sus tres compañeros. Salieron del laberinto de monolitos y entraron en las calles oscuras y fétidas de aquella horrenda ciudad, cuyas torres circulares de ciclópea mampostería se elevan hasta perderse de vista. Caminaron con paso vacilante y silencioso por aquel tosco pavimento rocoso, mientras oían con aprensión los apagados y abominables resoplidos que salían de las inmensas entradas, indicando que los gugos dormían la siesta. Temiendo que aquella hora de descanso estuviera a punto de terminar, los gules apretaron el paso; pero aun así, el trayecto no resultó corto, ya que son enormes las distancias en aquella ciudad de gigantes. Finalmente llegaron a una plaza, ante la cual se alzaba una torre mucho más grande que las demás. Encima de la puerta de esta torre destacaba un monstruoso bajorrelieve que representaba un símbolo aterrador aun para quien ignorara su significado. Era la torre central que ostentaba el signo de Koth, y aquellos inmensos peldaños que se vislumbraban en la oscuridad de su interior eran el arranque de la gran escalera que conducía al Alto País de los Sueños y al bosque encantado.

Comenzó entonces un ascenso interminable, completamente a oscuras. Era casi imposible subir, debido al tamaño monstruoso de los peldaños tallados por los gugos, que medían lo menos un metro de altura. Carter no pudo calcular, ni aun aproximadamente, el número de peldaños que subió, porque no tardó en sentirse tan rendido de cansancio que los elásticos e infatigables gules se vieron obligados a ayudarle. Durante el ascenso, les acechaba el constante peligro de ser descubiertos y perseguidos, porque si bien los gugos no se atreven a levantar la losa de piedra del bosque por miedo a la maldición de los Grandes Dioses, tal maldición no afecta para nada a la torre y a la escalera, de manera que los lívidos que tratan de refugiarse allí suelen ser cazados por los gugos aunque lleguen al último tramo de la escalera. Tan fino es el oído de los gugos que, de haber estado despiertos, habrían oído perfectamente el roce de los pies desnudos y de las manos de quienes subían; y, desde luego, habría sido cuestión de poco tiempo que los gigantes –acostumbrados a las cacerías de lívidos en la cripta de Zin en completa oscuridad– dieran alcance a la débil y torpe presa que ahora ascendía por las ciclópeas escaleras. Era desesperante pensar que los silenciosos gugos no pueden ser oídos y que si llegaban a descubrirles caerían de repente sobre ellos, cogiéndoles desprevenidos en la oscuridad. En aquel extraño lugar, ni siquiera les detendría el tradicional temor que sienten hacia los gules, ya que en él gozaban de una ventaja manifiesta. Existía, además, el peligro eventual de tropezarse con los venenosos lívidos que a veces se introducen en la torre durante la hora de sueño de los gugos. Si éstos durmiesen ahora mucho tiempo y los lívidos regresaran pronto de su combate en la caverna el olor de Carter y sus acompañantes atraería irremisiblemente a estos seres nauseabundos y hostiles, en cuyo caso era preferible ser devorados por los gugos.

Luego, después de trepar durante una eternidad, oyeron una tos allá arriba, en la oscuridad, y la situación dio un giro inesperado y gravísimo. Evidentemente, se trataba de un lívido, o tal vez de varios, que se había debido extraviar en el interior de la torre antes de que llegaran Carter y sus guías, y estaba igualmente claro que el peligro era inminente. Tras un segundo de dudas angustiosas, el gul que iba en cabeza empujó a Carter a un rincón y dispuso a sus compañeros convenientemente, con la vieja lápida en alto para dejársela caer al enemigo en cuanto se pusiera a tiro. Los gules pueden ver en la oscuridad, así que la situación no era tan desesperada como lo habría podido ser si Carter se hubiera encontrado solo. Un momento después, un ruido de pezuñas les hizo saber que al menos una de las bestias lívidas bajaba dando saltos, y los gules que sostenían la lápida la enarbolaron para intentar un golpe desesperado. Fue entonces cuando surgieron dos ojos rojizos y amarillentos, a la vez que la jadeante respiración del lívido se hacía audible por encima del ruido de sus patas. Al saltar la sucia bestia al peldaño inmediatamente superior de donde estaban los gules lanzaron éstos la vieja lápida con fuerza prodigiosa, de suerte que sólo se oyó un estertor agónico, antes de que la víctima cayese hecha un amasijo inmundo. Parecía no haber más bestias de aquellas allí dentro; y después de guardar silencio un momento, los gules dieron una palmada a Carter como señal de que podían proseguir la marcha. Como antes, se vieron obligados a ayudarle, y Carter se alegró de dejar aquel lugar de muerte donde el cadáver grotesco del lívido yacía invisible en la oscuridad.

Por último, los gules detuvieron a su compañero. Extendiendo los brazos hacia arriba y palpando en las tinieblas, Carter se dio cuenta de que habían llegado a la losa de piedra. Levantarla del todo era imposible; los gules se limitarían a abrir una rendija suficiente para introducir la lápida a modo de palanca y permitir así que Carter saliera por la abertura. Los gules tenían pensado bajar nuevamente por la escalera y regresar por donde habían venido, ya que en la ciudad de los gugos les resultaba muy fácil pasar inadvertidos. Además, no sabrían orientarse por los caminos de la superficie para llegar a la espectral Sarkomand, ciudad donde se hallaba la entrada al abismo, custodiada por los leones.

Enorme fue el esfuerzo que hubieron de realizar los tres gules para levantar la losa. Carter les ayudó con todas sus fuerzas. Juzgaron que debían empujar en la parte de la losa que descansaba sobre la escalera, y allí aplicaron toda la fuerza de sus músculos innoblemente alimentados. Pocos segundos después se abrió una ligera rendija y Carter, a quien se había confiado esta misión, deslizó el canto de la vieja lápida por aquella abertura. A continuación siguió un forcejeo imponente, aunque sin resultados; como es natural, cada vez que fracasaban tenían que volver a empezar desde el principio.

De pronto, su desesperación se vio mil veces multiplicada por un ruido que oyeron al pie de la escalera. Este ruido no fue sino el choque sordo del cadáver del lívido y el golpeteo de sus pezuñas al caer rodando escaleras abajo. Pero la causa por la cual rodaba aquel cuerpo hacia abajo no resultaba nada tranquilizadora. Por tanto, conociendo las costumbres de los gugos, los gules redoblaron sus frenéticos esfuerzos, y en un plazo sorprendentemente breve consiguieron levantar la trampa de tal manera que Carter pudo introducir la lápida dejando una abertura suficientemente holgada. Ayudaron entonces a Carter, haciéndole subir sobre sus hombros cartilaginosos y guiándole los pies cuando se agarró al borde del bendito suelo del Alto País de los Sueños. Un segundo más tarde habían salido los tres por la abertura, arrojando la lápida y cerrando la gran losa, mientras abajo se hacía audible un resuello jadeante. Debido a la maldición de los Grandes Dioses, ningún gugo osaría jamás salir por aquella trampa; por consiguiente, Carter se dejó caer confiadamente, con un suspiro de alivio y sosiego, entre los hongos grotescos del bosque encantado, mientras sus guías se acurrucaban en grupo, según es costumbre entre los gules.

Aunque era siniestro, en verdad, el bosque encantado por el que habían viajado hacía ya tantísimo tiempo, ahora le parecía un paraíso y una delicia, después de haber recorrido los lúgubres abismos del mundo inferior. No había un solo ser vivo por los alrededores, ya que los zoogs sienten un gran temor por aquella entrada misteriosa, y Carter consultó inmediatamente con los gules acerca del itinerario que convenía seguir. Ellos no se atrevían ya a regresar por la torre; pero el viaje por el mundo vigil tampoco les convenció al enterarse de que, para subir a él, tenían que cruzar ante los sacerdotes

Nasht y Kaman-Thath, en la caverna de fuego. Así que, por
último, decidieron regresar por Sarkomand, pues allí existe
una entrada al abismo, aunque de momento no supieran
cómo llegar hasta esa ciudad. Carter recordaba que Sarkomand está situada en el valle que se abre al pie de la meseta de
Leng y recordaba igualmente que en Dylath-Leen había visto
a un viejo mercader siniestro y de ojos oblicuos que tenía
fama de traficar con los pueblos de Leng, por lo que aconsejó
a los gules que cruzaran los campos de Nyr hasta el Skai y que
siguieran después el curso del río hasta su desembocadura ya
que en ella se alza Dylath-Leen. Decidieron hacerlo así sin demora ni pérdida de tiempo, porque la creciente oscuridad au-
guraba una noche entera de viaje. Carter estrechó las zarpas
de aquellas bestias repulsivas, les dio las gracias por la ayuda
que le habían prestado y les pidió que expresaran también su
agradecimiento al gul que un día fuera Pickman. A pesar de
todo, no pudo evitar un suspiro de alivio cuando los vio alejarse; porque un gul siempre es un gul, y en el mejor de los casos resulta un compañero poco grato para el hombre. Después de hacerse estas reflexiones, buscó Carter un manantial
en el bosque, se limpió el fango y el moho que traía de las regiones inferiores, y después se vistió con las ropas que tan
cuidadosamente había traído envueltas.

Era ya de noche en aquel bosque terrible de árboles monstruosos, pero la fosforescencia reinante permitía al peregrino
caminar como si fuese de día, y Carter echó a andar por el conocido camino de Celephais, ciudad del país de Ooth-Nargai
que se extiende tras los Montes Tanarios. Y mientras caminaba, pensaba en la cebra que hacía miles y miles de años había
dejado atada a la rama de un árbol, en las estribaciones del
Ngranek, en la lejana isla de Oriab, y se preguntaba si no le
daría de comer algún recolector de lava y la soltaría después.
Y se preguntaba igualmente si volvería algún día a Baharna
para pagar la cebra que le habían matado la noche que pasó
junto a las ruinas arcaicas que se alzan en las riberas del Yath,

y si el viejo tabernero se acordaría de él. Tales eran los pensamientos que le venían a la cabeza mientras respiraba el reconfortante aire del Alto País de los Sueños.

De pronto se detuvo al oír un murmullo que salía de un enorme tronco hueco. Había evitado el gran círculo de piedras porque ahora no quería encontrarse con los zoogs; pero a juzgar por la algarabía de chirridos que salía de aquel árbol inmenso, debía estarse celebrando una importante asamblea. Al acercarse más advirtió que se trataba de una acalorada discusión, cuyo tema le atañía a él de manera excepcional, pues lo que se deliberaba era nada menos que la declaración de guerra a los gatos. El motivo era la desaparición de los zoogs que habían seguido a Carter hasta Ulthar, a quienes los gatos habían castigado por mostrar las aviesas intenciones que ya se vieron, y el asunto había suscitado violentos y prolongados debates, hasta que por fin los adiestrados zoogs habían decidido lanzarse contra toda la tribu felina en el plazo máximo de un mes. Su plan consistía en efectuar una serie de ataques por sorpresa encaminados a capturar los gatos solitarios o en grupos que estuvieran desprevenidos, sin dar a la gran masa de gatos de Ulthar el tiempo necesario para organizarse y contraatacar. Carter comprendió que, antes de proseguir su extraordinaria empresa, tenía que desbaratar el atrevido plan de los zoogs.

Así pues, Randolph Carter se deslizó sigilosamente hasta un ángulo del bosque y lanzó el maullido del gato a través de los campos vagamente iluminados por la luz de las estrellas. Y una enorme gataza salió de una cabaña próxima, tomó el relevo y lo transmitió, a través de las praderas, a los guerreros grandes y pequeños, negros, grises, atigrados, blancos, amarillos y cruzados; y el eco fue repetido junto al Nyr y más allá del Skai, hasta Ulthar, y los innumerables gatos de Ulthar respondieron a coro y se dispusieron en orden de marcha. Era una suerte que la luna no hubiera salido, porque así todos los gatos estaban en la Tierra. Veloces y silenciosos abandonaron

sus hogares y saltaron de los tejados y se desparramaron
como un mar de lustroso pelaje por las llanuras hasta el borde del bosque. Carter estaba allí para recibirles y el espectáculo de estos gatos sanos y bien proporcionados le resultó un
descanso para los ojos, después de ver las criaturas que había
visto en los abismos y de caminar con ellas. Se alegró de volver a encontrar a su venerable amigo y salvador a la cabeza del
destacamento de Ulthar, con el collar de su graduación en
torno a su sedoso cuello, y los bigotes tiesos en gesto marcial.
Y se alegró aún más cuando vio, como alférez de aquel mismo ejército, a un avispado jovenzuelo que no era otro que el
mismísimo gatito de la taberna, a quien Carter había regala-
do con un riquísimo plato de leche una mañana ya lejana, en
Ulthar. Ahora se había convertido en un gato robusto y de gran
porvenir; y al estrecharle la mano a su amigo, se puso a ronro-
near. Su abuelo dijo que cumplía muy bien en el ejército y que
tras otra campaña más podría aspirar al grado de capitán.

Carter les contó el peligro que corría la tribu gatuna, por lo
que recibió agradecidos ronroneos de todos los presentes. De
acuerdo con los generales, trazó un plan de acción inmediata
que consistía en atacar sin más dilación la asamblea de los
zoogs y sus plazas fuertes conocidas, anticipándose a sus ataques por sorpresa y obligarles a aceptar un armisticio antes
de que pudieran movilizar su ejército invasor. Por tanto, sin
perder un solo momento, el gran océano de gatos inundó el
bosque encantado y se cerró en torno al árbol donde se cele-
braba la asamblea y al círculo de piedras. Los chirridos de los
zoogs se elevaron hasta un grado enloquecedor cuando las
enemigas bestezuelas se vieron sorprendidas por los recién
llegados. Escasa resistencia hubo por parte de los furtivos y
curiosos zoogs de oscuro pelaje, porque al instante comprendieron que les habían ganado por la mano; y sus propósitos
de venganza se tornaron en deseos de salvación.

La mitad de los gatos se sentó en círculo alrededor de los
zoogs capturados y dejaron un pasillo por el que los demás

gatos fueron introduciendo a los zoogs que iban apresando en otras partes del bosque. Por fin se discutieron las condiciones de un armisticio. Carter actuó de intérprete y se decidió allí que los zoogs seguirían siendo independientes a condición de que pagaran a los gatos un gran tributo de guacos, codornices y faisanes cazados en las zonas menos fabulosas del bosque. Los vencedores tomaron como rehenes a unos cuantos zoogs de familias nobles, que serían custodiados en el Templo de los Gatos de Ulthar; y dejaron bien sentado que cualquier desaparición de gatos en los alrededores de los dominios de los zoogs tendrían desastrosas consecuencias para los propios zoogs. Una vez expuestas estas condiciones, los gatos rompieron filas y dejaron que los zoogs se marcharan uno a uno a sus respectivas casas, cosa que se apresuraron a hacer mirando de soslayo con gesto sombrío.

El viejo general ofreció entonces a Carter una escolta para atravesar el bosque hasta salir de él por donde deseara. Consideraba el gato –y no sin razón– que los zoogs abrigarían ahora un tremendo resentimiento contra Carter por haber hecho fracasar sus belicosos propósitos, y Carter acogió esta oferta con gratitud, no sólo por la seguridad que le proporcionaba, sino porque además le gustaba la grácil compañía de los gatos. Así pues, en medio del simpático y alegre regimiento, satisfecho por el feliz término de la empresa, Randolph Carter caminó dignamente a través de aquel bosque mágico y fosforescente de árboles descomunales. Mientras los demás se entregaban a fantásticas cabriolas o jugueteaban con las hojas caídas que el viento arrastraba entre los hongos de aquel suelo primordial, Carter iba hablando de Kadath con el general y el nieto. El viejo gato le dijo entonces que había oído hablar mucho de aquella desconocida ciudad de la inmensidad fría, pero que no sabía dónde se encontraba exactamente. En cuanto a la maravillosa ciudad del sol poniente ni siquiera había oído hablar de ella, pero con mucho gusto comunicaría a Carter cualquier información que le llegara al respecto.

También le dio algunas contraseñas de gran valor entre los gatos del País de los Sueños, y le recomendó especialmente al viejo jefe de los gatos de Celephais, que era hacia donde él se dirigía. Aquel viejo gato, a quien Carter ya conocía de modo superficial, era un honrado maltés, y su influencia resultaría decisiva en transacciones de todo tipo. Ya amanecía cuando salieron del bosque por el lugar más conveniente, y Carter se despidió de sus amigos con cierto pesar. El joven alférez que Carter había conocido cuando era cachorrillo le habría acompañado de no habérselo prohibido su abuelo; pero este severo patriarca insistió en que el deber exigía la presencia de todo gato junto a su tribu y su ejército. Así que Carter emprendió solo el camino a través de los dorados campos que se extienden llenos de misterio junto al río bordeado de sauces, y los gatos regresaron al bosque.

El viajero conocía bien aquellas tierras paradisíacas que se extienden entre el bosque y el Mar Cerenerio, y siguió alegremente el curso cantarino del Oukranos, que señalaba su ruta. El sol se elevó por encima de las suaves colinas cubiertas de prados y bosques, y encendió los colores de los millares de flores que tapizaban las cañadas y los oteros. En toda esta región flota una neblina mágica y la luz del sol parece durar un poco más que en otros lugares. También perdura allí la rumorosa música del verano que componen las abejas y los pájaros, de modo que los hombres cruzan por allí como por un paraje maravilloso y experimentan la mayor dicha y encanto que después les cabe recordar.

Hacia mediodía llegó Carter a Kiran, cuyas terrazas de jaspe descienden hasta el borde del río y conducen a un templo de encanto, a donde el rey de Ilek-Vad acude una vez al año con su palanquín de oro desde su lejano reino del mar crepuscular, a orar ante el dios del Oukranos, el que cantaba para él cuando el rey era joven y vivía en una cabaña, junto a la orilla del río. Este templo es todo de jaspe y cubre un acre de terreno con sus muros y sus patios, con sus siete torres rematadas en flecha y su capilla interior, adonde el río penetra a través de canales ocultos y el dios canta dulcemente por la noche. Muchas veces la luna oye extrañas melodías, mientras sus rayos bañan tales patios y terrazas y pináculos; pero nadie, excepto el propio rey de Ilek-Vad, podría decir si esa melodía es la canción del dios o el cántico de sus misteriosos sacerdotes, pues el rey es el único que ha entrado en el templo y ha visto a los sacerdotes. Ahora, en el sopor del mediodía, aquel templo esculpido y delicado permanecía en silencio; y mientras caminaba bajo un sol mágico, Carter sólo oía el rumor de la gran corriente y el murmullo de los pájaros y las abejas.

El peregrino caminó durante toda la tarde por las perfumadas praderas, al abrigo de las suaves colinas ribereñas cubiertas de pacíficas casitas de techumbre de paja y de santuarios erigidos a dioses amables, esculpidos en jaspe o en crisoberilo. A veces caminaba por el mismo borde del Oukranos, y silbaba a los peces vivarachos e iridiscentes de aquella corriente cristalina; otras veces, se detenía entre el susurro de los juncos a contemplar el gran bosque de la otra orilla, cuyos árboles descendían hasta el mismo borde del agua. En algunos sueños anteriores había visto salir de ese bosque a los buopoths, pesados y tímidos, que iban a beber en el río; pero ahora no se veía ninguno. Una de las veces se detuvo a mirar cómo un pez carnívoro atrapaba un pájaro pescador, al cual había atraído al agua con el señuelo de sus tentadoras escamas al sol. En el momento en que el alado cazador se lanzó a picarle, lo cogió por el pico con su boca enorme.

Al declinar la tarde, Carter subió por una loma cubierta de yerba, desde donde pudo contemplar cómo brillaban a la luz del crepúsculo las mil agujas doradas de los campanarios de Thran. Las enormes murallas de alabastro de esa increíble ciudad no son verticales, sino que parece desde lejos que se inclinan hacia dentro. Y lo más desconcertante es el hecho de estar construidas de una sola pieza, con una técnica que ningún hombre conoce ya; porque esta ciudad es más antigua que la raza humana. Aun siendo tan altas estas murallas de cien pórticos y doscientas atalayas, las torres que se apiñan en su interior, blancas bajo sus agujas doradas, son más altas todavía, de manera que los hombres de la llanura las ven elevarse hasta el cielo, a veces resplandecientes de luz, a veces con las cúpulas veladas por las nubes y las brumas, y a veces rodeadas de nubes bajas, emergiendo por encima con sus esplendorosos pináculos elevados. Y allí donde las puertas de Thran se abren sobre el río, existen grandes muelles de mármol, junto a los cuales se mecen suavemente suntuosos galeones de cedro fragante y madera de Ceilán, sujetos a sus anclas, y descansan extraños marineros de espesa barba en toneles y fardos cuyos rótulos exhiben jeroglíficos de lejanos lugares. Tierra adentro, más allá de los muros, se extienden los campos de este país, y en ellos dormitan menudas cabañas blancas entre pequeñas colinas, y serpean estrechas sendas con infinidades de puentes de piedra entre los ríos y las huertas.

Caía la tarde, pues, cuando Carter atravesó esta tierra feraz, y desde el río vio reflejarse la luz del crepúsculo en las maravillosas agujas de las torres de Thran. Y justo al cerrar la noche llegó a la puerta sur, donde fue detenido por un centinela vestido de rojo, a quien tuvo que contar tres sueños inverosímiles para demostrarle que era un soñador digno de caminar por las misteriosas calles de Thran y de visitar los bazares donde se vendían los géneros traídos por los suntuosos galeones. Penetró luego en la increíble ciudad a través de una muralla de espesor tal que la entrada formaba como un túnel; y luego siguió por los retorcidos y ondulantes callejones que culebrean, profundos y estrechos, entre torres inmensas. Brillaban las luces a través de las ventanas enrejadas y de los balcones; y del interior de los patios de burbujeantes fuentes salía una música tenue de flautas y laúdes. Carter sabía la dirección que le convenía tomar y se dirigió a las calles más oscuras que bordean el río, y entró en una vieja taberna de marineros donde se encontró con capitanes y gentes de mar que él había conocido en muchos de sus sueños anteriores. Allí compró un pasaje para Celephais, a bordo de un gran galeón pintado de verde, y se quedó en esa misma taberna a pasar la noche después de hablar seriamente con el venerable gato de aquella posada, que parpadeaba soñoliento ante el enorme fuego del hogar y soñaba con viejas guerras y con dioses olvidados.

A la mañana siguiente, Carter embarcó en el galeón que zarpaba hacia Celephais. Se sentó a proa sobre un montón de cuerdas, y empezó el largo viaje hacia el Mar Cerenerio. Durante muchas leguas, las márgenes del río presentaron el mismo aspecto que las tierras de Thran, viéndose algún que otro templo erigido en lo alto de las colinas de la orilla derecha. Cruzaron por delante de un pueblecito dormido, pegado a la orilla, con sus puntiagudos tejados color ladrillo y sus redes tendidas al sol. Pendiente siempre de su empresa, Carter interrogó a todos los marineros sobre la clase de gentes que frecuentaban las tabernas de Celephais, y les preguntó sobre los nombres y las costumbres de aquellos hombres extraños de ojos rasgados y estrechos, orejas de grandes lóbulos, fina nariz y barbilla puntiaguda que venían del norte a bordo de negras embarcaciones, para cambiar ónice por figuritas de jade, hilo de oro y pajarillos cantores de Celephais. No sabían los marineros gran cosa sobre esas gentes, excepto que hablaban muy poco y que en torno a ellos flota como una atmósfera de respeto y temor.

El país de aquellos hombres extraños es muy lejano y se llama Inquanok. Escasas eran las personas que iban allá, porque se trata de una región fría y crepuscular que, al parecer, linda con la desagradable meseta de Leng, cosa que por otra parte tampoco se sabía con seguridad. Por el lado donde se supone que está esa meseta, se yergue una cadena infranqueable de montañas, de suerte que nadie puede afirmar que esta maligna región, con sus horribles poblados de piedra y sus abominables monasterios, estén realmente allí, ni tampoco que sea

sólo producto del temor que siente la gente por la noche,
cuando esa formidable barrera de picos recorta su negra silueta contra la luna, lo que se cuenta sobre ella. Ciertamente
se podía llegar a Leng desde muy diferentes océanos, pero los
marineros no sabían nada de las otras fronteras de Inquanok
y sólo habían oído hablar en términos muy vagos de la inmensidad fría y de la desconocida Kadath. En cuanto a la maravillosa ciudad del sol poniente que Carter buscaba, no tenían ni idea. Así que el viajero no preguntó más y aguardó a
que se presentara la ocasión de hablar con aquellos hombres
extraños de la fría y crepuscular Inquanok, que son verdade-
ros descendientes de los dioses representados en el rostro tallado del monte Ngranek.

Avanzado ya el día, el galeón llegó a los meandros que atraviesan las perfumadas junglas de Kled. Aquí Carter habría
deseado poder desembarcar, porque en esas marañas tropi-
cales duermen portentosos palacios de marfil, solitarios pero
bien conservados, donde un día moraron los monarcas fabulosos de un país cuyo nombre no se recuerda. En virtud de los
hechizos de los Dioses Arquetípicos, estos lugares se conservan libres de daño y de envejecimiento, porque escrito está
que un día los han de poder necesitar para sí. Y las caravanas
de elefantes los han contemplado de lejos, a la luz de la luna,
pero nadie se atreve a acercarse a ellos por temor a los guardianes que velan en sus sombras. El barco siguió veloz, y la
oscuridad acalló los murmullos del día, y las primeras estrellas parpadearon en respuesta a las tempranas luciérnagas de
las orillas, mientras la jungla iba quedando atrás y extendía
hacia ellos una fragancia que era como un recuerdo de su presencia. Y durante toda la noche navegó el galeón y cruzó misterios invisibles e insospechados. Un vigía señaló la presencia
de hogueras sobre las colinas del este, pero el soñoliento capitán dijo que lo más prudente era no mirarlas demasiado, ya
que no se sabía con seguridad qué clase de criaturas las habrían encendido.

Por la mañana, el río se había ensanchado considerablemente y Carter dedujo, por las casas que se alineaban en las orillas, que debían de hallarse muy cerca de la gran ciudad comercial de Hlanith, frente al Mar Cerenerio. Aquí las murallas eran de tosco granito; y las casas, construidas de vigas y yeso, se veían fantásticamente erizadas de buhardillas. Los hombres de Hlanith son, de todos los habitantes de las regiones soñadas, los más parecidos a la humanidad del mundo vigil, de suerte que a esta ciudad sólo se acude por el interés de los negocios; pero es estimada por el serio trabajo de sus artesanos. Los muelles de Hlanith son de madera de roble y en ellos amarró el galeón mientras bajaba el capitán a tratar sus asuntos en las tabernas. Carter bajó también a tierra y recorrió con curiosidad las calzadas hendidas de surcos, donde transitaban carricoches tirados por bueyes y vendedores que anunciaban sus mercancías a grito pelado en la puerta de sus bazares. Las tabernas marineras estaban todas muy próximas a los muelles, en unos callejones empedrados y sucios del salitre que dejaban las pleamares, y tenían un aspecto inusitadamente antiguo, con sus bajos techos ennegrecidos y sus verdosos ventanucos en forma de ojo de buey. Los viejos marineros, clientes de aquellas tabernas, hablaban con frecuencia de lejanos puertos y relataban muchas historias sobre los curiosos habitantes de la crepuscular Inquanok, pero, en general, añadieron muy poco a lo que ya le habían contado los tripulantes del galeón. Por último, después de descargar y cargar de nuevo, el barco zarpó hacia poniente, y las altas murallas y las buhardillas de Hlanith se fueron empequeñeciendo en la lejanía mientras la última luz del día les confería un encanto y una belleza que la mano del hombre no puede dar.

Dos noches y dos días navegó el galeón por el Mar Cerenerio, sin avistar tierra y sin cambiar saludos más que con un navío solitario. Y al segundo día, faltando ya poco para que el sol se pusiera, avistaron el nevado pico de Arán con sus laderas cubiertas de cimbreantes ginkgos, y Carter comprendió que estaban llegando al país de Ooth-Nargai y a la maravillosa ciudad de Celephais. En seguida aparecieron los brillantes minaretes de aquel pueblo fabuloso, y el mármol de sus murallas rematadas por estatuas de bronce, y el gran puente de piedra tendido donde el Naraxa se junta con el mar. Luego asomaron las suaves colinas que se elevan tras la ciudad, las arboledas, los jardines de asfódelos con sus mil templetes, las cabañas y, al fondo de todo, la purpúrea cordillera Tanaria, poderosa y mística, tras la cual se abren los caminos prohibidos que conducen al mundo vigil y a otras regiones del País de los Sueños.

El puerto estaba lleno de pintadas galeras, algunas de las cuales procedían de Serannia, ciudad de mármol y nubes que se halla en los espacios etéreos, más allá de la línea que junta el mar con el cielo; otras venían de lugares más sólidos del País de los Sueños. El timonel se abrió camino por entre todos los navíos hasta los muelles fragantes de especias, y los marineros amarraron allí el galeón a oscuras, mientras las innumerables luces de la ciudad comenzaban a titilar sobre el agua. Eternamente nueva parecía esta inmortal ciudad de fantasía, porque el tiempo aquí no tiene poder destructor alguno. Y la ciudad de turquesa de Nath-Horthath es como siempre ha sido, y sus ochenta sacerdotes coronados de orquídeas son los mismos que la edificaron hace diez mil años. Aún brilla el bronce de sus grandes puertas, y jamás sufrió deterioro alguno el ónice de sus pavimentos. Y las enormes estatuas de bronce que adornan sus murallas contemplan a unos mercaderes y conductores de camellos que son más viejos que las mismas leyendas, aunque jamás se tornara gris el pelo de sus barbas hendidas.

Carter no se puso a buscar inmediatamente templo alguno, ni palacio ni ciudadela, sino que permaneció junto a la muralla, cerca del mar, entre mercaderes y marineros. Y cuando se hizo demasiado tarde para escuchar historias y relatos, buscó una antigua taberna ya conocida por él y descansó soñando con los dioses de la ignorada Kadath, a quienes buscaba. Al día siguiente, recorrió los embarcaderos por ver si encontraba a alguno de aquellos misteriosos marineros de Inquanok, pero le dijeron que ahora no había ninguno por allí, ya que sus galeras no tocarían aquel puerto lo menos en dos semanas. Encontró, sin embargo, a un marinero thorabonio que había estado en Inquanok y había trabajado en las canteras de ónice de aquella ciudad crepuscular; y este marinero le confesó que, efectivamente, al norte de la región habitada se extendía un desierto que todo el mundo parecía temer y evitar. El thorabonio opinaba que este desierto rodeaba las últimas estribaciones de los infranqueables picos centrales de la horrible meseta de Leng, y que ésta era la razón por la que los hombres lo temían. No obstante, admitió que las gentes hacían, además, alusiones no muy claras a presencias malignas y a abominables centinelas. No podía decir si este desierto era o no la fabulosa inmensidad fría en la que se hallaba la desconocida Kadath, pero le parecía poco probable que tales presencias y centinelas, si de verdad existían, estuvieran allí sin una razón.

Al día siguiente, Carter subió por la Calle de los Pilares hasta el templo de turquesa y habló con el Sumo Sacerdote. Aunque en Celephais se adora sobre todo a Nath-Horthath, en las oraciones diarias se cita a todos los Grandes Dioses, y el sacerdote conocía bastante bien el talante y las costumbres de éstos. Como hiciera Atal en la lejana Ulthar, le aconsejó fervientemente que no intentara verlos, afirmando que son irascibles y caprichosos, y que se hallan bajo la extraña protección de los desalmados Dioses Otros del Exterior, cuyo espíritu y mensajero es Nyarlathotep, el caos reptante. El celo con que ocultaban la maravillosa ciudad del sol poniente ponía claramente de relieve su deseo de que Carter no llegara a ella, y no se sabía cómo mirarían a un forastero cuyo propósito era llegar hasta ellos para hacerles un ruego. Ningún hombre había encontrado jamás la ciudad de Kadath en el pasado, y muy bien pudiera ser que tampoco la encontrara nadie en el futuro. Además, los rumores que corrían acerca del castillo de ónice de los Grandes Dioses no eran tranquilizadores ni muchísimo menos.

Después de dar las gracias al Sumo Sacerdote coronado de orquídeas, Carter salió del templo, en busca de cierta carnicería donde se vendía carne de oveja, pues allí vivía lustroso y contento el viejo jefe de los gatos. Aquel felino digno y gris se hallaba tendido gozosamente al sol en el pavimento de ónice, y al acercarse el visitante le saludó con gesto lánguido. Pero cuando Carter se presentó y repitió la contraseña que le había facilitado el viejo general de Ulthar, el lustroso patriarca se volvió muy cordial y comunicativo, y le contó muchos secretos que saben los gatos de la costa de Ooth-Nargai. Y, lo que fue aún más interesante, le contó también varios detalles que los gatos del puerto de Cedephais le habían comunicado, no sin cierto recelo, sobre los hombres de Inquanok, en cuyos tenebrosos barcos no quiere navegar ningún gato.

Al parecer, estos hombres están envueltos en un aura extraterrestre, aunque no es ésta la razón por la que los gatos no quieren navegar en sus barcos. El motivo de esta repulsión radica en que Inquanok alberga ciertas sombras que ningún gato puede soportar, de suerte que en todo ese reino en donde impera el frío crepuscular, jamás se oyen alegres maullidos ni ronroneos hogareños. Nadie sabe si esas sombras corresponden a seres que han cruzado los infranqueables picos de la meseta de Leng, de cuya misma existencia se duda, o a los que penetran por el norte, procedentes del frío desierto. En cualquier caso, sobre aquellas tierras lejanas impera como un presagio de otros mundos u otras dimensiones que no agrada a los gatos, pues estos animales son más sensibles que los hombres a tales vivencias. Ésta es la razón de que no quieran embarcarse en los sombríos barcos que zarpan rumbo a los muelles de basalto de Inquanok.

El viejo jefe de los gatos le dijo también dónde encontrar a su amigo el rey Kuranes, que en los últimos sueños de Carter había reinado alternativamente en el Palacio de las Siete Delicias de Celephais, y construido en cuarzo rosa, y en el almenado castillo de nubes de Serannia, ciudad que flota en el cielo. Al parecer, ya no encontraba satisfacción en aquellos lugares fabulosos y sentía una nostalgia creciente por los acantilados ingleses y por las tierras bajas de su niñez, donde existen pueblecitos de ensueño en los que, por las noches, se oyen tras las celosías de las ventanas antiguas canciones inglesas, y cuyos grises campanarios se asoman por encima del verdor de los valles lejanos. Kuranes no podía retornar a estas delicias del mundo vigil, porque su cuerpo había muerto; pero había conseguido una aceptable compensación al soñar una reconstrucción de su paisaje natal junto al barrio Este de la ciudad, donde los prados se extienden suavemente desde los acantilados hasta el pie de los Montes Tanarios. Allí vivía él, en una mansión gótica de piedra gris asomada al mar, y trataba de convencerse de que era la antigua Trevor Towers, donde él y trece generaciones de antepasados habían visto la luz por vez primera. Y en la costa vecina había reconstruido un pueblecito pesquero de Cornualles de tortuosos callejones empedrados, instalando en él a gentes con rasgos marcadamente ingleses, a las cuales trataba siempre de inculcar el acento –que a él le llenaba de nostalgia– de los viejos pescadores de aquella región. Y en el valle cercano había erigido una gran abadía de estilo normando, cuya torre podía contemplar desde su ventana, y en torno a ella, en el cementerio que la rodeaba, había soñado unas lápidas con los nombres de sus antepasados esculpidos en su piedra, que él evocaba cubierta de musgo semejante al de la vieja Inglaterra. Pues aunque Kuranes era monarca del País de los Sueños, y suyas eran todas las imaginables pompas y maravillas y toda la esplendorosa magnificencia de los sueños, y aunque disponía a voluntad de todos los éxtasis y delicias, de las novedades y los incentivos más rebuscados y exóticos, de buena gana habría renunciado para siempre a todo este fausto y poderío, con tal de volver a ser, por un día tan sólo, un muchacho de aquella Inglaterra pura y tranquila, de aquella antigua y amada Inglaterra que había modelado su alma y de la cual siempre formaría parte.

Después de despedirse del viejo jefe de los gatos, Carter no trató de buscar el palacio de cuarzo rosa, sino que se dirigió a las puertas orientales de la ciudad. Cruzó los campos sembrados de margaritas y se encaminó hacia una torre puntiaguda que descollaba entre los robles de un parque que ascendía hasta el borde mismo de los acantilados. Llegó a una gran verja, y en ella encontró una entrada flanqueada por una casita de guarda construida de ladrillo; y cuando hizo sonar la campana, no salió cojeando ningún lacayo ataviado y untuoso, sino un viejo bajito y estirado, vestido con una blusa de obrero, que se esforzaba por imitar el singular acento de Cornualles. Y Carter se adentró por el umbroso sendero que discurría entre unos árboles muy semejantes a los de Inglaterra, y subió por las terrazas que se abrían entre jardines trazados como en tiempos de la reina Ana. En la puerta, que como en los viejos tiempos estaba flanqueada por unos gatos de piedra, fue recibido por un mayordomo de enormes patillas y vestido de librea. Éste le condujo en seguida a la biblioteca, donde Kuranes, señor de Ooth-Nargai y de la parte del cielo que rodea Serannia, meditaba sentado junto a la ventana, mientras contemplaba su pueblecito pesquero y añoraba a su vieja nodriza, la cual solía regañarle porque no estaba arreglado a tiempo para aquella odiosa reunión campestre en casa del vicario, cuando ya estaba aguardando la carroza, y su madre a punto de perder los nervios.

Kuranes, vestido con una bata que los sastres londinenses habían puesto de moda en su juventud, se levantó con presteza a recibir a su visitante, porque la presencia de un anglosajón procedente del mundo vigil le resultaba entrañable a él, aun cuando se tratara de un sajón de Boston Massachusetts, y no de Cornualles. Y hablaron largamente de los viejos tiempos, y los dos encontraron mucho que contarse, ya que ambos eran antiguos soñadores, y muy versados en las maravillas y los sitios increíbles. Kurapes, efectivamente, había estado más allá de las estrellas, en el vacío final, y se decía que era el único que había regresado de semejante viaje en su sano juicio.

Finalmente, Carter sacó a relucir el tema que le interesaba e hizo a su anfitrión las preguntas que ya había repetido tantas veces. Kuranes no sabía dónde se encontraban ni Kadath ni la maravillosa ciudad del sol poniente; pero sabía que los Grandes Dioses eran entidades demasiado peligrosas para ir en su busca, y que los Dioses Otros tenían extrañas maneras de protegerlos contra toda curiosidad impertinente. Había oído muchas cosas sobre los Dioses Otros en las lejanas regiones del espacio, especialmente en una zona en que no existen formas algunas y donde ciertos gases multicolores estudian los secretos más recónditos. El gas violeta S'ngac le había contado cosas terribles de Nyarlathotep, el caos reptante, aconsejándole que no se aproximara jamás al vacío central donde roe hambriento el sultán de los demonios Azathoth, envuelto en tinieblas. Asimismo, tampoco era prudente tener trato alguno con los Dioses Otros, y si denegaban persistentemente todo acceso a la maravillosa ciudad del sol poniente lo mejor sería no empeñarse en buscar esa ciudad.

Kuranes dudaba, además, que su invitado pudiera sacar nada positivo con ir a la ciudad, aun cuando consiguiera entrar en ella. Él también había soñado y suspirado durante largos años por la encantadora Celephais y por la tierra de Ooth-Nargai, y había deseado vivamente la libertad, el color y la maravillosa experiencia de una vida exenta de ataduras, de convencionalismos y estupideces. Pero ahora que vivía en esta ciudad y en este país, y era el rey de todo esto, veía que la libertad y la intensidad de vivir se agotan muy pronto, volviéndose monótonas por falta de vinculación con sentimientos y recuerdos firmes. Era rey de Ooth-Nargai, pero esto no significaba nada, pues añoraba con tristeza las cosas familiares de Inglaterra que había conocido en su lejana juventud. Él daría todo este reino por volver a escuchar el lejano repicar de las campanas de Cornualles; y los mil alminares de Celephais, a cambio de los tejados picudos y familiares del pueblecito cercano a su casa natal. Por ello dijo a su huésped que seguramente no encontraría en aquella desconocida ciudad del sol poniente la felicidad que él buscaba, y que tal vez sería mejor que la considerara como un sueño esplendoroso y evanescente. Porque Kuranes había visitado con frecuencia a Carter en los viejos días de su vida vigil, y conocía muy bien las encantadoras laderas de Nueva Inglaterra que le vieron nacer.

Estaba seguro de que, al final, el explorador acabaría suspirando por revivir escenas de su primera infancia: el fulgor de Beacon Hill al atardecer, los altos campanarios y las calles tortuosas y empinadas de la fantástica ciudad de Kingsport, los venerables tejados de la antiquísima y embrujada Arkham, las venturosas praderas y los valles cruzados de serpeantes cercas de piedra, y los blancos tejados de las casas de campo que asomaban entre macizos de verdura. Todo esto le dijo a Randolph Carter, pero él siguió empeñado en su propósito. Y finalmente, cada cual mantuvo su propia convicción, y Carter regresó a Celephais por las puertas de bronce y bajó por la Calle de los Pilares hasta la vieja muralla junto al mar, donde volvió a conversar con los marineros que procedían de puertos remotos, y aguardó a que llegara el barco tenebroso de la fría Inquanok crepuscular, cuyos marineros y traficantes de ónice poseen extraños semblantes y llevan sangre de los Grandes Dioses en las venas.

Una noche estrellada en que el Lucero derramaba una espléndida claridad sobre la dársena, entró en puerto el barco tan esperado; y los tripulantes y mercaderes de extraños rostros fueron dejándose ver, de uno en uno y en grupos pequeños, por las tabernas que se extienden a lo largo de los muelles. Resultaba apasionante ver de nuevo en unos rostros vivientes los rasgos divinos del pétreo semblante del Ngranek. Sin embargo, Carter no se dio prisa en hablar con aquellas gentes silenciosas. Aún ignoraba si aquellos hijos de los Grandes Dioses serían demasiado altivos o reservados, o qué recuerdos vagos y excelsos guardarían en la memoria. Pero estaba seguro de que no sería oportuno abordarles para hablar de su empresa o para preguntar por el desierto frío que se extiende al norte de sus tierras crepusculares. Hablaban poco con los demás parroquianos de aquellas antiguas tabernas portuarias, y se sentaban en grupos en los rincones más oscuros del local para entonar canciones misteriosas de ignorados lugares, o para contar relatos con exótico acento que en nada se parecía al del resto del País de los Sueños. Y tan raras y excitantes eran aquellas tonadas y narraciones, que en los rostros de los que escuchaban podía adivinarse todo su misterio, aun cuando las palabras no fueran más que extrañas cadencias y vagas melodías para los oídos profanos.

Durante una semana estuvieron frecuentando la taberna los marineros de Inquanok, mientras los traficantes trataban sus negocios en los bazares de Celephais; y antes de que zarparan, Carter tomó un pasaje en su barco tenebroso, explicando que era un antiguo minero que había trabajado en minas de ónice, y que quería volver a trabajar en sus canteras. El barco era magnífico y estaba primorosamente labrado en madera de teca con incrustaciones de ébano y trazados de oro, y el camarote que le asignaron tenía cortinajes de seda y terciopelo. Una mañana, al cambiar la marea, izaron las velas, levaron anclas, y Carter, de pie en lo alto de la popa, vio hundirse en la distancia, arrebolados por los primeros rayos del sol, los dorados alminares y las estatuas de bronce de la ciudad intemporal de Celephais, al tiempo que la cumbre nevada del Monte Arán se iba haciendo cada vez más pequeña. Hacia el mediodía sólo tenían a la vista el azul suave del Mar

Cerenerio y una galera pintada que, allá lejos, navegaba rumbo a ese reino de Serannia donde el mar se junta con el cielo.

Llegó la noche con rutilantes estrellas, y el oscuro barco puso proa al Carro y a la Osa Menor, que se mecía suavemente alrededor del polo. Y los tripulantes entonaron extrañas canciones de ignorados lugares, y fueron subiendo uno por uno al castillo de proa, mientras los taciturnos vigías murmuraban viejos cantos y se inclinaban sobre la borda para contemplar cómo jugaban los peces luminosos junto a la roda, bajo el agua. Carter se retiró a dormir a las doce de la noche, y se levantó con las primeras claridades de la mañana, observando que el sol se hallaba mucho más al sur de lo que a él le habría gustado. Y durante todo el día hizo progresos en cuanto a su comunicación con los hombres del barco, pues muy poco a poco les fue haciendo hablar de su fría tierra crepuscular, de su primorosa ciudad de ónice y de su temor a los elevados e infranqueables picos, más allá de los cuales se extiende, según dicen, la meseta de Leng. Los marineros le confesaron que lamentaban muchísimo que los gatos no quisieran vivir en la tierra de Inquanok, y que estaban convencidos de que ello se debía a la oculta proximidad de Leng. De lo que no hablaron fue del desierto de piedra que se extiende al norte, pues había algo inquietante en torno a ese desierto, y les parecía más prudente no admitir su existencia.

Durante los días siguientes hablaron de las canteras a las que Carter decía que iba a trabajar. Había muchas, ya que no sólo toda la ciudad de Inquanok estaba hecha de ónice, sino que además destinaban grandes bloques pulimentados de este material a los mercados de Rinar, Ogrothan y Celephais, o los vendían allí mismo a mercaderes venidos de Thara, Ilarnek y Katatheron, trocándolos a veces por hermosos artículos procedentes de aquellos puertos fabulosos. Y muy al norte, casi en el desierto de hielo cuya existencia no quieren admitir los hombres de Inquanok, había una cantera excepcional, mucho más grande que todas las demás; y de ella se habían extraído en tiempos inmemoriales bloques tan prodigiosos y descomunales, que las oquedades que habían dejado, sobrecogían de terror al que las contemplaba. Nadie sabía quién había extraído aquellos bloques increíbles, ni adónde habían sido transportados. Pero consideraban que era preferible no pisar aquella cantera, porque era muy posible que aún conservase algún vínculo con aquellos que un día trabajaran en ella. Y la cantera inmensa ha quedado abandonada en el crepúsculo, y únicamente el cuervo y el legendario pájaro shantak anidan en sus inmensidades. Cuando Carter oyó eso, sintió una honda impresión, pues sabía por viejas leyendas que el castillo que poseen los Grandes Dioses en lo más elevado de Kadath es de ónice.

Cada día era más baja la curva que el sol describía en el cielo, y las brumas que se veían a proa se iban haciendo más y más espesas. Y al cabo de dos semanas, el sol dejó en absoluto de salir, y no contaron con más luz que una dudosa claridad grisácea y crepuscular que se filtraba a través de una bóveda de nubes eternas durante el día, y una fría fosforescencia sin estrellas que se desprendía de la cara inferior de aquellas mismas nubes por la noche. Al vigésimo día avistaron un gran farallón desgarrado, a lo lejos, que era el primer vestigio de tierra que divisaban desde que dejaron atrás la nevada cumbre del Arán. Carter preguntó al capitán el nombre de aquella roca, pero le dijeron que no tenía nombre y que ningún barco se le aproximaba jamás a causa de ciertos ruidos que brotaban de su interior durante la noche. Y cuando, después de anochecer, salió de aquella roca granítica un aullido lastimero e incesante, el viajero se alegró de saber que no se detendrían allí, y de que aquella roca no tuviera nombre alguno. La tripulación rezó y cantó hasta ahogar el aullido, y Carter tuvo unos sueños terribles en las primeras horas de la madrugada.

Dos mañanas después de avistar la roca aulladora, apareció a lo lejos, hacia el oeste, una formación de elevados picachos cuyas cimas se perdían entre las nubes perpetuas de aquel mundo crepuscular; y al verlos, los marineros entonaron alegres canciones y algunos se arrodillaron sobre cubierta para rezar, por lo que Carter comprendió que estaban llegando a la tierra de Inquanok, y que no tardarían en atracar en los muelles de basalto de la gran ciudad que llevaba el nombre del país. Hacia mediodía apareció el oscuro perfil de la costa, y antes de las tres vieron surgir hacia el norte las cúpulas bulbosas y las fantásticas agujas de la ciudad de ónice. Singular y extraña, aquella ciudad arcaica se erguía amurallada tras los espigones del puerto, y era toda de un delicado color negro ornada con volutas, estrías y arabescos de oro. Sus casas eran altas y tenían muchas ventanas; y las fachadas estaban adornadas con flores esculpidas y motivos cuya oscura simetría deslumbraba los ojos con su belleza más esplendorosa que la luz. Algunas estaban coronadas de hinchadas cúpulas que terminaban en afilada punta, otras eran pirámides escalonadas rematadas por minaretes que ponían de manifiesto una imaginación desbordante. Las murallas eran bajas y tenían numerosas puertas, cada una de las cuales estaba coronada por un gran arco mucho más alto que las almenas del propio muro, rematado por la cabeza de un dios, tallada con la misma perfección que el rostro monstruoso del lejano Ngranek. En una colina del centro de la ciudad se alzaba una torre de dieciséis lados cuyas proporciones eran aún mayores que las de los restantes edificios, y cuyo altísimo campanario terminaba en un chapitel sustentado por una cúpula aplastante. Éste era, según los marineros, el Templo de los Dioses Arquetípicos, gobernado por un Sumo Sacerdote ya viejo y entristecido por tantos secretos misteriosos.

De tiempo en tiempo, el tañido de una extraña campana estremecía el aire de la ciudad de ónice; y cada vez que sonaba, era contestado por unos sones místicos que ejecutaba un conjunto de cuernos, violas y voces. Y de una fila de trípodes que se alineaban en una galería rodeando la elevada cúpula del templo, brotaba en algunos momentos un resplandor de fuego; pues debe decirse que los sacerdotes y las gentes de esta ciudad son prudentes observadores de sus ritos primordiales y fieles conservadores de los himnos de los Grandes Dioses, tal como se conservan en ciertos pergaminos más antiguos aún que los Manuscritos Pnakóticos. Al cruzar el barco la inmensa escollera de basalto y entrar en puerto, se hicieron audibles los ruidos menudos de la ciudad, y Carter vio numerosos esclavos, marineros y mercaderes por los muelles. Los marineros y los mercaderes tenían el mismo extraño rostro de los dioses; pero los esclavos eran achaparrados, de ojos oblicuos y, por lo que se decía, habían venido atravesando la infranqueable cadena de montes –o evitándola quizá, dando un rodeo– desde los valles del otro lado de la meseta de Leng. Los muelles se extendían fuera de las murallas de la ciudad, y en ellos se amontonaba todo género de mercancías descargadas de las galeras fondeadas allí; y en un extremo había grandes depósitos de ónice, labrado o sin labrar, en espera de ser embarcados con destino a los lejanos mercados de Rinar, de Ograthan y de Celephais.

Aún no había empezado a anochecer, cuando el oscuro barco atracó a un muelle de piedra, y todos los marineros y mercaderes bajaron y penetraron en la ciudad por el pórtico de elevado arco. Las calles de la ciudad estaban pavimentadas de ónice, y unas eran amplias y rectas, y otras tortuosas y estrechas. Las casas de junto al mar eran más bajas que el resto, y sobre los arcos de sus puertas singulares había ciertos signos de oro en honor, al parecer, de los dioses familiares que las favorecían. El capitán del barco llevó a Carter a una vieja taberna donde se contrataban marineros de países exóticos, y le prometió que al día siguiente le mostraría los encantos de la ciudad crepuscular, y le llevaría a la taberna que frecuentaban los mineros, en las proximidades de la muralla norte. Y cayó la noche, y se encendieron las lamparillas de bronce; y los marineros de aquella taberna entonaron canciones de remotos

lugares. Pero cuando el tañido de la gran campana del más
alto campanario vibró por toda la ciudad, y se elevó en misteriosa respuesta el son de los cuernos y las violas acompañado
de cánticos y coros, los marineros callaron y se inclinaron en
silencio, hasta que se hubo apagado el último eco. Ésta es una
de las rarezas y prodigios de la ciudad crepuscular de Inquanok, cuyos habitantes temen descuidar sus ritos por miedo a
que se abatan sobre ellos una maldición y una venganza insospechadamente próximas.

En un rincón oscuro de aquella taberna vio Carter una silueta achaparrada que le impresionó desagradablemente; se
trataba, sin lugar a dudas, de aquel mercader de ojos rasgados
que había visto en las tabernas de Dylath-Leen del cual se decía que traficaba con los horribles poblados de piedra de
Leng, jamás visitados por hombres de sano juicio, y cuyos
fuegos malignos se ven en la noche de lejos. También se decía
de aquel individuo que tenía tratos con ese gran sacerdote indescriptible que oculta su rostro bajo una máscara de seda y
vive solitario en un prehistórico monasterio de piedra. Los
ojos de este hombre habían mostrado un brillo especial de in-
teligencia la vez que oyera a Carter preguntar a los mercaderes de Dylath-Leen por la inmensidad fría y la ciudad de Kadath. Y en verdad, su presencia ahora en la oscura y encantada ciudad de Inquanok no tenía nada de tranquilizadora.
Antes de que Carter pudiera dirigirle la palabra, desapareció
furtivamente de la taberna; y los marineros le dijeron después
que había venido en una caravana de yaks procedente de algún lugar no bien determinado, cargada de colosales y sabro-
sísimos huevos de los fabulosos pájaros shantaks para trocar-
los por las finas copas de jade que otros mercaderes traían de
Ilarnek.

A la mañana siguiente, el capitán llevó a Carter por las calles de ónice de Inquanok, oscuras bajo el cielo crepuscular.
Las puertas taraceadas y las fachadas cubiertas de frescos y
bajorrelieves, los balcones labrados y los miradores acristala-

dos, resplandecían con un encanto misterioso y sombrío; y a cada paso se abrían ante ellos nuevas plazas adornadas de negros pilares, columnatas y estatuas de seres extraños, a la vez humanos y fabulosos. Casi todas las perspectivas, ya fueran de calles largas y rectas o de callejones laterales, y las cúpulas bulbosas, las agujas de campanario y los tejados cubiertos de arabescos, eran indeciblemente fantásticos y bellos. Pero nada resultaba tan fabuloso como la majestuosa mole central del gran Templo de los Dioses Arquetípicos: la inmensa torre de dieciséis caras, todas ellas esculpidas, con su cúpula aplastada y su elevadísimo campanario coronado por un chapitel que descollaba por encima de todos los edificios. Y a oriente, muy lejos de los muros de la ciudad, más allá de los vastos pastizales, se elevaban los flancos grises de aquellos picos infranqueables tras los que, según se decía, estaba la espantosa meseta de Leng.

El capitán condujo a Carter a aquel templo imponente que rodea un jardín tapiado en una gran plaza circular de donde parten las calles como los rayos de una rueda. Las siete puertas del jardín, con sus elevados arcos coronados de rostros esculpidos como los de las puertas de la ciudad, están siempre abiertas; y las gentes pasean respetuosas por los senderos enlosados y por los caminos flanqueados de bustos extravagantes y de altares consagrados a las divinidades menores. Hay allí surtidores, estanques y fuentes de ónice donde se reflejan las llamas de los trípodes que con frecuencia se encienden en la elevada terraza; y en sus aguas se agitan unos pececillos luminosos traídos por los buzos de las regiones más profundas del océano. Cuando el grave tañido de la campana del templo hace estremecer el aire quieto del jardín y de la ciudad toda, y la respuesta de cuernos, violas y cánticos brota de los siete recintos que flanquean las puertas del jardín, salen de las siete puertas del templo las largas columnas de los sacerdotes encapuchados, envueltos en negros ropajes, portando en las manos grandes cuencos dorados de los que emana un vapor

singular. Y las siete columnas discurren en fila de a uno, caminando todos con las piernas estiradas y sin doblar las rodi-
llas, hasta los siete recintos, en donde desaparecen para no
volver a salir. Se dice que unos pasadizos subterráneos comunican tales recintos con el templo, y que las largas filas de
sacerdotes vuelven al templo por dicho camino; y corre el rumor también de que hay unas escaleras de ónice que descienden a unas profundidades cuyos misterios no se han revelado
jamás. Y hay incluso quienes insinúan que esos sacerdotes
encapuchados no son seres humanos.

Carter no entró en el templo; porque a nadie le está permi-
tido hacerlo, excepto al rey Velado. Pero antes de salir del jardín sonó la campana, y oyó su tañido vibrante y ensordecedor, y el gemido de cuernos, violas y cánticos que provenía de
los recintos que estaban junto a las puertas. Y comenzaron a
desfilar por las siete grandes avenidas, con su paso singular,
las largas filas de sacerdotes portadores de cuernos; y provo-
caron en el viajero un malestar que ningún sacerdote humano habría podido causarle jamás. Cuando hubo desaparecido
el último, el capitán y él se marcharon del jardín, y vieron al
pasar una mancha que había quedado en el pavimento, de
algo que había caído de los cuencos. Ni aun al capitán le gustó la mancha aquella, y apremió a Carter para que fuera sin
más tardanza a visitar la colina donde se eleva el maravilloso
palacio de múltiples cúpulas, en donde mora el rey Velado.

Las calles que conducen al palacio de ónice son todas empinadas y estrechas, excepto una ancha y sinuosa por la que el
rey y sus acompañantes cabalgan sobre yaks. Carter y su guía
subieron por un callejón escalonado, entre muros labrados
que ostentaban extraños signos trazados en oro, y pasaron
por debajo de balcones y miradores de donde salían a veces
melodías y efluvios de exótica fragancia. Ante ellos seguían
elevándose los muros titánicos, los imponentes contrafuertes,
y las apiñadas y bulbosas cúpulas por las que es tan famoso el
palacio del rey Velado; y finalmente cruzaron por debajo de

un gran arco de color negro y desembocaron en los jardines de recreo del monarca. En ellos se detuvo Carter maravillado de tanta belleza: las terrazas de ónice y los paseos bordeados de columnas, los alegres parterres y los delicados arbustos floridos, las enredaderas abrazadas a doradas celosías, las urnas de bronce y los trípodes de primorosos bajorrelieves, las fantásticas estatuas erguidas en pedestales de mármol veteado, las fuentes de fondos basálticos en cuyas aguas rebullían pececillos luminosos, los templetes diminutos llenos de iridiscentes pajarillos cantores construidos en lo alto de columnas esculpidas, los maravillosos relieves de las grandes puertas de bronce, y las parras florecientes que trepaban por toda la superficie de los bruñidos muros, se unían para formar un escenario cuya belleza superaba cualquier realidad hasta el punto de parecer casi fabulosa aun en el propio país de los sueños. Todo resplandecía como una visión gloriosa bajo el crepuscular cielo gris, y frente a todo ello se alzaba la magnificencia del palacio con sus cúpulas y esculturas, y el perfil fantástico de los lejanos picos infranqueables a la derecha del fondo. Y los pajarillos y las fuentes cantaban eternamente, mientras el perfume de exóticas flores se extendía como un cendal por todo aquel jardín increíble. No había allí más seres humanos que ellos dos, y Carter se alegraba de que fuera así. Luego bajaron otra vez por el callejón de peldaños de ónice, porque a ningún visitante le está permitida la entrada al palacio, y no conviene demorarse contemplando la gran cúpula central; pues se dice que en ella se aloja el arcaico antecesor de todos los míticos pájaros shantaks, y éste puede enviar extraños sueños a los curiosos.

Después, el capitán llevó a Carter al barrio norte de la ciudad, próximo a la Puerta de las Caravanas, donde se hallan las tabernas que frecuentan los mercaderes de las caravanas de yaks, así como los mineros de las canteras de ónice. Y allí, en una taberna de techo bajo, entre trabajadores de canteras, se dieron la despedida: el capitán se fue a sus negocios, y Carter

estaba impaciente por charlar con los mineros sobre aquellas
misteriosas regiones del norte. La taberna estaba atestada de
gente, y el viajero no esperó mucho tiempo para dirigirse a algunos de aquellos hombres. Se presentó diciendo que era un
antiguo minero de las canteras de ónice y que deseaba conocer algunos detalles de las canteras de Inquanok. Pero la información que obtuvo no añadió gran cosa a lo que ya sabía
porque los mineros eran tímidos y evasivos en lo que se re-
fiere al frío desierto del norte y a la cantera jamás visitada
por seres humanos. Tenían miedo de los legendarios emisarios que venían de la parte de las montañas, donde se dice
que está la meseta de Leng, y de las presencias malignas y
los abominables centinelas que velan en el norte por entre
las rocas. Y decían, no sin cierto temor, que los pájaros
shantaks no son criaturas benéficas y normales, y que en
definitiva, era una suerte que nadie hubiera visto jamás ningún ejemplar (ya que al legendario antecesor de los shantaks, al que habita en la cúpula real, se le alimenta en la oscuridad más completa).

Al día siguiente, Carter alquiló un yak, diciendo que deseaba reconocer las distintas minas y visitar las granjas dispersas
y los lejanos pueblecitos de ónice del país de Inquanok, y lle-
nó hasta arriba las enormes alforjas de cuero, dispuesto a emprender el viaje. Una vez franqueada la Puerta de las Caravanas, la carretera seguía recta entre campos cultivados y multitud de extrañas casitas de campo rematadas por cúpulas
aplastadas. El explorador se detuvo en algunas de ellas a preguntar; y una de las veces dio con un anfitrión tan adusto y
reservado, de una majestuosidad y unos rasgos tan asombrosamente parecidos a los del rostro del Ngranek, que en el mismo momento en que lo vio tuvo por cierto que había llegado
ante la presencia de uno de los Grandes Dioses en persona; al
menos, ante alguien por cuyas venas corrían nueve décimas
partes de sangre divina, aunque viviera entre los hombres. Y
al dirigirse a aquel adusto y reservado campesino, tuvo mu-

cho cuidado en hablar bien de los dioses y en agradecer todos los favores que siempre le habían concedido.

Aquella noche acampó Carter en un prado contiguo a la carretera, bajo un árbol *lygath*, a cuyo tronco ató el yak, y por la mañana reanudó su peregrinaje hacia el norte. A eso de las diez de la mañana llegó al pueblo de Urg, de pequeñas cúpulas, donde suelen pararse a descansar los traficantes y los mineros de ónice, y se cuentan sus incidencias. Allí se detuvo también Carter, y dio una vuelta por las tabernas hasta el mediodía. En Urg es donde la gran ruta de las caravanas tuerce hacia el oeste en dirección a Selarn, pero Carter continuó hacia el norte por la ruta de las canteras. Durante toda la tarde estuvo viajando por aquella senda ascendente, algo más estrecha que la gran calzada, que atravesaba una región en la que ya se veían más rocas que campos cultivados. Y al anochecer, las lomas de la izquierda se habían convertido ya en negros peñascos de considerable elevación, y Carter comprendió que estaba muy cerca de la cuenca minera. Durante todo este tiempo, los desnudos flancos de los montes infranqueables se elevaron a su derecha, allá en la lejanía, y cuanto más se adentraba en aquellas regiones, peores cosas oía decir de aquellos montes, a los granjeros, a los traficantes y a los carreteros que conducían sus pesados carruajes cargados de ónice por los caminos.

La segunda noche acampó al abrigo de un enorme peñasco negro, atando su yak a una estaca clavada en el suelo. Observó la inmensa fosforescencia de las nubes en aquella región septentrional, y más de una vez le pareció ver recortarse contra ellas ciertas sombras oscuras. Y al tercer día llegó a la primera cantera de ónice, y saludó a los hombres que trabajaban allí con picos y cinceles. Y antes de que empezara a caer la tarde, había dejado atrás otras once canteras. El terreno aquí era muy accidentado, con infinidad de farallones y riscos de ónice, y en el suelo no había forma alguna de vegetación, sino sólo fragmentos enormes de rocas esparcidas por la tie-

rra negra, y los infranqueables picos grises alzándose desnudos y siniestros a su derecha. La tercera noche la pasó en un
campamento de canteros, cuyos fuegos vacilantes arrojaban
fantásticos reflejos sobre los bruñidos peñascos del oeste. Y
cantaron muchas canciones y relataron muchas historias, poniendo de manifiesto tan insospechados conocimientos sobre los tiempos antiguos y las costumbres de los dioses, que
Carter quedó convencido de que ello se debía a los muchos
recuerdos latentes que habían heredado de sus antepasados
los Grandes Dioses. Le preguntaron adónde se dirigía, advir-
tiéndole que no debía adentrarse demasiado al norte, pero él
contestó que estaba buscando nuevos yacimientos de ónice y
que no se arriesgaría más de lo que es habitual entre los pros-
pectores. Por la mañana se despidió de ellos y siguió su camino hacia el tenebroso norte, donde, según le dijeron, encontraría la temida y jamás visitada cantera de la que unas manos
más antiguas que las del hombre habían arrancado bloques
prodigiosos. Pero, cuando ya se volvía por última vez a decir-
les adiós, le pareció ver aproximarse al campamento la figura
achaparrada del viejo y escurridizo mercader de ojos oblicuos, cuyo supuesto comercio con los seres de Leng era objeto de habladurías en la lejana Dylath-Leen. Y esto no le gustó
nada.

Después de cruzar dos canteras más, terminó la zona habitada de Inquanok; el camino se estrechó convirtiéndose en
un empinado sendero de yaks, flanqueado de peñascos siniestros y negros. Los picos distantes y austeros se alzaban a
su derecha, y a medida que Carter se adentraba más y más en
aquella región inexplorada, todo se le iba volviendo más oscuro y más frío. No tardó en comprobar que el negro sendero
carecía de huellas y de pisadas de yak y que, en efecto, aquellos caminos desiertos y extraños databan de tiempos remotos. De cuando en cuando cruzaba graznando algún cuervo,
o se oían fuertes aleteos tras alguna roca, lo que le hacía pensar con inquietud en las leyendas que corrían sobre los pája-

ros shantaks. Pero lo esencial era que él estaba solo con su la-
nuda montura y lo que le preocupaba era observar que su excelente yak se resistía cada vez más a avanzar, notándole más
predispuesto por momentos a sobresaltarse al menor ruido.

El sendero se estrechó a continuación entre paredes negras
y relucientes, y comenzó a ascender por una pendiente más
pronunciada que la anterior. El suelo era poco seguro y el yak
resbalaba con frecuencia en las piedras esparcidas en el mismo sendero. Al cabo de dos horas, Carter descubrió ante sí
una cresta de contornos definidos, más allá de la cual sólo se
veía un tenebroso cielo gris, y se sintió aliviado ante la perspectiva de encontrar un trecho llano o cuesta abajo. No obstante, no fue empresa fácil coronar esa cresta, ya que la pendiente se pronunciaba hasta hacerse casi perpendicular, re-
sultando muy peligrosa a causa de la grava y las piedras
sueltas. Finalmente, Carter desmontó y, apoyando los pies lo
mejor que podía, condujo a su atemorizado yak, empujándo-
lo con todas sus fuerzas cuando el animal tropezaba o no
quería seguir. Y luego, de pronto, llegó a la cima; y miró ante
sí y se quedó mudo de asombro al ver lo que tenía delante.

El desfiladero seguía recto y bajaba una suave pendiente,
flanqueado por unas paredes de roca natural, como antes;
pero a mano izquierda se abría un vacío monstruoso de una
amplitud de muchísimos acres, de donde algún arcaico poder
había cortado y arrancado los farallones originales de ónice,
transformando el abismo en una cantera de gigantes. En la lejana pared opuesta del precipicio, resaltaba aún la huella de
una gubia gigantesca; y en el fondo, la tierra mostraba inmensas oquedades. No era una cantera abierta por los hombres, y los huecos que quedaban en sus muros eran enormes
y rectangulares, lo que daba una idea de las dimensiones de
aquellos bloques que, según decían, fueron labrados un día
por manos y cinceles de seres innominados. Arriba, por encima de las rocas desgarradas, planeaban y graznaban cuervos
enormes; y los vagos rumores que brotaban de las profundi-

dades delataban la presencia de murciélagos o de *urhags,* o quizá de seres menos mencionables que habitan en la absoluta negrura. Carter se quedó parado en el estrecho desfiladero, bajo la luz mortecina del crepúsculo, sin atreverse a avanzar por la rocosa senda que descendía ante él: a su derecha, los altísimos peñascos de ónice se elevaban hasta perderse de vista; a su izquierda, la roca mostraba cortes gigantescos y terribles que hacían pensar en una cantera sobrenatural.

Bruscamente, el yak dejó escapar un mugido y se revolvió enloquecido, saltó por encima de Carter y salió disparado, preso de pánico, desapareciendo en seguida por el angosto desfiladero en dirección norte. Las piedras pateadas en su precipitada fuga rodaron hasta el borde de la cantera y se perdieron en el vacío tenebroso, sin que un solo ruido brotara del fondo. Pero Carter ignoraba los peligros de aquel sendero y echó a correr en pos de su asustada montura. No tardaron en reaparecer las rocosas paredes de la izquierda y el desfiladero se volvió a estrechar formando una especie de callejón; y el viajero siguió corriendo en persecución del yak, cuyas huellas profundas ponían de manifiesto lo desesperado de su huida.

Por un momento, le pareció oír el desesperado patear del animal y, por esta señal, redobló su esfuerzo en la carrera. Así recorrió varias millas; y poco a poco, el camino se fue ensanchando, hasta que consideró que no tardaría mucho en desembocar en el frío y espantoso desierto del norte. Los flancos desnudos y grises de los infranqueables picos lejanos se hicieron visibles de nuevo por encima de los roquedales de la derecha, y frente a él aparecieron los peñascos y farallones de un espacio abierto, evidente antesala de la tenebrosa e ilimitada planicie. Otra vez llegó hasta sus oídos el furioso patear de la tierra, y con más claridad que la anterior. Pero ahora, en vez de animarle, le causó auténtico terror, porque se dio cuenta que no eran pisadas de yak. Aquella manera de patear era despiadada, deliberada y, además, sonaba detrás de él.

La persecución del yak se convirtió para Carter en huida de un ser invisible, porque, aunque no se atrevía a mirar hacia atrás, sentía que la presencia que venía tras él no tenía nada de normal o de definible. Su yak debió haberla oído o presentido antes, y Carter prefirió no preguntarse si aquello le vendría siguiendo desde que saliera de la tierra de los hombres, o habría surgido tras él en el pozo negro de la cantera. Entretanto, las paredes rocosas habían quedado atrás, así que la noche inminente se precipitó sobre una inmensa extensión de arena y rocas espectrales donde se perdían todos los senderos. No pudo encontrar las huellas del yak, pero tras él siguió oyendo aquel detestable patear, acompañado de cuando en cuando por lo que a él se le figuraba un gigantesco aleteo nervioso. Se dio cuenta con desazón de que iba perdiendo terreno y de que se había extraviado en aquel desierto de rocas impasibles y arenas jamás holladas. Únicamente aquellos remotos e infranqueables picos de su derecha le servían de punto de referencia, pero cada vez se distinguían con menos claridad, a medida que la vaga luz crepuscular cedía paso a una fosforescencia enfermiza que provenía de las nubes.

Después, hacia el norte, en la oscuridad cada vez mayor, divisó, confusa y brumosa, una cosa terrible. Durante unos momentos la tomó por una cadena de montañas, pero luego vio que se trataba de algo más. La fosforescencia de las nubes amenazadoras la delató claramente, y aun perfiló sus siluetas contra el resplandor de los vapores del horizonte. No pudo calcular a qué distancia se encontraba, pero debía estar muy lejos. Tenía miles de pies de altura y formaba un inmenso arco cóncavo desde los infranqueables picos grises de oriente a los desconocidos espacios de occidente; sin duda había sido alguna vez una cordillera de imponentes montañas de ónice. Pero esas montañas habían dejado de serlo, porque unas manos más grandes que las del hombre las habían modelado. Silenciosas y acurrucadas en el techo del mundo, como lobos o vampiros, coronadas de nubes y brumas, aquellas siluetas

custodiaban eternamente los secretos del norte. Formando
semicírculo, parecían monstruosos perros guardianes con las
patas derechas levantadas en un gesto amenazador contra la
humanidad.

La luz temblona de las nubes hacía el efecto de que se movían sus dobles cabezas mitradas; pero al seguir adelante, Carter vio levantarse de sus tocados sombríos unas formas cuyo
movimiento no podía ser producto de la ilusión. Aquellas formas aladas se fueron agrandando por momentos, y el viajero
comprendió que su peregrinación había llegado a su fin. No se
trataba de pájaros o de murciélagos comunes en otros lugares
de la tierra o en el País de los Sueños, ya que eran más grandes
que un elefante y tenían cabeza de caballo. Carter presintió que
aquéllos eran los pájaros shantaks de tenebrosa fama; y ya no
tuvo duda sobre qué perversos guardianes e innominados centinelas hacían que los hombres evitasen el desierto rocoso de la
región septentrional. Y cuando ya se detuvo resignado, miró
por fin tras de sí y vio venir al achaparrado mercader de ojos
oblicuos y mala fama, a horcajadas sobre un escuálido yak, a la
cabeza de una horda repugnante de torvos shantaks cuyas alas
aún se veían sucias del barro y el salitre de los pozos inferiores.

Aunque atrapado por las fabulosas pesadillas hipocéfalas y
aladas que formaban a su alrededor un círculo diabólico,
Randolph Carter no llegó a desmayarse. Aquellas quimeras
espantosas se erguían gigantescas por encima de él. El mercader de ojos oblicuos desmontó de su yak y se plantó delante
del prisionero con una sonrisa burlona. Entonces le hizo una
seña para que subiera a lomos de uno de aquellos repugnantes shantaks; y le ayudó, al ver que trataba de vencer su repugnancia. Difícil resultó la tarea de subir, porque los pájaros
shantaks, en vez de plumas, tienen escamas muy resbaladizas.
Cuando Carter se hubo acomodado, el hombre de los ojos
oblicuos saltó tras él, dejando que uno de los increíbles colo-
sos voladores se llevara a su escuálido yak hacia el norte, en
dirección al círculo de montañas esculpidas.

Lo que siguió fue un espantoso torbellino a través del espacio glacial. Hacia el este, volaron sin descanso en dirección a los desnudos flancos grises de aquellos picos infranqueables, tras los cuales dicen que se encuentra la meseta de Leng. Se elevaron muy por encima de las nubes, hasta que Carter vio por debajo de ellos las legendarias cumbres que las gentes de Inquanok jamás han contemplado, envueltas siempre en altísimos velos de niebla resplandeciente. Y las fue viendo desfilar con toda nitidez, y en lo más alto de sus picos descubrió unas cavernas que le recordaron las del monte Ngranek; pero renunció a hacer preguntas a su captor, al darse cuenta de que estos parajes provocaban un miedo singular, tanto en él como en el hipocéfalo shantak, el cual voló nerviosamente, presa de una tensión extrema, hasta que las dejaron muy atrás.

El shantak descendió entonces, y bajo un dosel de nubes apareció una llanura gris y yerma donde se veían arder fuegos muy diseminados. Al bajar, pudieron descubrir de cuando en cuando alguna casita solitaria, de granito, y poblados de negra piedra cuyas minúsculas ventanas brillaban con pálida luz. Y de estas casas de campo y de estos poblados se elevaban unos sones agudos de flautas y horribles ritmos de crótalos, lo que corroboró inmediatamente la exactitud de los rumores que corrían entre las gentes de Inquanok. Los viajeros han escuchado tales ruidos y saben que provienen únicamente de esa región desierta y fría que las gentes sensatas jamás visitarán, de ese siniestro lugar de maldad y misterio que es la meseta de Leng.

Unas formas oscuras danzaban alrededor de las débiles hogueras, y Carter sintió curiosidad por averiguar qué clase de criaturas podían ser aquellas; las gentes normales no han estado nunca en Leng, y sólo han podido verse de lejos el resplandor de sus hogueras y sus casas de piedra. Aquellas formas saltaban con lentitud y torpeza, y se retorcían en contorsiones y movimientos sumamente desagradables de presenciar; así que Carter no se extrañó ya de la monstruosa perversidad que les atribuían las vagas leyendas, ni del miedo que suscitaban en todo el país de los sueños esta meseta helada y detestable. Al volar más bajo el shantak, la repugnancia que le inspiraban los danzantes se tiñó de cierta perversa familiaridad. El prisionero clavó los ojos en ellos y buscó en su atormentada memoria la clave que le indicara dónde había visto anteriormente parecidas criaturas.

Brincaban como si tuvieran pezuñas en lugar de pies, y parecían llevar una especie de peluca o yelmo provisto de cuernos pequeños. No llevaban encima nada más, aunque su cuerpo estaba casi completamente cubierto de pelo. Tenían un rabo diminuto y, cuando miraron hacia arriba, Carter observó la excesiva anchura de sus bocas. Entonces recordó qué eran y por qué lo que llevaban en la cabeza no podía ser a fin de cuentas ni peluca ni yelmo. Los misteriosos pobladores de Leng no eran sino los mismísimos repugnantes mercaderes de las negras galeras que vendían rubíes en Dylath-Leen. ¡Los mercaderes semihumanos, esclavos de las entidades lunares con cuerpo de sapo! Eran, sin lugar a dudas, los mismos seres que habían capturado a Carter, hacía ya mucho tiempo, llevándoselo en su pestilente galera; los mismos que él había visto conducir en manadas por los sucios muelles de aquella execrable ciudad lunar, donde los más flacos trabajaban y los más cebados eran transportados en grandes canastas para satisfacer otras necesidades de sus amos poliposos y amorfos. Ahora veía claro de dónde procedían aquellas criaturas ambiguas; y se estremeció ante el pensamiento de que sin duda, la meseta de Leng era conocida de antiguo por las abominaciones de cuerpo de sapo que habitan en la luna.

Pero el shantak siguió volando y dejó atrás las hogueras, las construcciones de piedra y los danzantes no enteramente humanos, y se elevó por encima de los estériles montes de granito gris de las sombrías inmensidades de rocas, hielo y nieve. Llegó el día, y la fosforescencia de las nubes cedió ante la luz difusa de aquel mundo septentrional; y el infame pájaro aún siguió volando con determinación, rodeado de frío y de silencio. A veces, el hombre de los ojos oblicuos hablaba a su montura en una abominable lengua gutural, y el shantak contestaba con un sonido chirriante y rasposo como si arañara contra un suelo de cristal. Durante todo este tiempo, el terreno fue haciéndose más elevado, y finalmente, llegaron a una meseta barrida por el viento, que parecía el mismo techo de un mundo agonizante y olvidado. Allí, en la quietud, en el crepúsculo, en el frío, se alzaban solitarios los toscos sillares de un edificio ancho, macizo y sin ventanas rodeado de un círculo de rudos monolitos. En la disposición de aquellos elementos no había nada humano, y Carter dedujo por ciertas referencias que habían llegado al más espantoso y legendario de los lugares: al remoto y prehistórico monasterio donde vive solitario el Gran Sacerdote que no debe ser mencionado, el cual oculta su rostro bajo una máscara de seda y adora a los Dioses Otros y a Nyarlathotep, el caos reptante.

El repugnante pájaro se posó entonces en el suelo, y el hombre de los ojos oblicuos saltó a tierra y ayudó a bajar a su prisionero. Carter comprendía demasiado bien con qué objeto le había apresado; saltaba a la vista que el mercader de ojos oblicuos era agente de potencias más sombrías y deseaba llevar ante sus amos a un mortal cuya presunción había llegado al extremo de pretender llegar a la ignorada Kadath para formular una petición a los Grandes Dioses, en su propio castillo de ónice. Y parecía muy probable que este mercader fuera el causante de su primer rapto, perpetrado por los esclavos de las entidades lunares en Dylath-Leen. Y ahora pretendía seguramente llevar a cabo lo que los gatos habían frustrado la vez anterior: conducir a la víctima hasta el mostruoso Nyarlathotep y contarle con qué osadía había intentado buscar la desconocida Kadath. La meseta de Leng y la inmensidad fría que se extiende al norte de Inquanok debían de estar muy próximas a los Dioses Otros, y el paso de allí a la ciudad de Kadath probablemente se encontraría muy custodiado.

El hombre de los ojos oblicuos era menudo, pero el gigantesco pajarraco hipocéfalo estaba allí para que se le obedeciera, de modo que Carter le siguió. Entraron, pues, en el interior del círculo de menhires y cruzaron luego una puerta de arco muy bajo que daba acceso al pétreo monasterio sin ventanas. No había luz en el interior, pero el perverso mercader encendió una lamparita de arcilla adornada con morbosos bajorrelieves, y empujó a su prisionero a través de un laberinto de estrechos pasadizos. En las paredes de aquellos corredores había espantosas escenas pintadas, más antiguas que la historia, y cuyo estilo habría resultado desconocido para cualquier arqueólogo de la tierra. Después de incontables milenios, aún se conservaban frescos los colores, porque el frío y la sequedad de la espantosa Leng permiten la supervivencia de muchas cosas de tiempos primordiales. Carter pudo verlas fugazmente a la luz vacilante de la lámpara, y se estremeció al descubrir lo que tales escenas contaban.

Estos frescos arcaicos relataban los anales de Leng; y en ellos los seres astados con pezuñas y boca inmensa, casi humanos, danzaban perversamente en medio de ciudades olvidadas. Había escenas de antiguas guerras, en las que los seres casi humanos de Leng luchaban contra las arañas hinchadas y purpúreas de los valles vecinos; y había escenas también en las que se narraba la llegada de las negras galeras de la luna, y el sometimiento del pueblo de Leng a los seres poliposos y amorfos que salían de ellas arrastrándose o retorciéndose de manera repugnante. Aquellos seres viscosos de color gris blancuzco habían sido adorados entonces como dioses, y ni un lamento se escapó del pueblo sometido cuando vio cómo se llevaban por docenas a los machos más gordos en las galeras negras. Las mostruosas bestias lunares habían establecido su campamento en una escarpada isla del mar; y Carter pudo deducir de aquellos frescos que dicha isla no era otra que la innominada roca solitaria que había visto cuando navegaba rumbo a Inquanok: la roca maldita que evitaron los marineros de Inquanok, y de la que brotaban perversos aullidos al caer la noche.

Y también representaban las pinturas aquellas el gran puerto y la capital de los seres casi humanos, ciudad portentosa y altiva cuyos pilares se alzaban entre acantilados y muelles de basalto, y cuyos elevados templos y amplias plazas estaban adornadas con estatuas. Tenía jardines inmensos y calles flanqueadas de columnas que conducían desde los acantilados, y de cada una de las seis puertas coronadas por una esfinge, a una inmensa plaza central; y en esta plaza había un par de colosales leones alados custodiando la entrada de una escalera subterránea. Aquellos enormes leones alados estaban representados muchas veces en los frescos, relucientes sus poderosos costados de diorita, a la luz grisácea del crepúsculo durante el día, o bajo la fosforescencia brumosa de las nubes durante la noche. Y a fuerza de pasar por delante de las numerosas pinturas de esta ciudad, Carter comprendió finalmente lo que realmente significaban, y cuál era la ciudad que los seres casi humanos habían gobernado antes de que llegaran las negras galeras. No cabía error alguno, ya que las leyendas del País de los Sueños son abundantes y elocuentes. Aquella ciudad era, con toda seguridad, nada menos que la famosa Sarkomand, cuyas ruinas se blanqueaban al sol desde hacía más de un millón de años, antes de que el primer ser auténticamente humano viera la luz, y cuyos titánicos leones gemelos custodian eternamente las escaleras que descienden del País de los Sueños al Gran Abismo.

En otros paisajes se representaban los desnudos picachos de roca gris que separan la meseta de Leng del país de Inquanok, y en ellos se veían los monstruosos pájaros shantaks, que construyen sus nidos en los rebordes de sus escarpadas laderas. Y también se veían las singulares cavernas que se abren junto a las cumbres de los picos más elevados, mostrándose cómo aún el más atrevido de los shantaks huye despavorido de esas cavernas. Carter las había visto al volar por encima de

la cordillera, observando la semejanza que tenían con las del
Ngranek. Ahora veía claro que este parecido era más que una
mera casualidad, ya que en aquellos cuadros se representaban
a sus terribles inquilinos, cuyas alas membranosas, cuernos
retorcidos, rabos puntiagudos, zarpas prensiles y cuerpos
grumosos no le resultaban extraños en absoluto. Había visto
anteriormente esas criaturas rapaces de vuelo silencioso, esos
guardianes sin alma del Gran Abismo a quienes temen incluso los Grandes Dioses, cuyo señor no es Nyarlathotep, sino el
venerable Nodens. Se trataba de las descarnadas alimañas de
la noche, que jamás ríen ni sonríen porque carecen de rostro,
y que vuelan sin fin en la oscuridad que se extiende entre el
Valle de Pnath y los pasos que dan acceso al trasmundo.

El mercader de los ojos oblicuos empujó entonces a Carter
al interior de una gran estancia abovedada cuyos muros estaban revestidos de impíos bajorrelieves; en el centro se abría la
boca circular de un pozo, rodeada por seis piedras de altar
cubiertas de manchas horrendas. No había la menor luz en
aquella cripta maloliente, y la lamparita del siniestro mercader alumbraba tan poco que Carter fue reparando en los detalles muy poco a poco. En el rincón opuesto había un alto estrado de piedra al que se subía por cinco peldaños; y allí, sentada en su trono de oro, se hallaba una pesada figura envuelta
en ropajes de seda amarilla con dibujos en rojo, con el rostro
cubierto por una máscara de seda del mismo color. Ante esta
figura, el hombre de los ojos oblicuos hizo ciertos signos con
las manos; y el que acechaba en las tinieblas respondió alzan-
do entre sus patas vestidas de seda una flauta de marfil y sa-
cando de ella ciertos sonidos repugnantes, bajo su flotante
máscara amarilla. Así continuó el coloquio durante un tiempo, y Carter comenzó a encontrar algo repugnantemente familiar en el sonido de aquella flauta y en la fetidez de aquel lugar nauseabundo. Todo aquello le hacía pensar en cierta horrible ciudad iluminada por luces rojas, y en la repugnante
procesión que un día desfilara por sus calles. También le re-

cordaba su terrible ascensión por las regiones lunares, interrumpida cuando los fraternales gatos de la tierra se lanzaron en masa a rescatarlo. Carter sabía que la criatura del estrado era sin duda alguna el gran sacerdote indescriptible de quien las leyendas hacen conjeturas tan perversas y depravadas; pero le daba miedo pensar qué clase de criatura sería aquel detestable sacerdote, en realidad.

Entonces, inadvertidamente, la figura de seda descubrió un poco una de sus zarpas grisáceas, y Carter se dio cuenta de quién era el abominable sacerdote. Y en aquel supremo trance, el terror le empujó a hacer algo que su razón jamás se habría atrevido a intentar; porque en su transtornada conciencia sólo había sitio para un único deseo: el de huir de aquella cosa achaparrada encaramada en aquel trono de oro. Sabía que se hallaba rodeado por un laberinto insalvable, y luego por la fría meseta del exterior; sabía que más allá de la meseta aguardaban los perversos pájaros shantaks; y, sin embargo, pese a todo, su espíritu sólo experimentaba la imperiosa necesidad de huir de aquella viscosa monstruosidad vestida de seda.

El hombre de los ojos oblicuos colocó la extraña lámpara sobre uno de aquellos altares cubiertos de horrendas manchas que rodeaban el pozo, y avanzó unos pasos para hablar con el gran sacerdote mediante gestos de manos. Carter, que hasta entonces se había mantenido en una actitud pasiva, dio un tremendo empujón al hombre aquel con toda la furia salvaje de su terror, de suerte que lo precipitó irremediablemente en el pozo, el cual se dice que llega hasta las infernales criptas de Zin, donde los gugos entran a cazar lívidos en las tinieblas. Casi inmediatamente, cogió la lámpara y echó a correr desalado por los laberintos de los frescos, dejando que el azar determinase su camino, y procurando no pensar en los apagados pasos que venían tras él ni en las abominaciones que se retorcían y arrastraban por los tenebrosos corredores.

Unos segundos más tarde lamentó su atolondrada precipitación, y deseó haber huido por los pasadizos de los frescos que viera al entrar. Verdad es que eran éstos tan confusos y se repetían con tanta frecuencia que no le habrían servido de gran ayuda; pero le hubiera gustado intentarlo de todos modos. Los frescos que ahora contemplaba a su paso eran aún más horribles, y precisamente por ello se dio cuenta de que no eran éstos los corredores que conducían al exterior. Unos momentos después observó que no le seguían y aflojó un tanto la marcha; pero apenas había recuperado el aliento, cuando un nuevo peligro le salió al paso. Su lámpara se estaba apagando y no tardaría en verse sumido en espesa negrura sin la menor señal visible que le pudiera orientar.

Cuando, finalmente, la luz se apagó del todo, Carter continuó a tientas en la oscuridad. Unas veces notaba que el suelo ascendía y otras que bajaba, y en una ocasión vino a tropezar con un peldaño que no tenía ninguna razón aparente de estar allí. Cuanto más se adentraba en el dédalo de pasadizos, más húmedo encontraba el ambiente, y cuando se daba cuenta de que llegaba a una bifurcación o a la entrada de algún pasadizo lateral, escogía siempre el camino de menos pendiente hacia abajo. Estaba convencido, sin embargo, de que había ido bajando a lo largo del trayecto; y el olor del aire soterrado y la costra mugrienta de los muros del suelo le advertían igualmente que estaba descendiendo a las profundidades subterráneas de la malsana meseta de Leng. Pero nada le pudo advertir de lo que le esperaba después: sólo el hecho mismo, súbito, sobrecogedor y fulminante. Durante unos momentos había estado avanzando a tientas y con precaución por un suelo resbaladizo y casi horizontal, cuando, sin previo aviso, se precipitó vertiginosamente por las tinieblas de una galería de pendiente tan pronunciada que casi podía tomarse por un pozo vertical.

Jamás pudo precisar el tiempo que duró aquella espantosa caída, pero a él le pareció que fueron horas enteras de náuseas, de delirio y de éxtasis. Al recobrarse más tarde, se dio cuenta de que estaba en el suelo y que las nubes fosforescentes de la noche boreal resplandecían enfermizas en las alturas. Se encontraba rodeado de murallas derruidas y de columnas truncadas, y el pavimento sobre el cual yacía dejaba crecer la yerba entre sus grietas, fragmentándose en múltiples losas que los arbustos y las raíces habían levantado de su sitio. Detrás de él se elevaba casi verticalmente, hasta perderse de vista, un acantilado de basalto cubierto con repugnantes bajorrelieves, y en cuya parte superior se abría un arco tallado y tenebroso que era por donde acababa él de caer. Ante Carter se extendía una doble fila de pilares, fragmentos y basas de columnas que marcaban el lugar donde antiguamente había existido una amplia calle ahora desaparecida. Por las urnas y fuentes que jalonaban el camino comprendió que, en sus días, esta calle había estado rodeada de parques. Al final, los pilares se abrían en torno a una plaza redonda, y en aquel círculo descollaban, gigantescas, bajo las cárdenas nubes de la noche, un par de estatuas monstruosas. Se trataba de los inmensos leones alados de diorita, cuyas cabezas grotescas e indemnes se alzaban en las sombras hasta una altura de más de veinte pies, y parecían gruñir con gesto amenazador a las ruinas que les rodeaban. Carter sabía muy bien qué significaban, puesto que la leyenda sólo habla de una pareja de leones como ésta. Se trata sin duda de los imperturbables guardianes del Gran Abismo; por consiguiente, las ruinas pertenecían a la auténtica ciudad primordial de Sarkomand.

Lo primero que hizo Carter fue obstruir la boca de la cueva por donde había caído mediante bloques sueltos y piedras que había por allí. No quería llevar tras de sí a ningún servidor del maligno monasterio de Leng, puesto que por el largo camino que aún tenía delante le acecharían muchos otros peligros. No tenía ni idea de qué dirección tomar para ir de Sarkomand a las regiones habitadas del País de los Sueños. Tampoco sacaría nada en limpio con bajar a las grutas de los gules, pues sabía que éstos no estaban mejor informados que él. Los tres gules que le habían ayudado a atravesar la ciudad de

los gugos hasta el mundo exterior, le habían dicho que no sabían regresar por Sarkomand, y que preguntarían el camino a
los viejos mercaderes de Dylath-Leen. Mucho menos le gustaba la idea de volver nuevamente al mundo subterráneo de
los gugos y arriesgarse una vez más en la torre infernal de
Koth, cuyos ciclópeos escalones suben hasta el bosque encantado; pero sabía que no tendría más remedio que hacerlo si
fallaban las demás posibilidades. Por la meseta de Leng, al
otro lado del solitario monasterio, no se atrevía a regresar sin
ayuda de ninguna clase, porque los emisarios del gran sacerdote debían de ser muy numerosos, y al final del viaje tendrían
inevitablemente que volver a enfrentarse con los shantaks y
quizá con algo más. Si pudiera conseguir alguna embarcación, podría aventurarse por mar hasta Inquanok, poniendo
rumbo a aquella roca espantosa y desgarrada que emergía del
agua, ya que sabía por las arcaicas pinturas del monasterio
que esa horrible roca no se encuentra muy lejos de los muelles
basálticos de Sarkomand. Pero encontrar una embarcación
en esta ciudad deshabitada desde hacía millones de años era
muy poco probable, y no parecía empresa fácil construirse
una él mismo.

Por ese cauce iban los razonamientos de Randolph Carter,
cuando comenzó a vislumbrar un nuevo peligro. Durante
todo este tiempo, mientras caminaba, se había ido desplegan-
do ante sus ojos el vasto cadáver de la legendaria Sarkomand,
con sus negras columnas truncadas, sus ruinosas puertas coronadas de esfinges, sus gigantescos monolitos y sus monstruosos leones alados recortándose contra el enfermizo resplandor de las nubes luminosas de la noche. Pero, de pronto,
apareció a su derecha un lejano resplandor que no podía pro-
venir de ninguna nube, y Carter comprendió que no se encontraba solo en el silencio de la ciudad muerta. Aquella luz
aumentaba y disminuía caprichosamente, parpadeando con
verdosos destellos poco tranquilizadores para él. Se aproximó silenciosamente por la calle sembrada de escombros, y a

través de las angostas brechas de algunas paredes derruidas descubrió que cerca de los muelles, había una fogata en torno a la cual se apiñaba una multitud de formas vagas. En todo aquel lugar reinaba una pestilencia mortal; y detrás de la hoguera se extendía el oleaginoso regazo de la dársena, en cuyas aguas flotaba un enorme barco fondeado. Carter se quedó paralizado de terror al ver que se trataba de una de las negras galeras lunares.

Entonces, justo cuando iba a alejarse sigilosamente de aquella hoguera abominable, vio agitarse algo entre las sombras vagas, y oyó un sonido singular e inequívoco: era el amedrantado gemido de un gul, que un momento después se convertía en un verdadero alarido de angustia. Aun cuando se encontraba seguro oculto en la oscuridad de las ruinas, Carter dejó que su curiosidad se sobrepusiera a su temor, y avanzó con suma cautela en lugar de retirarse. Para cruzar la calle se vio obligado a reptar sobre su vientre como una lombriz; después tuvo que caminar de puntillas para no hacer ruido entre los montones de mármoles rotos. Así evitó el ser descubierto, y poco después se encontraba en un lugar seguro detrás de un pilar, desde donde podía espiar cómodamente la escena iluminada por el resplandor verdoso de la hoguera. Allí, en torno a un fuego repugnante alimentado con los tallos detestables de los hongos lunares, estaban sentados en hediondo círculo los monstruosos batracios de la luna, con sus esclavos casi humanos. Algunos de estos esclavos calentaban las puntas de unas lanzas extrañas en aquellas llamas vacilantes, y cuando estaban al rojo las aplicaban a tres prisioneros sólidamente atados, que se retorcían a los pies de los jefes del grupo. A juzgar por los movimientos de sus tentáculos, Carter dedujo que aquellas bestias lunares de hocico chato estaban disfrutando enormemente con aquel espectáculo, y cuál no sería su horror al reconocer súbitamente aquellos frenéticos alaridos y descubrir que los gules torturados no eran otros que aquellos serviciales camaradas que le habían guiado por el abismo y que luego habían salido del bosque encantado en busca de Sarkomand para regresar a sus profundidades natales.

El número de malolientes bestias lunares reunido junto al verdoso fuego era bastante crecido, y Carter vio que no era posible intentar nada para salvar a sus antiguos aliados. No tenía idea de cómo les habrían capturado, aunque se imaginaba que aquellas blasfemias con cuerpo de sapo les habrían oído preguntar en Dylath-Leen por el camino de Sarkomand, y no desearían que se acercasen demasiado a la espantosa meseta de Leng y al gran sacerdote indescriptible. Durante un rato estuvo meditando lo que debía hacer, y recordó cuán cerca se encontraba de la entrada del tenebroso reino de los gules. Lo más conveniente, en efecto, era deslizarse hasta la plaza de los leones gemelos y descender sin pérdida de tiempo al abismo, donde evidentemente no encontraría horrores peores que los de arriba, pero donde no tardaría en encontrar algunos gules deseosos de rescatar a sus hermanos y de limpiar aquella negra galera de toda bestia lunar. Se le ocurrió que la entrada, como todas las que dan acceso a los abismos, podía estar custodiada por las descarnadas alimañas de la noche, pero ahora no temía a aquellas criaturas sin rostro. Sabía que estaban ligadas por un solemne pacto a los gules, y el gul que un día fuera Pickman le había enseñado a farfullar la contraseña adecuada.

Así que Carter comenzó de nuevo su marcha silenciosa por entre ruinas, en dirección a la gran plaza central de los alados leones. Era una tarea delicada, pero las bestias lunares estaban agradablemente ocupadas y no oyeron los ruidos y los roces tenues que por dos veces provocó accidentalmente, al tropezar con las piedras esparcidas. Por último, llegó a un lugar abierto y emprendió el camino entre árboles raquíticos y enmarañadas enredaderas que habían crecido por allí. Los gigantescos leones se erguían terribles recortándose contra la luz enfermiza de las fosforescentes nubes nocturnas; pero

Carter siguió caminando valerosamente hacia ellos, y luego fue a situarse delante, pues sabía que encontraría allí la imponente abertura que custodian. Aquellas bestias burlonas de diorita estaban sentadas a diez pies una de otra, meditando sobre ciclópeos pedestales cuyas caras ostentaban bajorrelieves aterradores. En el espacio central que quedaba entre ambas, había una especie de terraza pavimentada de baldosas que alguna vez estuvo bordeada de balaustradas de ónice. En mitad de esta terraza se abría un pozo tenebroso: Carter había llegado al pozo cuyos mohosos peldaños de piedra descienden a unas criptas de pesadilla.

Terrible es el recuerdo que en él dejó aquella bajada tenebrosa. Las horas transcurrían una tras otra, mientras Carter giraba y giraba en la interminable espiral de peldaños y escaleras. Tan gastados y estrechos eran los peldaños, y tan resbaladizos por el légamo interior de la tierra, que el viajero no sabía si de un momento a otro perdería pie y se precipitaría en aparatosa caída hasta el fondo del pozo. Tampoco sabía en qué momento le saldrían al paso cayendo sobre él, sin aviso previo, las descarnadas alimañas de la noche, si, efectivamente, había alguna acechando en aquel pasadizo primordial. En torno suyo reinaba un olor sofocante que emanaba de las regiones inferiores, y en sus propios pulmones notaba que el aire de aquellas profundidades no estaba hecho para el género humano. Al cabo de un tiempo sintió una gran torpeza y somnolencia, pero siguió avanzando movido más por un impulso mecánico que por un deseo razonado. Ni siquiera se percató de cambio alguno cuando, de pronto, algo le cogió desde atrás, levantándole del suelo. Llevaba un rato volando a través de aquella atmósfera viciada, cuando las gomosas alimañas de la noche le advirtieron con sus malévolos pellizcos que venían a cumplir con su deber.

Despabilado de modo tan violento, vio al fin que se hallaba entre las zarpas viscosas y frías de aquellos seres sin rostro. Afortunadamente, recordó la contraseña de los gules y la pro-

nunció en voz alta como pudo, en medio del viento y los torbellinos de aquel vuelo vertiginoso. Y aunque se dice que las
alimañas descarnadas carecen por completo de entendimiento, el efecto fue instantáneo: los pellizcos cesaron inmediatamente y las criaturas de la noche se apresuraron a colocar a
su presa en posición más cómoda. Alentado por esta nueva
actitud, Carter se decidió a dar algunas explicaciones, ha-
blándoles de la captura y tormento de tres gules a manos de
las bestias lunares y de la necesidad de reunir un grupo para
ir a rescatarlos. Las descarnadas alimañas, aunque no podían
articular palabra, parecieron comprender lo que se les decía y
aceleraron su vuelo. De pronto, la espesa negrura se disolvió
en el crepúsculo gris de las entrañas de la tierra, y ante ellos
apareció una de esas llanuras estériles donde tanto les gusta a
los gules sentarse a roer. Las lápidas que por allí había dispersas y los fragmentos de huesos ponían de manifiesto la naturaleza de los pobladores de aquel paraje. Carter lanzó un grito de urgente llamada, y unas veinte madrigueras vomitaron
en pocos momentos a todos sus moradores de aspecto perru-
no. Entonces las descarnadas alimañas de la noche descendieron y depositaron al pasajero en el suelo; después se apartaron un poco y formaron un apretado semicírculo, mientras
los gules saludaban al recién llegado.

Carter comunicó rápida y detalladamente su mensaje a la
grotesca compañía, y cuatro de los gules partieron inmediatamente a través de las distintas madrigueras para propagar
la noticia y reunir un ejército que rescatara a sus hermanos.
Después de una larga espera apareció un gul de cierta categoría que hizo una seña significativa a las alimañas descarnadas,
y dos de las cuales alzaron el vuelo y se perdieron en la oscuridad. Luego el número de descarnadas alimañas congrega-
das allí fue aumentando progresivamente, hasta que por último el fangoso suelo de la llanura se vio cubierto por un verdadero enjambre. Entre tanto, nuevos gules emergían de las
madrigueras que, chillando con excitación, se iban incorpo-

rando a una tosca línea de batalla, no lejos de la muchedumbre de las nocturnas alimañas. Al poco rato apareció aquel
orgulloso e influyente gul que un día fuera el artista Richard
Pickman de Boston, y Carter le relató minuciosamente lo sucedido. El Pickman de otro tiempo, complacido de saludar
nuevamente a su antiguo amigo, se mostró luego muy impresionado; y sostuvo una conferencia con los demás jefes, apartados de la creciente multitud.

Finalmente, después de pasar atenta revista a las filas, todos los jefes allí reunidos comenzaron a dar órdenes a la muchedumbre de gules y alimañas descarnadas que se habían
congregado. En seguida partió un nutrido destacamento de
cornudos voladores, y el resto se dividió en parejas, que se
arrodillaron con las patas delanteras extendidas, en espera de
que los gules se fueran acercando de uno en uno. Cuando
cada gul llegaba a las dos descarnadas alimañas que le habían
asignado, éstas le tomaban entre las dos y desaparecían veloces en la oscuridad; hasta que por último desapareció toda la
multitud, excepto Carter, Pickman y los demás jefes, y unas
pocas parejas de descarnadas alimañas. Pickman explicó que
las descarnadas alimañas de la noche constituyen la vanguardia y, a la vez, los corceles de guerra de los gules, y que el ejército iba a salir por Sarkomand para enfrentarse a las bestias
lunares. Luego, Carter y los horribles jefes se dirigieron a las
alimañas portadoras, siendo izados por sus zarpas pegajosas
y húmedas. Un momento más tarde giraban todos en el viento y las tinieblas, subiendo, y subiendo, y subiendo intermina-
blemente, hasta llegar a la entrada de los leones alados y las
ruinas espectrales de la arcaica Sarkomand.

Cuando al fin Carter se encontró bajo la luz enfermiza del
cielo nocturno de Sarkomand, fue para contemplar la gran
plaza central bullendo de gules y alimañas descarnadas dispuestos a luchar. El día no tardaría en despuntar, pero era tan
numeroso el ejército, que no habría necesidad de sorprender
al enemigo. El resplandor verdoso de la hoguera junto al

muelle todavía temblaba débilmente, pero la ausencia de gritos daba a entender que la tortura de los prisioneros había
concluido de momento. Susurrando instrucciones en voz
muy baja a sus monturas y a la bandada de alimañas descarnadas que iban sin jinete, los gules se alzaron en enormes columnas aleteantes y sobrevolaron las ruinas desérticas en dirección al maldito resplandor. Carter iba ahora junto a Pickman, en la primera fila de gules, y vio cómo se acercaban al
nauseabundo campamento donde las bestias lunares descansaban completamente confiadas. Los tres prisioneros yacían
atados en el suelo, inmóviles junto a la hoguera, mientras sus
apresores de cuerpo de sapo habían caído vencidos por el
sueño desordenadamente. Los esclavos casi humanos también estaban dormidos, descuidando su deber de centinelas, que en estas regiones debió de parecerles meramente
rutinario.

Por fin, los gules y sus alados portadores se lanzaron súbitamente en picado y, antes de que se oyese el menor ruido,
cada una de aquellas blasfemias con aspecto de sapo fue atra-
pada por un grupo de alimañas descarnadas. Las bestias lunares carecían, naturalmente, de voz; pero ni siquiera los esclavos tuvieron tiempo de gritar antes de que las gomosas extremidades de las descarnadas alimañas los redujeran al
silencio. Fueron horribles las contorsiones de aquellas anormalidades gelatinosas, mientras las sarcásticas alimañas descarnadas las atenazaban; pero nada podían hacer frente a la
fuerza de aquellos miembros negros y prensiles. Cuando una
de las bestias lunares se agitaba con demasiada violencia, una
alimaña descarnada le echaba encima sus extremidades ten-
taculares, lo cual parecía producir en la víctima un dolor tal,
que en seguida dejaba de forcejear. Carter había esperado ver
una gran matanza, pero no tardó en comprobar que los gules
tenían planes más arteros. Dieron órdenes tajantes a las bestias descarnadas, y éstas se limitaron a sujetar a sus prisioneros, que fueron transportados en silencio al Gran Abismo

para ser distribuidas equitativamente entre los dholes, los gugos, los lívidos y demás moradores de las tinieblas, cuyas formas de alimentación suelen ser bastante dolorosas para sus víctimas. Mientras tanto, los tres gules habían sido liberados y consolados por los vencedores, quienes revisaban, además, los alrededores por si quedaba alguna bestia lunar, y abordaban la galera negra y pestilente, amarrada de costado al muelle, para asegurarse de que no se les había escapado ningún enemigo. Indudablemente, los habían capturado a todos, puesto que no pudieron distinguir el menor signo de vida en parte alguna. Carter, deseoso de conservar un medio de transporte para llegar a las demás regiones del País de los Sueños, pidió que no hundieran la galera; petición que fue concedida de buena gana en agradecimiento por haberles comunicado la apurada situación de los tres prisioneros. En el barco encontró objetos y ornamentos muy extraños, algunos de los cuales arrojó Carter al mar.

Los gules y las descarnadas alimañas de la noche formaron luego grupos separados, y los primeros pidieron a sus compañeros rescatados que contaran todo lo que les había sucedido. Al parecer, los tres habían seguido las indicaciones de Carter, y se dirigieron al bosque encantado de Dylath-Leen, siguiendo el curso del Nir y del Skai. Robaron ropas humanas en una granja y trataron de adoptar lo mejor posible la forma de andar de los hombres. En las tabernas de Dylath-Leen, sus maneras grotescas y sus rostros perrunos habían suscitado muchos comentarios, pero ellos siguieron preguntando por el camino de Sarkomand, hasta que, por último, un anciano viajero pudo orientarles. Entonces se enteraron de que sólo había un barco que podía llevarles: el que hacía la ruta de Lelag-Leng, de modo que se dispusieron a aguardar pacientemente la llegada de ese buque.

Pero los malvados espías se habían enterado de todo, y poco después entraba en puerto una galera negra; y los mercaderes de rubíes de boca inmensa invitaron a los gules a

beber en una taberna. Sacaron vino de una de sus siniestras
botellas toscamente talladas en un único rubí; y después los
gules no supieron más, sino que estaban prisioneros en la negra galera, como le había ocurrido a Carter. En esta ocasión,
sin embargo, los invisibles remeros no pusieron proa a la
luna, sino a la antigua Sarkomand, con la idea de llevar a los
cautivos ante la presencia del gran sacerdote indescriptible.
Tocaron la desgarrada roca del mar del norte que los marineros de Inquanok evitan siempre, y los gules vieron allí por vez
primera a los rojos dueños del barco, poniéndose enfermos
–a pesar de su propia insensibilidad– ante tal exceso de maligna deformidad y nauseabunda fetidez. Allí presenciaron
también las ignominiosas diversiones de la guarnición de
bestias lunares, descubriendo que tales diversiones eran las
que daban lugar a esos aullidos nocturnos que tanto miedo
provocaban en los hombres. Después atracaron en la ruinosa
Sarkomand y comenzaron las torturas que habían terminado
con el providencial rescate.

Pasaron a discutir nuevos planes, y los tres rescatados se
mostraron partidarios de hacer una incursión en la roca desgarrada para exterminar a toda la guarnición de sapos lunares que allí había. Las descarnadas alimañas se opusieron a
ello, sin embargo, ya que la perspectiva de volar sobre el agua
no les agradaba en absoluto. La mayoría de los gules apro-
baron la idea, pero no sabían cómo llevarla a cabo sin la ayuda de las alimañas descarnadas de la noche. Entonces Carter,
viendo que no sabían navegar en la galera atracada, se ofreció
a enseñarles a manejar las grandes filas de remos, a lo cual ac-
cedieron los gules de buena gana. Había amanecido el día gris
y, bajo aquel cielo plomizo del norte, subió a bordo de la pestilente galera un destacamento de gules, cada uno de los cuales ocupó su puesto en la bancada de remeros. Carter observó en ellos cierta aptitud para aprender. Antes de que ano-
checiera habían dado tres vueltas de prueba alrededor del
puerto. Hasta tres días después, sin embargo, no se conside-

raron en condiciones para intentar la expedición de conquista. Al tercer día, los remeros ocuparon sus puestos, las descarnadas alimañas se apiñaron en el castillo de proa, y la expedición se hizo finalmente a la mar. Pickman y otros jefes se reunieron en cubierta y discutieron los planes de abordaje y ataque.

Aquella misma noche oyeron ya los aullidos procedentes de la roca. Y tales eran sus acentos, que toda la tripulación de la galera se estremeció visiblemente; pero los que más temblaban eran los tres gules rescatados, pues sabían muy bien lo que significaban aquellos alaridos. Decidieron no intentar el ataque por la noche, así que mantuvieron el barco al pairo bajo la fosforescencia de las nubes, a la espera de que rompieran las grises claridades del día. Cuando la luz se hizo algo más clara y enmudecieron los alaridos, los remeros reanudaron su boga y la galera se fue acercando a la roca desgarrada, cuyas cimas graníticas se hincaban fantásticamente en el cielo apagado. Los costados de la roca eran muy escarpados; pero en numerosos salientes podían verse las combadas paredes de unas extrañas viviendas sin ventanas, así como los antepechos que protegían los altos caminos roqueros. Jamás se había acercado tanto a aquel lugar un barco tripulado por algún ser humano; al menos, ninguno se había acercado tanto y había vuelto a navegar después. Pero Carter y los gules no tenían miedo, y estaban firmemente decididos a seguir adelante. Dieron un rodeo hacia la cara oriental de la roca, en busca de los muelles que, según el trío de gules rescatados, se hallaban al sur, en el interior de un puerto natural formado por dos abruptos morros acantilados.

Aquellos promontorios eran verdaderas prolongaciones de la isla, y se adentraban en el mar tan próximos uno de otro, que entre ellos sólo cabía la eslora de un barco. Al parecer, no había nadie vigilando en el exterior, de modo que la galera enfiló osadamente hacia aquel escarpado canal y entró en las aguas pútridas y estancadas del puerto. Aquí, sin embargo, todo era bullicio y actividad: había varios barcos fondeados a lo largo de un repugnante muelle de piedra, y decenas de esclavos casi humanos y bestias lunares pululaban por los embarcaderos transportando banastas y cajones o conduciendo innominados y fabulosos horrores aparejados a pesados carruajes. Por encima de los muelles había un poblado de piedra tallado en un acantilado vertical, y de él arrancaba un camino sinuoso que ascendía en espiral hasta perderse de vista entre los salientes de la roca. Nadie podía decir qué secreto guardaría en su interior el prodigioso pico de granito que coronaba la isla, pero las cosas que se veían en el exterior distaban mucho de ser alentadoras.

Al ver la galera que entraba, la multitud que había en los muelles dio muestras de gran ansiedad. Los que tenían ojos se quedaron mirando intensamente con la mirada fija, y los que no los tenían agitaron sus sonrosados tentáculos con expectación. Por supuesto, nadie se había percatado de que la negra embarcación había cambiado de manos, porque los gules se parecen mucho a los cornudos esclavos casi humanos, y las alimañas descarnadas estaban todas ocultas bajo cubierta. Para entonces, los jefes habían trazado ya su plan, que consistía en soltar las alimañas descarnadas tan pronto como arrimaran el costado al muelle, y zarpar al instante, confiando enteramente el asunto a los instintos de aquellas criaturas casi desprovistas de entendimiento. Una vez desembarcados, lo primero que harían aquellos astados seres voladores sería atrapar cualquier cosa viviente que encontraran; después no pensarían absolutamente en nada, sino que, llevados por su instinto de retorno, olvidarían su temor al agua y regresarían velozmente al Abismo con sus presas nauseabundas, a las que darían un destino conveniente allá en las tinieblas, de donde poca cosa sale con vida.

El gul que fuera Pickman bajó a la bodega y dio unas breves instrucciones a las descarnadas alimañas de la noche, en tanto que el barco casi tocaba ya los ominosos y malolientes muelles. De pronto, una nueva agitación se manifestó a lo largo del puerto. Carter se dio cuenta de que el movimiento de la galera comenzaba a suscitar sospechas. Era evidente que el timonel no dirigía la embarcación hacia el muelle adecuado, y probablemente los mirones habían notado ya la diferencia entre los horribles gules y los esclavos casi humanos cuyos puestos ocupaban. Seguramente dieron una alarma silenciosa, porque casi en seguida empezó a acudir una horda mefítica de bestias lunares procedentes de las casas sin ventanas o del camino serpenteante de la derecha. Una lluvia de extrañas jabalinas cayó sobre la galera cuando su proa tocó el muelle, matando a dos gules e hiriendo ligeramente a otro; pero en ese momento se abrieron todas las escotillas de par en par, y exhalaron una nube negra de aleteantes alimañas descarnadas que se lanzaron sobre el poblado como un enjambre de gigantescos murciélagos astados.

Las gelatinosas bestias lunares se habían armado de grandes pértigas y trataban de alejar el barco invasor, pero cuando las descarnadas alimañas de la noche cayeron sobre ellas, no pensaron más en eso. Fue un espectáculo sobrecogedor ver cómo se divertían aquellos seres gomosos y sin rostro, y era tremendamente impresionante contemplar cómo la espesa nube que formaban se desparramaba por el pueblo y sobre la sinuosa carretera que se perdía en las alturas. A veces, un grupo de estos negros seres voladores dejaba caer por error a su voluminoso prisionero lunar desde una altura enorme, y la forma con que reventaba al chocar contra el suelo era de lo más desagradable para la vista y el olfato. Cuando la última alimaña descarnada hubo abandonado el barco, los jefes dieron orden de alejarse, y los remeros iniciaron una boga silenciosa, saliendo del puerto entre los grises cabos, mientras en el pueblo continuaba el caos de la batalla.

El gul Pickman concedió a las descarnadas alimañas varias horas para que sus rudimentarios entendimientos desecharan todo temor a volar sobre el agua y mantuvo la galera a

una milla de la costa desgarrada, curando las heridas de los
gules alcanzados por las jabalinas. Cayó la noche, y el crepúsculo gris dio paso a la enfermiza fosforescencia de las nubes bajas; y durante todo este tiempo los jefes no apartaron la vista
de los elevados picos de aquel peñón maldito, por si veían volar a las descarnadas alimañas de la noche. Hacia el amanecer
se vio revolotear tímidamente una mancha oscura por encima del pico más alto, y poco después la mancha se había convertido en un verdadero enjambre. Justo antes de romper el
día, el enjambre pareció extenderse, y un cuarto de hora más
tarde se disipó en la lejanía, en dirección nordeste. Una o dos
veces pareció caer algo desde la confusa bandada al mar, pero
Carter no lo lamentó, porque sabía por propias observacio-
nes que las bestias lunares no saben nadar. Finalmente, cuando los gules comprendieron que todas las descarnadas alimañas se habían marchado hacia Sarkomand y el Gran Abismo
con su cargamento predestinado, la galera puso proa nuevamente hacia el puerto, pasó entre los cabos grisáceos, y toda la
horrible tripulación bajó a tierra y deambuló curioseando por
la roca desnuda, por sus torres y viviendas, y por sus fortifi-
caciones cortadas en la piedra viva.

Horribles fueron los secretos que descubrieron en aquellas
criptas malignas y ciegas, ya que los restos de sus interrumpi-
das diversiones eran abundantes y se hallaban en distintos
grados de consumación. Carter apartó varias entidades que
en cierto modo estaban vivas aún, y huyó presurosamente de
otras sobre las que no estaba muy seguro de lo que se trataban. Las pestilentes viviendas estaban provistas en su mayoría de taburetes y bancos tallados en madera de árbol lunar, y
sus paredes estaban decoradas con unos dibujos insensatos e
indescriptibles. Había innumerables armas, herramientas y
adornos por todas partes, y también algunos ídolos de gran
tamaño, tallados en sólido rubí, que representaban a unos seres extraños jamás vistos en la tierra. Pese a su valor material,
no invitaban a apropiárselos ni a seguir mirándolos por más

tiempo, y Carter se tomó el trabajo de destrozar cinco de ellos y reducirlos a añicos. En cambio recogió las lanzas y jabalinas esparcidas, que, con la aprobación de Pickman, distribuyó entre los gules. Tales armas eran nuevas para estos seres corredores y perrunos, pero la relativa sencillez de su uso les facilitó su manejo después de unas breves indicaciones.

En las partes más elevadas de la roca había más templos que viviendas, y en muchas cámaras excavadas en la piedra encontraron ciertos altares esculpidos de aspecto terrible, sobre los cuales había cuencos de dudosas manchas y santuarios destinados a adorar a unos seres aún más monstruosos que los dioses inexorables que reinan sobre Kadath. Del fondo de un gran templo arrancaba un pasadizo bajo y oscuro, por donde se introdujo Carter con una antorcha en la mano, que iba a desembocar en un inmenso recinto abovedado cuyos muros estaban adornados con unos relieves demoníacos. En el centro de este recinto descubrió la abertura de un pozo profundo y hediondo como el que viera en el horrible monasterio de Leng, en el salón donde mora solitario el gran sacerdote indescriptible. En la oscuridad lejana, al otro lado del pozo nauseabundo, le pareció vislumbrar un extraño postigo de bronce; pero, sin saber por qué, experimentó un indecible terror ante la idea de abrirlo o aun acercarse a él, por lo que se apresuró a volver junto a sus poco agraciados compañeros que andaban vagando con una tranquilidad y despreocupación que a él le era imposible compartir. Los gules también habían descubierto las inacabadas diversiones de las bestias lunares y las habían aprovechado a su manera. Habían encontrado también un tonel del poderoso vino lunar y se lo llevaban rodando hacia los muelles para cargarlo y emplearlo en sus negocios diplomáticos; pero el trío de gules rescatados, recordando el efecto que les había producido ese brebaje en Dylath-Leen, aconsejaron a sus compañeros que no lo probaran. En uno de los sótanos que había junto al agua descubrieron un gran almacén de rubíes de las minas lunares, unos pu-

lidos y otros sin trabajar; pero cuando los gules comprobaron
que no servían para comer, perdieron todo interés por ellos.
Carter no quiso llevarse ninguno porque sabía demasiadas
cosas de las criaturas que los habían extraído y labrado.

De pronto, se oyó la voz excitada de los centinelas que habían quedado en los muelles y los inmundos carroñeros inte-
rrumpieron sus ocupaciones para mirar hacia el mar y ponerse en marcha hacia el puerto. Una nueva galera avanzaba
veloz por entre los cabos grisáceos, y los seres casi humanos
que iban a cubierta tardaron muy poco en darse cuenta de
que la isla había sido saqueada, dando la alarma a las monstruosas entidades que remaban abajo. Por fortuna, los gules
llevaban todavía las jabalinas y las lanzas que entre ellos había
distribuido Carter. Y éste, apoyado por el gul que un día se
llamara Pickman, ordenó formar en línea de batalla para evitar que el barco atracara. En la nueva galera se observó entonces un repentino movimiento de excitación, lo que le hizo
comprender a Carter que la tripulación entera se había dado
cuenta de que las cosas en el puerto no marchaban como ellos
habrían esperado, y la repentina detención del barco mostraba claramente que se habían percatado del gran número de
gules desembarcados. Tras un momento de duda, la galera recién llegada dio la vuelta en silencio y volvió a cruzar los cabos, pero los gules no pensaron ni por un momento que el peligro había quedado conjurado. La tenebrosa embarcación
iría en busca de refuerzos, o quizá su tripulación intentaría
desembarcar en algún otro punto de la isla, por ello, se envió
a la cima un grupo expedicionario para ver cuál era el rumbo
que tomaba el enemigo.

Muy pocos minutos después regresó precipitadamente un
gul anunciando que las bestias lunares y los casi humanos estaban desembarcando por la parte de afuera de los morros,
más hacia oriente, y que subían por caminos ocultos y salientes de la roca que a una cabra le resultarían casi impractica-
bles. Inmediatamente después, la galera fue vista otra vez

cruzando por delante del angosto canal, pero sólo fue cuestión de un segundo. Unos momentos más tarde, un segundo mensajero llegó jadeante de arriba para decir que otro grupo estaba desembarcando en el otro morro; esta vez el número de los que desembarcaban era muy superior a los que aparentemente cabían en la galera. Y el propio barco, movido con lentitud por una diezmada fila de remos, avanzó entre los acantilados y entró en el fétido puerto como para presenciar la refriega e intervenir si fuera necesario.

Entre tanto, Carter y Pickman habían dividido a los gules en tres grupos, de los cuales dos se enfrentarían a cada una de las dos columnas invasoras y el tercero permanecería en el poblado. Los dos primeros grupos se apresuraron a trepar por las rocas, cada uno en su respectiva dirección, mientras el tercero se subdividía en dos partes, una destinada a tierra y otra al mar. La del mar, mandada por Carter, subió a bordo de la galera apresada y zarpó en busca de la otra, que a la vista de esta maniobra retrocedió por el canal y salió a mar abierto. Carter no la persiguió inmediatamente porque sabía que podían necesitarle con más urgencia en el poblado.

Mientras, los tres destacamentos de bestias lunares y casi humanos habían llegado a lo alto de los morros, y sus siluetas se perfilaban espantosas en ambos lados contra el cielo gris del atardecer. Las flautas infernales de los invasores habían comenzado a gemir, y el efecto general de aquellas procesiones híbridas y semiamorfas era tan nauseabundo como el hedor que efectivamente emanaba de aquellas blasfemias de cuerpo de sapo procedentes de la luna. Luego entraron en escena los dos grupos de gules, recortándose también en lo alto de las rocas. Empezaron a volar las jabalinas desde ambos lados; y los aullidos de los gules y los bestiales alaridos de los casi humanos se unieron progresivamente al gemido infernal de las flautas, formando una barahúnda demencial y caótica. A cada paso caían cuerpos por los estrechos precipicios de ambos acantilados, yendo a parar al mar abierto o a las aguas estancadas de la dársena, en cuyo caso eran absorbidos rápidamente hacia el fondo por ciertas entidades submarinas cuya presencia solamente delataban las prodigiosas burbujas que dejaban escapar.

Durante una media hora, esta batalla se desarrolló con increíble ferocidad, hasta que los invasores fueron completamente liquidados en el acantilado de poniente. En el morro oriental, sin embargo, donde parecía estar presente el jefe de las bestias lunares, los gules no lo estaban pasando tan bien y retrocedían lentamente buscando la protección de las laderas. Pickman envió rápidamente refuerzos a este frente con el grupo del poblado que tanto había ayudado durante la primera fase del combate. Después, cuando hubo terminado la lucha en el lado oeste, los victoriosos supervivientes corrieron en auxilio de sus atribulados compañeros, forzando al enemigo a retroceder por la estrecha cresta del morro. Los casi humanos habían caído ya todos, pero el último de los horrores batrácicos luchaba desesperadamente y se defendía con las lanzas que empuñaba con sus poderosas y repugnantes patas. Había pasado la ocasión de emplear las jabalinas, y la lucha se convirtió en un duelo cuerpo a cuerpo en el que, por la estrechez de la cresta, no podían atacar a un tiempo más que unos pocos lanceros.

A medida que aumentaba la furia y el arrojo, aumentaba también el número de los que caían al mar. Los que iban a parar a las aguas del puerto encontraban una muerte innominada en las fauces de aquellas criaturas invisibles y burbujeantes; pero los que caían al mar abierto podían nadar hasta el pie del acantilado y agarrarse en los escollos. Por su parte, la galera del enemigo recogía las bestias lunares que podía. El acantilado era prácticamente inabordable, excepto por donde los monstruos habían desembarcado, de forma que a los gules que volvían del mar les fue imposible llegar al frente de la batalla y se quedaron en los escollos. Algunos de ellos cayeron bajo las jabalinas de la galera contraria o de las bestias lunares que estaban en lo alto del promontorio, pero los demás sobrevivieron y pudieron ser rescatados. Cuando el triunfo de los gules se vio seguro, la galera de Carter salió de entre los cabos y se dirigió hacia el barco enemigo que estaba en mar abierto, deteniéndose a recoger a los gules que se habían agarrado a los escollos o nadaban aún en el océano. Varias bestias lunares que se habían refugiado en las rocas o en los arrecifes fueron rápidamente puestas fuera de combate.

Por último, cuando la galera de bestias lunares se hubo puesto a salvo alejándose de allí, y los enemigos desembarcados se hubieron concentrado en un solo punto, Carter hizo saltar una fuerza considerable al morro oriental, a espaldas del enemigo. Gracias a esta maniobra, la lucha fue efectivamente breve. Atacados en dos frentes, las fétidas entidades, ya vacilantes, fueron inmediatamente despedazadas o precipitadas al mar. Por fin, hacia el atardecer, los jefes de los gules comprobaron que el islote había quedado otra vez limpio de enemigos. La galera adversaria, entretanto, había desaparecido. Decidieron que lo más prudente sería abandonar la roca maligna, antes de que los horrores lunares consiguieran reclutar una horda numerosa y se lanzaran sobre ellos de nuevo.

De este modo, pues, llegó la noche. Pickman y Carter reunieron a todos los gules y les pasaron revista cuidadosamente, descubriendo que habían perdido más de la cuarta parte de sus efectivos en la refriega del día. Colocaron a los heridos en las literas del barco, ya que a Pickman le repugnaba la costumbre que tenían los gules de rematar y comerse a sus propios heridos, y los individuos disponibles fueron asignados a los remos o a los puestos en que pudieran ser más útiles. Bajo la fosforescencia de las nubes nocturnas, la galera se hizo a la mar, y Carter sintió el gran alivio de abandonar aquel islote de abominables misterios donde descubriera aquel recinto abovedado que tenía un pozo sin fondo y una repugnante puerta de bronce, que tanto había inquietado a su imaginación. El día sorprendió al barco frente a los ruinosos muelles

basálticos de Sarkomand, donde, como centinelas, aguardaban todavía algunas descarnadas alimañas de la noche. En lo
alto de las columnas truncadas y de las esfinges erosionadas
de aquella espantosa ciudad que había vivido y muerto antes
de aparecer el hombre sobre la tierra, las descarnadas alimañas velaban como negras gárgolas y fantásticas quimeras.

Los gules montaron su campamento entre las rocas derruidas de Sarkomand y despacharon a un mensajero con la misión de traer suficientes alimañas descarnadas para transpor-
tarles por los aires. Pickman y los demás jefes se mostraron
efusivamente agradecidos por la ayuda que Carter les había
prestado, y éste se dio cuenta de que sus planes iban efectivamente por buen camino, puesto que ahora podría pedir ayuda a sus repugnantes aliados no sólo para salir de la región del
País de los Sueños en que se hallaban, sino también para emprender su última expedición en busca de los dioses que reinan sobre la desconocida Kadath y la maravillosa ciudad del
sol poniente que tan extrañamente disipaban ellos de sus sueños. Por consiguiente, habló de estas cuestiones a los jefes de
los gules y les dijo lo que sabía de la fría inmensidad donde se
encuentra Kadath y de sus centinelas: tanto de los monstruosos shantaks como de las montañas esculpidas en forma de figuras bicéfalas. También les habló del miedo que los pájaros
shantaks sienten por las descarnadas alimañas de la noche, y
de cómo estos inmensos pájaros hipocéfalos salen chillando de
sus negras madrigueras excavadas en lo alto de los picos desnudos y grises que separan el país de Inquanok de la odiosa
meseta de Leng. Les habló asimismo de lo que había averi-
guado sobre las descarnadas alimañas de la noche en los frescos del monasterio del gran sacerdote indescriptible, y de
cómo eran temidas incluso por los Grandes Dioses, y cómo
su señor no era el caos reptante Nyarlathotep, sino el venerable e inmemorial Nodens, señor del Gran Abismo.

Carter contó todas estas cosas en el lenguaje de los gules
allí reunidos, y luego les expuso a grandes rasgos la ayuda que

tenía intención de solicitarles, no pareciéndole abusiva consi-
derando los servicios que acababa de prestar últimamente a
los perrunos y cartilaginosos carroñeros. Les pidió vivamente que le facilitaran los servicios de un número suficiente de
alimañas descarnadas para sobrevolar el reino de los shantaks y las montañas esculpidas, y llevarle a la inmensidad fría,
más allá de los últimos puntos alcanzados por los mortales más osados. Quería volar hasta el castillo de ónice que domina desde lo alto la desconocida Kadath de la inmensidad
fría, y presentarse ante los Grandes Dioses para pedirles ese
acceso a la ciudad del sol poniente que Ellos le denegaban. Estaba seguro de que las descarnadas alimañas de la noche podrían llevarles hasta allí sin dificultades, sobrevolando los peligros que acechan en la llanura y aquellas horribles figuras
bicéfalas esculpidas en la montaña que hacen de eternos centinelas en la penumbra gris. Gracias a las descarnadas criaturas astadas y sin rostro, no correría peligro alguno, puesto
que eran temidas incluso por los Grandes Dioses. Y aun
cuando surgiera cualquier dificultad inesperada por parte de
los Dioses Otros, los cuales acostumbran a inmiscuirse en los
asuntos de los benignos dioses de la tierra, las descarnadas
alimañas no tendrían por qué preocuparse, ya que los infiernos exteriores son totalmente inocuos para unos seres voladores mudos y silenciosos como ellos, cuyo amo y señor no es
Nyarlathotep sino el poderoso arcaico Nodens. Un bando de
diez o quince alimañas descarnadas sería sin duda suficiente,
según Carter, para disuadir a los shantaks de cualquier inter-
vención. Acaso fuera también conveniente llevar consigo algunos gules para dirigirlas, ya que los gules las conocen mejor que los hombres. La expedición podía dejarle a él en el interior del recinto amurallado de aquella fabulosa ciudadela de
ónice, y esperar después a que regresara por la noche o les
diese alguna señal. Mientras tanto, iría él a orar ante los dioses de la tierra. Si alguno de los gules se decidiera a escoltarle
hasta el salón del trono de los Grandes Dioses, él se lo agrade-

cería infinitamente, ya que la presencia de los gules podría
añadir más peso e importancia a su petición. Pero Carter no
quería insistir en este detalle; únicamente pedía que le trans-
portaran primero a la desconocida Kadath, y después, a la última etapa de su destino, que sería la maravillosa ciudad del
sol poniente, en el caso de que los Grandes Dioses accedieran
a concederle su favor, o las Puertas del Sueño Profundo, en el
bosque encantado, si sus súplicas resultaban vanas.

Mientras Carter hablaba, los gules todos escuchaban con
gran interés, y a medida que pasaba el tiempo, el cielo se iba
oscureciendo con las nubes de alimañas descarnadas que los
mensajeros habían ido a buscar. Las aladas criaturas se posaron en semicírculo alrededor del ejército de gules, y aguarda-
ron respetuosamente mientras sus perrunos cabecillas estu-
diaban la petición del viajero terrestre. El gul que un día fuera Pickman habló gravemente con sus compañeros, y al final
ofreció a Carter mucho más de lo que él esperaba. Ya que Carter había ayudado a los gules en su lucha contra las bestias lunares, ellos le ayudarían en su atrevido viaje a las regiones de
donde nadie ha regresado jamás; y no le transportarían sólo
unas cuantas alimañas descarnadas, sino todo el ejército allí
congregado: los gules veteranos de guerra y las alimañas descarnadas recién llegadas de refresco. Sólo quedaría en los
muelles de Sarkomand una pequeña guarnición para custo-
diar la negra galera y el botín capturado en la roca desgarrada. Emprenderían el vuelo en el momento que dijera Carter,
y una vez llegados a Kadath, le escoltaría un numeroso séquito de gules mientras él exponía su petición a los dioses de la
tierra, en su palacio de ónice.

Conmovido por una gratitud y satisfacción indescriptibles, Carter trazó los planes de este viaje audaz con los jefes de
los gules. Decidieron que el ejército volaría muy alto por encima de la espantosa meseta de Leng, de su innominado monasterio y de sus perversos poblados de piedra. Se detendrían
sólo en las inmensas cumbres grises para exigir información

a los atemorizados shantaks, cuyas madrigueras convierten los picos más altos en verdaderas colmenas. Después, de acuerdo con la información obtenida de estos moradores de la altura, elegirían la ruta final y se acercarían a la desconocida Kadath a través del desierto de las montañas esculpidas, al norte de Inquanok, o bien se remontarían a regiones más septentrionales de la propia meseta de Leng. Perrunos unos y desalmadas otras, a los gules y a las alimañas descarnadas no les asusta lo que puedan descubrir en esos desiertos jamás hollados, ni tampoco experimentan pavor alguno ante la idea de la egregia y solitaria Kadath con su misterioso castillo de ónice.

Hacia mediodía, los gules y las descarnadas alimañas se dispusieron a emprender el vuelo; cada gul escogió la pareja de portadores que más le convenía. Carter fue colocado a la cabeza de la columna, junto a Pickman; y delante de todos, a modo de vanguardia, se constituyó una doble fila de descarnadas alimañas de la noche. A una voz de Pickman, el horrible ejército se alzó como una nube de pesadilla por encima de las rotas columnas y las esfinges ruinosas de la primordial Sarkomand, y se fue elevando más y más, hasta rebasar incluso la gran vertiente de basalto que se erguía tras la ciudad. Ante ellos fueron apareciendo los alrededores de la fría, estéril altiplanicie de Leng. Y aún más, se remontó la oscura hueste voladora, hasta que esta misma altiplanicie comenzó a empequeñecerse por debajo de ellos; y cuando tomaron rumbo hacia el norte y sobrevolaron la espantosa meseta que el viento barría, Carter vio de nuevo, con un escalofrío de horror, el círculo de toscos monolitos y el chato edificio sin ventanas que, como él sabía muy bien, cobijaba a aquella blasfemia enmascarada de seda, de cuyas garras había escapado tan milagrosamente. Esta vez no descendieron cuando el ejército cruzó como una bandada de murciélagos por encima del desolado paisaje, iluminado por el débil resplandor de las hogueras, ni se pararon a observar las morbosas contorsiones de los astados seres casi humanos que allí danzan y tañen sus instru-

mentos sin descanso. Una de las veces vieron un shantak que
volaba bajo, planeando sobre la llanura, pero cuando éste los
descubrió, soltó un chillido estremecedor y se alejó alocada-
mente hacia el norte, preso de un pánico indescriptible.

Al oscurecer, llegaron a los agrestes picos grises que for-
man la barrera de Inquanok y revolotearon en torno a esas
cuevas que se abren junto a las cimas a las que tanto temen los
shantaks. Ante los gritos insistentes de los jefes de los gules,
brotó de cada madriguera una riada de negras alimañas astadas que luego se comunicaron con los gules y con sus monturas por medio de gestos repugnantes. Tras una breve deliberación, se llegó a la conclusión de que lo mejor sería dirigirse
a la inmensidad fría por el norte de Inquanok, ya que el acceso por la meseta de Leng estaba plagado de trampas invisibles
bastante desagradables aun para las descarnadas alimañas de
la noche. Había, además, ciertos edificios semiesféricos construidos sobre unas lomas extrañas, sobre los cuales se con-
centran influencias del abismo que la tradición popular rela-
ciona con los Dioses Otros y el caos reptante Nyarlathotep.

Las roqueras alimañas de la noche no sabían nada de Kadath, salvo que podía tratarse de cierta ciudad maravillosa e
imponente que había más al norte, custodiada por shantaks y
montañas esculpidas. Aludieron a ciertas anormalidades des-
proporcionadas que existían por aquellas regiones jamás holladas, y recordaron vagas alusiones sobre un reino donde la
noche impera eternamente; pero no pudieron aportar ningún dato concreto. Así que Carter y sus compañeros les dieron las gracias y, cruzando los más elevados picos de granito
que se alzan en los cielos de Inquanok, descendieron después
bajo las fosforescentes nubes de la noche para contemplar de
lejos esas terribles gárgolas que habían sido montañas, hasta
que una mano gigantesca y terrible esculpiera en ella la imagen del terror.

Sentadas sobre sus patas traseras, formaban un semicírculo infernal. Sus bases se hundían en la arena del desierto y sus

mitras traspasaban las nubes luminosas. Eran siniestras sus formas de lobos bicéfalos y sus rostros airados, así como sus manos derechas levantadas en gesto amenazador. Hoscas y malignas, vigilaban los confines del mundo de los hombres y custodiaban las fronteras del frío mundo del norte en donde no existen los seres humanos. De sus entrañas espantosas surgieron los perversos shantaks, grandes como elefantes, pero huyeron lanzando chillidos enloquecedores cuando vislumbraron la vanguardia de alimañas descarnadas en el cielo brumoso. El alado ejército voló por encima de aquellas gárgolas grandes como montañas, y sobre leguas y leguas de tenebroso desierto donde jamás se había acotado un solo palmo de tierra. Las nubes se fueron haciendo cada vez menos luminosas, hasta que finalmente Carter se vio envuelto en tinieblas. No por ello vacilaron un momento sus portadores, criados en las más negras cavernas de la tierra y carentes de ojos, que se valían de toda la superficie de sus cuerpos resbaladizos y viscosos para orientarse. Y volaron más y más, y cruzaron vientos de extraños olores y ruidos de inquietante procedencia, siempre rodeados de la más espesa oscuridad, y recorrieron tan prodigiosas distancias que Carter se preguntó si no habrían dejado atrás el País de los Sueños terrestres.

De pronto, las nubes comenzaron a perder consistencia y aparecieron por arriba estrellas espectrales. Por abajo, todo seguía siendo oscuridad, pero los pálidos destellos del firmamento parecían palpitar con un significado que jamás tuvieron en otro lugar. No es que los rasgos trazados por las constelaciones fuesen diferentes, sino que aquellas mismas formas conocidas parecían revelar una significación que antes ocultaban. Todo convergía hacia el norte; cada curva, cada asterismo del tachonado firmamento formaba parte de un vasto trazado cuya función era orientar la mirada, y después, al observador entero, hacia un objetivo terrible y secreto situado más allá de la helada inmensidad que se extendía infinitamente ante ellos. Carter miró hacia el este, donde la gran ba-

rrera de picachos amurallaba las fronteras del país de Inquanok, y vio recortada en el firmamento su silueta mellada que
ahora parecía más desgarrada aún con tremendas hendiduras y cumbres fantásticamente extravagantes. Carter estudió
con atención los contornos y las curvas de aquel grotesco perfil, y sintió que éste, como las estrellas, le instaba a apresurar-
se hacia el norte.

Volaban a una velocidad prodigiosa, de suerte que Carter
tenía que esforzarse sobremanera para captar algún detalle,
cuando de pronto descubrió, justo por encima de la línea de
picos y recortado contra las estrellas, un bulto oscuro que se
desplazaba con una trayectoria paralela a la que llevaba su
propia expedición. Los gules lo habían visto igualmente, y
Carter los oyó murmurar entre ellos. Por un momento le pareció que se trataba de un shantak gigantesco, de un ejemplar
de proporciones infinitamente mayores a las de su propia especie. Pero no tardó en comprobar que la forma que cruzaba
por encima de las montañas no era ningún pájaro hipocéfalo.
Su perfil recortado contra las estrellas, aun confuso, recordaba más bien a una inmensa cabeza mitrada, o a un par de cabezas unidas y enormes. Su rápido vuelo por el firmamento
no parecía debido al impulso de unas alas. Carter no podía
decir de qué lado de las montañas avanzaba, pero no tardó en
darse cuenta, cada vez que la altitud de la cordillera descendía,
de que la forma que había visto en un principio se prolongaba
hacia abajo en un cuerpo que tapaba todas las estrellas.

Luego vino un profundo vacío en la cadena de montañas,
donde los confines de la tramontana meseta de Leng se unían
a la fría inmensidad por un gran desfiladero a través del cual
brillaban pálidamente las estrellas. Carter prestó especial
atención a este vacío, porque en él podría captar la silueta entera de aquella cosa inmensa que se desplazaba en un vuelo
ondulante por encima de las cumbres. El objeto volador había
avanzado algo, y todos los ojos de la expedición se quedaron
fijos en la hendidura donde iba a aparecer entera la enorme

silueta. Se acercó ésta poco a poco por encima de las cumbres, moderando su marcha como si se hubiera dado cuenta de que había dejado atrás al ejército de gules. Hubo otro minuto de suspenso, y luego, fugazmente, se reveló de lleno la esperada silueta. De los labios de los gules brotó un grito espantoso y enloquecedor que expresaba todo el terror cósmico. El viajero sintió en el alma un frío como no había sentido jamás. Aquella silueta colosal y bamboleante que descollaba por encima de la cordillera era sólo la cabeza –una doble cabeza mitrada– bajo la cual, con su terrible inmensidad, avanzaba a saltos por el desierto helado el cuerpo monstruoso al que pertenecía. Grande como una montaña, el monstruo caminaba de manera furtiva y silenciosa. Su gigantesca figura era entre humana y de hiena, y al trotar, su par de cabezas tocadas con una mitra cónica se recortaba contra el cielo hasta media altura del cenit.

Carter no llegó a perder el conocimiento, ni dejó escapar ningún grito, porque era un soñador veterano. Pero miró hacia atrás y se estremeció de horror al ver que aún venían más cabezas monstruosas recortadas por encima de los picos, avanzando furtivamente detrás de la primera. Y justo detrás de ellos, descubrió que tres de las figuras talladas en la montaña, cuyos perfiles se dibujaban sobre las estrellas del sur, caminaban sigilosa y pesadamente, dando a sus mitras una oscilación de varios miles de pies al bambolear sus cabezas. Las montañas esculpidas, pues, no habían permanecido en el semicírculo del norte de Inquanok, inmóviles en su hierática postura, con sus manos derechas tendidas hacia arriba. Tenían una misión que cumplir y no la habían descuidado. Pero era horrible que no hablaran jamás, que jamás hicieran el menor ruido al caminar.

Entre tanto, el gul que fue Pickman dio una orden a las descarnadas alimañas de la noche, y el ejército entero se elevó aún más en los aires. La columna ascendió velozmente hacia las estrellas, hasta que desaparecieron de su vista todas aquellas sombras recortadas contra el cielo, tanto la inmóvil cordillera de granito gris como las mitradas montañas caminantes. Todo estaba oscuro abajo, mientras la voladora legión avanzaba hacia el norte entre vientos furiosos y risas invisibles que surgían del éter. Y ni un shantak ni otra clase de entidad menos deseable alzó el vuelo de las malignas inmensidades para perseguirles. Cuanto más avanzaban, más veloz se hacía el vuelo, hasta que su vertiginosa velocidad superó la de una bala de rifle, aproximándose a la de un planeta en su órbita. Carter se preguntaba cómo era posible que a esa velocidad tuvieran aún la tierra debajo de ellos, pero recordó que en el País de los Sueños, las dimensiones poseían extrañas propiedades. Estaba convencido de que se encontraban en una región de noche eterna, y se figuró que las constelaciones de la bóveda celeste habían acentuado sutilmente su orientación al norte, juntándose todas allá arriba como para arrojar al ejército volador al vacío del polo boreal, de la misma manera que se comprimen los pliegues de un saco para arrojar a su fondo hasta la última mota de su contenido.

Entonces observó aterrado que las alas de las alimañas descarnadas habían dejado de moverse. Las astadas criaturas sin rostro habían plegado sus apéndices membranosos y permanecían totalmente pasivas en el caos huracanado que giraba y reía mientras las arrastraba. Una fuerza extraterrestre había atrapado al ejército, y los gules y las descarnadas alimañas de la noche se hallaban a merced de un remolino irresistible que los sorbía hacia el norte, de donde jamás ha regresado mortal alguno. Finalmente vislumbraron una pálida luz solitaria en la raya del horizonte, la cual se fue elevando a medida que ellos se acercaban, y bajo ella vieron extenderse una masa negra que tapaba las estrellas. Carter entendió que debía de ser algún faro situado sobre una montaña, ya que sólo una montaña podía ser tan enorme como para verse desde tan prodigiosa altura.

La luz se fue elevando más y más, así como la negrura que parecía sostenerla, hasta que la mitad del firmamento septentrional quedó oscurecido por aquella masa cónica y rugosa. Aun cuando el ejército viajaba a una altura inconcebible, aquel faro pálido y siniestro se alzaba por encima de él, descollando monstruosamente sobre todas las cumbres y demás accidentes de la tierra, hasta alcanzar el éter inconsistente donde oscilan la luna misteriosa y los locos planetas. Aquella montaña que se alzaba frente a ellos no era ninguna de las conocidas por el hombre. Las altas nubes de allá abajo no formaban sino una orla en torno a sus estribaciones, y el aire irrespirable de las más altas capas de la atmósfera no era sino una franja para los flancos. Aquel puente entre la tierra y el cielo ascendía espectral y altivo, tenebroso en la noche eterna, y estaba coronado por una diadema de desconocidas estrellas cuyo espantoso y significativo trazado se iba haciendo cada vez más evidente. Los gules chillaron aterrados al descubrirlo, y Carter se estremeció ante la posibilidad de que todo el veloz ejército se estrellara contra el ónice impertérrito de aquella muralla ciclópea.

Y la luz siguió elevándose más y más, hasta confundirse con las esferas más altas del cenit, y parpadeó hacia ellos como en un gesto de espeluznante sarcasmo. Por debajo de la luz pálida, solitaria, inasequible, el norte ya no era más que una espesa negrura, una espantosa tiniebla petrificada que se alzaba desde infinitas profundidades a alturas ilimitadas. Carter examinó la luz más atentamente, y distinguió por fin las formas y las líneas de la masa negra que se recortaba sobre las estrellas del cielo. Eran unas torres que descollaban en lo alto de aquel monte gigantesco, unas horribles torres rematadas por cúpulas distribuidas en incalculables filas y agrupaciones, más fantásticas de lo que el hombre se crea capaz de imaginar. Murallas y terrazas maravillosas y amenazantes, pero negras y diminutas en la lejanía, se recortaban contra la estrellada diadema que resplandecía maligna en el borde superior de aquella monstruosa visión. Coronando aquel conjunto inconmensurable de montañas había, pues, un castillo que

rebasaba toda humana fantasía, y en él brillaba una luz diabólica. Entonces fue cuando Randolph Carter comprendió
que el viaje tocaba a su fin, porque lo que tenía ante sí era el
objeto de todas sus prohibidas andanzas y audaces visiones:
la fabulosa, la increíble mansión de los Grandes Dioses, erigi-
da en lo más elevado de la *Ignorada Kadath*.

En el mismo momento en que se daba cuenta de esto, notó
Carter un cambio en la trayectoria de su expedición, inexora-
blemente sorbida por el viento. Se estaban elevando bruscamente, y era evidente que el destino de esta loca travesía era el
castillo de ónice donde brillaba la pálida luz. Tan cerca estaban de la gran montaña tenebrosa, que sus laderas desfilaban
vertiginosamente junto a ellos mientras ascendían; y con la
oscuridad no podían distinguir en ellas ninguno de sus detalles. Más y más crecían las inmensas torres negras de aquel
castillo tenebroso, y Carter sintió que eran blasfemas por su
misma inmensidad. Sus sillares podían muy bien haber sido
tallados por los abominables canteros de aquel horrible abismo abierto en la roca del monte que viera en Inquanok, porque sus dimensiones eran tales que junto a ellos un hombre
parecía encontrarse al pie de una de las más grandes fortale-
zas de la tierra. La diadema de desconocidas estrellas fulgura-
ba con un resplandor lívido y enfermizo por encima de las torres infinitas de altísimas cúpulas, y esparcía una penumbra
fantasmal alrededor de las sombrías murallas de bruñido
ónice. Ahora se veía que la pálida luz que habían vislumbrado
de lejos no era sino una ventana iluminada en la más alta de
las torres; y mientras el desamparado ejército se aproximaba
a la cúspide de la montaña, a Carter le pareció distinguir unas
sombras inquietantes que se desplazaban lentamente por su
interior. Tenía la ventana unos arcos muy singulares, y su trazado resultaba absolutamente desconocido en la Tierra.

La sólida roca dio paso entonces a los cimientos gigantescos del monstruoso castillo, y la velocidad del grupo pareció
moderarse un poco. Aparecieron las enhiestas murallas y lue-

go surgió un vasto pórtico a través del cual fueron absorbidos los viajeros. La oscuridad reinaba en el titánico patio de armas, pero luego se sumieron en una oscuridad más espesa aún al precipitarse la columna voladora en un portal de arcos inmensos. En la tenebrosa oscuridad de aquellos laberintos de ónice se formaron torbellinos de viento húmedo y frío, y Carter no llegó a saber jamás qué gigantescas escalinatas y corredores atravesaron en aquella loca carrera que no parecía terminar nunca. El impulso terrible los arrastraba invariablemente hacia arriba, y ni un ruido, ni un roce, ni un destello fugaz rasgó el espeso velo del misterio. El ejército de gules y descarnadas alimañas de la noche era innumerable, pero aun así se perdía en los prodigiosos espacios de aquel castillo supraterrestre. Y cuando finalmente se halló en el interior de la extraña habitación de la torre cuya altísima ventana iluminada había servido de faro, Carter tardó bastante tiempo en distinguir las lejanas paredes y el techo distante que sostenían, y en comprender que no se encontraba en un espacio abierto e ilimitado.

Randolph Carter había abrigado el propósito de penetrar en la sala del trono de los Grandes Dioses con todo aplomo y dignidad, escoltado por las impresionantes filas de gules en riguroso orden de ceremonia, y de presentar su petición como un gran señor, libre y poderoso entre los soñadores. Sabía que es posible tratar con los Grandes Dioses, pues éstos no superan en poderío a los mortales, y había confiado en que los Dioses Otros y Nyarlathotep, el caos reptante, no vendrían a ayudarles en el momento decisivo, como había sucedido tantas veces cuando los hombres trataron de llegar a la morada de los dioses terrestres o a sus montañas. Y gracias a su escolta horrenda había confiado en poder desafiar incluso a los Dioses Otros, si llegaba el caso, pues los gules no tienen dueño ni señor, y las descarnadas alimañas de la noche no obedecen a Nyarlathotep, sino sólo al arcaico Nodens. Pero ahora veía que la excelsa Kadath, en el centro de la inmensi-

dad fría, estaba cercada por oscuras maravillas e innominados centinelas, y que los Dioses Otros vigilan atentamente a
los benévolos y tolerantes dioses terrestres. Pese a carecer de
poderío sobre gules y alimañas descarnadas, las desalmadas y
amorfas blasfemias de los espacios exteriores pueden, sin embargo, imponerse a ellos cuando llega el momento. Por consiguiente, no fue con las prerrogativas de libre y poderoso señor de soñadores como Randolph Carter llegó al salón del
trono de los Grandes Dioses con su séquito de gules. Arrastrado en caótica confusión por tempestuosos torbellinos cósmicos, y acosado por los horrores invisibles de la inmensidad
boreal, el ejército entero flotó cautivo e impotente en la cárde-
na penumbra, hasta que se derrumbó en el suelo de ónice
cuando, obedeciendo a una orden muda, los vientos del terror se disiparon.

Randolph Carter no llegó ante ningún dorado dosel ni vio
allí círculo alguno de augustos seres nimbados de rasgados
ojos, largas orejas, fina nariz y barbilla puntiaguda, cuyo parecido con el rostro esculpido de Ngranek pudiera señalarles
como Aquellos a quienes debía dirigir sus plegarias. Aparte
de aquella habitación solitaria de lo alto de la torre, el castillo
de ónice que dominaba Kadath estaba totalmente a oscuras, y
sus moradores no estaban allí. Carter había llegado a la desconocida Kadath de la inmensidad fría, pero no había encontrado a los dioses. Sin embargo, la desmayada luz brillaba en
aquella habitación de la torre de dimensiones inmensas, cuyos muros y techo casi se perdían de vista en las brumas de la
distancia. Era evidente que los dioses terrestres no estaban
allí, pero de algún modo se percibían ciertas presencias menos visibles: allí donde están ausentes los dioses benignos de
la Tierra, los Dioses Otros no dejan de tener representación.
Y ciertamente el castillo de los castillos de ónice estaba muy
lejos de hallarse deshabitado. Carter no podía ni figurarse
qué formas atroces revestiría el terror a continuación. Presentía que su visita era esperada, y se preguntaba cuán cerca ha-

bría venido vigilándole el caos reptante Nyarlathotep. Porque es a Nyarlathotep, horror de infinitas formas y espíritu terrible, mensajero de los Dioses Otros, a quien sirven las fungosas bestias lunares. Y Carter recordó la negra galera que había desaparecido cuando las entidades lunares con cuerpo de sapo vieron perdida la batalla en la desgarrada roca que emerge del mar.

Reflexionando sobre estas cosas, sentía temblar sus piernas en medio de la horda de pesadilla que le acompañaba, y de pronto, sin previo aviso, resonó en aquella cámara ilimitada y oscura el espantoso bramido de una trompeta infernal. Por tres veces sonó aquella espeluznante llamada de bronce, y cuando enmudecieron los ecos de la tercera, Randolph Carter se dio cuenta de que estaba solo. No comprendía cómo, adónde o por qué razón habían desaparecido los gules y las descarnadas alimañas de la noche. Sólo sabía que de pronto se hallaba solo y que, fueran cuales fuesen los poderes que acechaban invisibles en torno suyo, no pertenecían al amistoso País de los Sueños de la Tierra. En este momento brotó un nuevo sonido de los últimos rincones de la estancia. Era también un ritmo de trompeta, pero de naturaleza completamente diversa a los roncos clarinazos que habían aniquilado a su excelente cohorte. Era ahora una suave melodía en la que resonaban todo el encanto y la maravilla de los sueños etéreos. Exóticos paisajes de inimaginable belleza brotaban de cada acorde singular y de cada cadencia delicada. Y el aroma de los inciensos se conjugaba con aquellas notas doradas. Y un gran resplandor difundió por el espacio en círculos concéntricos de colores desconocidos en el espectro luminoso de la Tierra, y se cambiaban según el ritmo de las trompetas componiendo fantásticas y armónicas sinfonías de luz. Unas antorchas brillaron a lo lejos, y un batir de tambores se fue acercando en medio de una atmósfera de tensa expectación.

De las brumas que se disolvían y de las nubes de extraños inciensos surgieron dos columnas paralelas de esclavos negros vestidos con taparrabos de seda iridiscente. Sobre la cabeza portaban, en forma de cascos, antorchas de reluciente metal de las que emanaban los vapores de unos bálsamos misteriosos. En la mano derecha llevaban unas varillas de cristal cuyo extremo superior ostentaba la figura de una quimera, mientras en la mano izquierda empuñaban las largas trompetas de plata que hacían sonar. Llevaban todos ajorcas y brazaletes unidos a una larga cadena de oro, lo cual les obligaba a marcar un paso lento y majestuoso. Lo primero que saltaba a la vista era que se trataba de auténticos hombres negros de la zona terrestre del País de los Sueños, pero ya parecía menos evidente que aquellos ritos y aquellos atavíos fueran de la Tierra. Las columnas se detuvieron a unos diez pasos de Carter, al tiempo que sus componentes se llevaban sus trompetas a los labios. El sonido que produjeron fue místico y salvaje; pero más salvaje fue el grito que brotó inmediatamente después de las oscuras gargantas haciéndole estremecer.

Entonces, por el amplio pasillo que formaban las dos columnas, avanzó una figura alta y delgada. Tenía el rostro de un joven faraón. Iba vestida con elegantes ropajes prismáticos y coronada por una diadema dorada que parecía relucir con luz propia. Se aproximó a Carter aquella figura majestuosa, cuyo porte regio y nobles rasgos le imprimían la fascinación de un dios de las tinieblas o de un arcángel caído, en tanto que sus ojos parecían ocultar el lánguido centelleo de un humor caprichoso. Entonces habló, y en su voz melodiosa vibró la música salvaje de las corrientes de Leteo:

–Randolph Carter –dijo la voz–. Has venido a ver a los Grandes Dioses, a quienes les está prohibido tener tratos con los hombres. Los centinelas han venido a decirlo y los Dioses Otros han gruñido mientras bailaban torpemente sus danzas estúpidas al son de las flautas, en el vacío final donde mora el sultán de los demonios cuyo nombre no se ha pronunciado jamás.

»El sabio Barzai escaló el Hatheg-Kla para ver danzar y ulular a los Grandes Dioses por encima de las nubes a la luz de la luna, y ya no regresó nunca más. Los Dioses Otros estaban allí, e hicieron lo que cabía esperar. Zenig de Aphorat trató de llegar a la desconocida Kadath de la inmensidad fría, y ahora su cráneo adorna el anillo del dedo meñique de alguien a quien no es necesario nombrar aquí.

»Pero tú, Randolph Carter, has arrostrado todos los obstáculos de la zona terrestre del País de los Sueños, y aún estás inflamado por el fuego de tu aventura. No has venido por curiosidad, sino para cumplir con tu deber; y no has dejado nunca de venerar a los benevolentes Dioses de la Tierra. Sin embargo, estos mismos dioses son los que te han alejado de la maravillosa ciudad del sol poniente de tus sueños, y lo han hecho por mezquina codicia; porque ciertamente deseaban poseer la fantástica belleza de esa ciudad forjada por tu fantasía, y han jurado que en adelante ningún otro lugar será su morada.

»Y así, han abandonado este castillo que poseen en la ignorada Kadath para instalarse en tu ciudad maravillosa. Y allí, durante el día, recorren el palacio de mármol veteado; y cuando el sol se pone, salen a los perfumados jardines para contemplar el dorado esplendor de los templos y columnatas, los arcos de los puentes y los plateados surtidores de las fuentes, las grandes avenidas flanqueadas de ánforas cubiertas de flores y las hileras de relucientes estatuas de marfil. Y cuando llega la noche, suben a las altas terrazas y allí se sientan al relente, en los bancos de pórfido, a escudriñar las estrellas, o se apoyan en las blancas balaustradas a contemplar la encrespada marea de techumbres y a ver cómo se van encendiendo, una a una, las ventanitas de los viejos y picudos hastiales con la luz acogedora y amarillenta de las velas.

»A los dioses les gusta tu maravillosa ciudad, y han abandonado sus maneras de dioses. Han olvidado las altas regiones de la Tierra y las montañas que los habían visto de jóvenes. La Tierra ya no tiene dioses que sean propiamente tales, y únicamente los Dioses Otros de los espacios exteriores gobiernan la inmemorable Kadath. En el lejano valle de tu juventud, Randolph Carter, juegan ahora sin tribulaciones los Grandes Dioses. Has soñado demasiado bien, ¡oh, prudente soñador! Has conseguido que los dioses del sueño se alejen del mundo de las visiones comunes a todos los hombres, para instalarse en un universo que es enteramente tuyo. Y de los pequeños sueños de tu niñez, has sabido edificar una ciudad más hermosa que todas las quiméricas fantasías nacidas hasta ahora.

»No es bueno que los dioses de la Tierra abandonen sus tronos para que la araña hile en ellos su tela y los Dioses Otros gobiernen a su manera tenebrosa. Y no dudarían los poderes exteriores en arrastrarte al caos y al horror, Randolph Carter, ya que eres la causa de su zozobra, si no supieran que tú eres el único que podría hacer que los dioses volvieran a su mundo. En esa zona semivigil del País de los Sueños que te pertenece no puede influir ningún poder de las últimas tinieblas, y sólo tú puedes convencer amablemente a los Grandes Dioses para que salgan de tu maravillosa ciudad del sol poniente, a través de la región crepuscular del norte, y retornar al lugar que les corresponde: a la cima de la ignorada Kadath, de la inmensidad fría.

»De modo, Randolph Carter, que en nombre de los Dioses Otros, te perdono y te conmino a que cumplas puntualmente lo que yo te ordene. Y mi orden es que busques tu propia ciudad del sol poniente y que envíes acá a los traviesos y soñolientos dioses a quienes aguarda el mundo de los sueños. No te será difícil descubrir ese rosado capricho de los dioses, esa fantasía de trompetas celestiales, ese clamor de címbalos inmortales, ese lugar misterioso que te han hecho buscar por los recintos del mundo vigil y por los abismos del sueño, atormentándote con insinuaciones de recuerdos evanescentes, con el dolor de las cosas perdidas, trascendentales y terribles.

No te será difícil encontrar ese símbolo, esa reliquia de tus días de ensueño; porque, en verdad, no es sino la gema inalterable y eterna donde toda maravilla fulgura cristalizada, iluminando tu camino nocturno. ¡Escucha!, no es a través de mares desconocidos por donde debes dirigir tus pasos, sino a través de años conocidos y pasados, hacia las visiones luminosas de tu infancia, hacia esas vivencias empapadas de sol y de magia que los viejos paisajes despiertan en una mirada joven.

»Pues sabe que tu dorada y marmórea ciudad de ensueño no es sino la suma de todo lo que has visto y amado de tu infancia. Está formada con el esplendor de los puntiagudos tejados de Boston y las ventanas de poniente encendidas por los últimos rayos del sol; con la fragancia de las flores del Common, la inmensa cúpula erguida en lo alto de la cuesta, y el laberinto de buhardillas y chimeneas que se alzan en el valle violáceo donde el Charles discurre perezosamente por debajo de los innumerables puentes. Todas estas cosas contemplaste, Randolph Carter, cuando tu nodriza te sacó a pasear por primera vez un día de primavera, y será lo último que verás con ojos de nostalgia y de amor. Y tiene también la imagen de Salem y su historia sombría; y la de la espectral Marblehead que escaló rocosos precipicios en los siglos del pasado; y el esplendor glorioso de las torres de Salem y de los campanarios que se ven a lo lejos desde los prados de Marblehead y desde el puerto tras el cual se pone siempre el sol.

»Y la ciudad de tu sueño está hecha de la fantástica y señorial Providence con sus siete colinas en torno al puerto azul, con sus terrazas de césped que conducen a campanarios y ciudadelas de una antigüedad viva aún; y de Newport, que se eleva fantasmal desde su escollera. Y de Arkham también, con sus techumbres invadidas por el musgo, y sus praderas ondulantes y rocosas. Y de la antediluviana Kingsport, blanqueada por los años, ciudad de innumerables chimeneas y muelles desiertos y buhardillas torcidas; y de la maravilla de sus acantilados sobre el mar, y del océano cubierto de brumas lechosas en cuyas aguas se mecen las boyas tintineantes.

»En tu ciudad están los fríos valles de Concord, los empedrados callejones de Portsmouth, los caminos rústicos y umbríos de New Hampshire, cuyos olmos gigantescos casi ocultan las blancas paredes de las viejas granjas y las caídas techumbres de los pozos. Están los muelles salitrosos de Gloucester y los mimbrales de Truro azotados por el viento. Están los paisajes con pueblecitos lejanos y torres de campanario, y los montes que se alzan tras las colinas a lo largo de la Costa del Norte, y las sosegadas laderas rocosas y las cabañas bajas cubiertas de hiedra, construidas al socaire de los enormes farallones que se elevan en la región septentrional de Rhode Island. Están el olor a mar, la fragancia de los campos, el hechizo de los bosques oscuros y la alegría de los huertos y jardines al amanecer. Todas estas cosas, Randolph Carter, son tu ciudad, porque todas ellas son tu mismo ser. Nueva Inglaterra te ha dado la vida y ha derramado en tu espíritu un límpido encanto que no puede perecer. Este encanto, moldeado, cristalizado y bruñido por los años de recuerdos y de ensueños constituye la misma esencia de tus maravillosas terrazas y tus puestas de sol. Y para encontrar ese antepecho de mármol ornado de extraños jarrones y balaustradas esculpidas, y para descender finalmente por esas escalinatas deslumbrantes hasta las plazas anchísimas y las fuentes prismáticas de tu ciudad, sólo necesitas retroceder a los pensamientos y visiones de tu juventud llena de anhelos.

»¡Mira! A través de esa ventana brilla la luz eterna de las estrellas. Pues esa misma luz brilla ahora sobre los paisajes que has conocido y estimado, y se nutre de sus encantos para brillar después con más belleza sobre los jardines del sueño. Mira allá a Antarés, que en este instante brilla también sobre los tejados de Tremont Street. Tú podrías verla desde tu ventana de Beacon Hill. Y más allá de esas estrellas se abren los abismos desde donde he sido enviado por mis amos desprovistos de alma. Algún día podrás atravesar tú también esos espacios; pero si eres prudente, te cuidarás de cometer tal insensatez, porque de todos los mortales que han estado allí y han regresado, sólo uno conserva sano su entendimiento tras los horrores lacerantes y desgarradores del vacío. Horrores y blasfemias se devoran unos a otros en el espacio, y en los más pequeños hay más maldad que en los mayores. Pero esto ya lo sabes por los hechos de los que han intentado entregarte a mí, mientras que yo ni siquiera albergaba propósito alguno de hacerte el menor daño, y aun te habría ayudado hace mucho a llegar hasta aquí, de no haber estado ocupado en otros servicios y de no haber tenido la seguridad de que encontrarías el camino por ti mismo. Elude, pues, los infiernos exteriores y concéntrate en las cosas apacibles y bellas de tu juventud. Descubre tu maravillosa ciudad y expulsa de ella a los perezosos Grandes Dioses. Convéncelos para que regresen a los escenarios de su propia juventud, donde se aguarda con inquietud su llegada.

»Pero más fácil aún que el confuso camino de los recuerdos es el que voy a preparar para ti. ¡Mira! Ahí viene un monstruo shantak guiado por un esclavo que, para no perturbar tu espíritu, ha sido obligado a permanecer invisible. Monta y prepárate. ¡Ya! Yogash el negro te ayudará a cabalgar sobre este pájaro repugnante. Dirígete hacia la estrella más brillante que veas junto al sur del cenit: es Vega. Y dentro de dos horas te hallarás en una terraza de tu ciudad del sol poniente. Pero sólo irás en esa dirección hasta que oigas una lejana canción en lo alto del éter. Más arriba acecha la locura, así que contén al shantak en cuanto te sientas atraído por la primera nota de esa canción. Mira entonces hacia la Tierra, y verás brillar el fuego inmortal del altar de Ired-Naa que se alza en la terraza sagrada de un templo. Ese templo se encuentra en al deseada ciudad del sol poniente, así que dirígete hacia él antes de que empieces a prestar atención a esos cánticos, porque de lo contrario estarás perdido.

»Cuando estés llegando ya a la ciudad, busca el elevado parapeto desde donde contemplabas el esplendoroso espectáculo en tiempos pasados, y castiga al shantak hasta que lo oigas chillar. Los Grandes Dioses, sentados en las perfumadas terrazas, lo oirán; y al reconocer ese chillido, sentirán tal nostalgia y añoranza que ninguna de las maravillas de tu ciudad les consolará de la ausencia de su lúgubre castillo de Kadath y de la diadema de estrellas que lo corona.

»Entonces debes aterrizar entre ellos con el shantak y dejarles ver y tocar el nauseabundo pájaro hipocéfalo, a la vez que les hablas de la ignorada Kadath, de la que tan poco tiempo hace que habrás salido. Y les contarás cuán hermosos y oscuros son los salones del castillo donde ellos solían brincar y gozar envueltos en un halo glorioso. Y el shantak les hablará a la manera de los shantak, pero nada les persuadirá tanto como el recuerdo de los tiempos pasados.

»Una y otra vez deberás hablar a los errabundos Grandes Dioses de su hogar y de su juventud, hasta que finalmente comenzarán a sollozar y te pedirán que les enseñes el camino de regreso, pues ellos lo han olvidado. Entonces puedes desprenderte del shantak y enviarlo hacia el cielo, y él lanzará al aire la llamada de su especie. Al oírla, los Grandes Dioses empezarán a dar saltos y cabriolas y, recobrando su antiguo júbilo, se lanzarán en pos del pájaro repugnante volando como vuelan los dioses; y cruzarán los profundos abismos del cielo hasta llegar a sus familiares torres y cúpulas de Kadath.

»Entonces la maravillosa ciudad del sol poniente será tuya, y podrás habitarla y gozar de ella para siempre; y otra vez los dioses de la Tierra regirán los sueños de los hombres desde su mansión habitual. Vete ahora: la puerta está abierta y las estrellas aguardan en el exterior. Ya jadea y resuella tu shantak con impaciencia. Vuela hacia Vega a través de la noche, pero tuerce tu rumbo cuando oigas los primeros cánticos. No olvides mi consejo, no vayas a ser absorbido por horrores inconcebibles hacia un abismo de locura. Acuérdate de los Dioses

Otros: son inmensos y terribles, carecen de alma y acechan en los vacíos exteriores. Ellos son los dioses que a todo trance debes evitar.

»¡Hei! ¡Aa-shanta 'nygh! ¡Eres libre! Devuelve los dioses terrestres a la morada que poseen en la ignorada Kadath, y ruega a todo el espacio que jamás llegues a verme en ninguna de mis otras mil encarnaciones. ¡Adiós, Randolph Carter, y guárdate de mí, *porque yo soy Nyarlathotep, el Caos Reptante!*

Y Randolph Carter, perplejo y confuso, a lomos de su shantak, salió disparado al espacio, hacia el parpadeo azul y frío de Vega. Se volvió y miró hacia atrás, y contempló la caótica confusión de torres de aquella pesadilla hecha ónice, en donde todavía brillaba el cárdeno resplandor solitario de la ventana por encima del aire y de las nubes de la zona terrestre del País de los Sueños. Junto a él desfilaron horrores enormes en forma de pólipos, y oyó los aletazos de una bandada de invisibles murciélagos; pero siguió agarrado a la sucia crin de aquel nauseabundo e hipocéfalo pájaro escamoso. Las estrellas danzaban burlescas, y a cada momento parecían cambiar de posición para formar unos signos fatales que casi se podían descifrar, aun cuando no hubieran sido vistos antes jamás, y los vientos inferiores aullaban constantemente en las vagas tinieblas y en las soledades de más allá del cosmos.

De pronto, de la bóveda resplandeciente que le envolvía descendió un silencio premonitorio, y todos los vientos y horrores se escabulleron como se disipan las sombras de la noche con las claridades del alba. En oleadas temblorosas de luz sobrenatural, comenzaron a hacerse audibles los primeros atisbos de una melodía lejana cuyos apagados acordes resultaban ajenos a nuestro universo. Y cuando estos acordes crecieron, el shantak levantó las orejas y se lanzó adelante, y Carter se inclinó para escuchar también aquella fascinante melodía. Era una canción; pero una canción que no provenía de voz alguna, una canción que cantaban la noche y las esferas, y que ya era vieja cuando nacieron el espacio, y Nyarlathotep, y los Dioses Otros.

El shantak apresuró el vuelo y su jinete se inclinó aún más, embriagado por visiones de inconcebibles abismos, preso en torbellinos de cristal de un poder ultraterreno. Luego, demasiado tarde ya, recordó la advertencia, el sarcástico aviso que le diera el emisario diabólico, previniéndole contra la locura que acecha en esa canción. Sólo para burlarse de él le había señalado Nyarlathotep el camino de la salvación que conduce a la maravillosa ciudad del sol poniente; sólo para mofarse de él había revelado el negro mensajero el secreto de los traviesos dioses terrestres, a quienes tan fácilmente podría haber conducido a Carter. Pero la locura y la salvaje venganza del vacío son las únicas mercedes que Nyarlathotep concede a los presuntuosos. Aunque el jinete se esforzaba por hacer que diera media vuelta su repugnante montura, el shantak, riendo y agitando sus enormes alas viscosas con maligno regocijo, proseguía su impetuosa carrera hacia esos pocos impíos adonde no llega jamás ningún sueño, hacia esa vorágine amorfa y final de la más negra confusión donde babea y blasfema en el centro del infinito el estúpido sultán de los dominios, Azathoth, cuyo nombre jamás se atrevieron labios algunos a pronunciar.

Sin desviarse un solo punto, obediente a los órdenes del innoble emisario de los Dioses Otros, aquel pájaro infernal se precipitaba por entre las multitudes de seres sin forma que acechan y se retuercen en las tinieblas, por entre manadas de entidades necias que van a la deriva en el espacio exterior, palpando y arañando, y arañando y palpando; larvas abominables que son de los Dioses Otros y que, como ellos, carecen de ojos y de espíritu, y están poseídas en cambio de una sed y un hambre insaciables.

Firme siempre y sin desviarse un ápice, riendo bulliciosamente al escuchar las burlas y las carcajadas cósmicas en que se había convertido la canción de la noche y las esferas, aquel monstruo escamoso e inflexible transportaba a su indefenso jinete. Con la velocidad de un meteoro rasgó el límite extremo de los abismos exteriores. Atrás quedaron las estrellas y los distintos reinos de la materia, y atravesó el vacío sin forma, más allá del tiempo, hacia las inconcebibles cavidades donde, en la absoluta oscuridad, roe Azathoth –voraz y amorfo– al ritmo sordo y enloquecedor de unos tambores perversos y unas flautas execrables de tenue y monótono gemido.

Adelante seguía el viaje enloquecedor, a través de unos abismos henchidos de aullidos cósmicos y poblados de oscuras criaturas sin nombre... Y entonces, en la mente del predestinado Randolph Carter surgió una imagen y un pensamiento venidos desde algún lejano y brumoso lugar de paz. Nyarlathotep había planeado demasiado bien su burla y su tormento al despertarle recuerdos que ni la más aterradora experiencia podría borrar totalmente de su alma: su casa, Nueva Inglaterra, Beacon Hill, su mundo vigil.

«Porque sabe que tu dorada y marmórea ciudad de ensueño no es sino la suma de todo lo que has visto y amado en tu infancia. Está hecha con el esplendor de los puntiagudos tejados de Boston y con las ventanas de poniente encendidas por los últimos rayos del sol; con la fragancia de las flores del Common, la inmensa cúpula erguida en lo alto de la cuesta, y el laberinto de buhardillas y chimeneas que se alzan en el valle violáceo donde el Charles discurre perezosamente por debajo de los innumerables puentes... Este encanto, moldeado, cristalizado y bruñido por los años de recuerdos y de ensueños, constituye la misma esencia de tus maravillosas terrazas y tus puestas de sol; y para hallar ese antepecho de mármol ornado de extraños jarrones y balaustradas esculpidas, y para descender finalmente por esas escalinatas deslumbrantes hasta las plazas anchísimas y las fuentes prismáticas de tu ciudad, sólo necesitas retroceder a los pensamientos y visiones de tu juventud llena de anhelos.»

Adelante, adelante, siempre adelante, a una velocidad prodigiosa en dirección al destino final proseguía el viaje, a través de las tinieblas en donde unas entidades ciegas palpan el
espacio con sus tentáculos y husmean con sus hocicos viscosos mientras otros seres abominables ríen y ríen locamente.
Sin embargo, aquella imagen y aquel pensamiento habían
aparecido en la mente de Randolph Carter, y éste comprendió
claramente que estaba soñando y sólo soñando, y que en algún lugar existía aún el mundo vigil y la ciudad de su infancia.
Volvió a recordar las palabras: «Sólo necesitas retroceder a los
pensamientos y visiones de tu juventud llena de anhelos». Retroceder..., retroceder... La negrura le envolvía por todas partes, pero Randolph Carter pudo retroceder.

Pese a hallarse casi paralizado por un vértigo que embota-
ba sus sentidos, Randolph Carter pudo dar la vuelta y moverse. Había recobrado el movimiento y, si quería, podía saltar
del perverso shantak que le conducía fatalmente al destino señalado por Nyarlathotep. Podía saltar, y desafiar aquellas profundidades tenebrosas que se abrían a sus pies, cuyos terrores
no excederían en horror al destino inexpresable que le aguardaba solapado en el corazón del mismo caos. Podía dar la
vuelta, y moverse, y saltar de su montura... y quería hacerlo...
quería... quería...

Y entonces el predestinado soñador saltó de aquella enorme abominación hipocéfala, y cayó por los vacíos infinitos de
palpitante negrura. Devanáronse vertiginosamente millones
y millones de años, se consumieron los universos y nacieron
otra vez, se fundieron las estrellas en oscuras nebulosas y las
nebulosas se hicieron estrellas... y Randolph Carter siguió cayendo por ilimitados vacíos de palpitante negrura.

Luego, en el curso lento y sinuoso de la eternidad, el cielo
supremo del cosmos llegó al término de una de sus consun-
ciones y todas las cosas volvieron a ser nuevamente como habían sido innumerables *kalpas* antes. La materia y la luz nacieron una vez más, tal como habían sido antes en el espacio;

y los cometas, los soles y los mundos se lanzaron inflamados a la vida, pero nada sobrevivió para atestiguar que habían existido y habían desaparecido después, que habían existido y dejado de existir una y otra vez, desde siempre, sin un primer principio ni un último fin.

Y surgieron nuevamente un firmamento, y un viento, y un resplandor de luz purpúrea ante los ojos del soñador, que seguía cayendo. Y aparecieron dioses, y presencias, y voluntades que se hacían obedecer, y la belleza y la maldad, y el grito ululante de la noche maligna privada de su presa. Porque, a través del ignorado ciclo final, había sobrevivido un pensamiento y una visión que pertenecían a la juventud de un soñador; y en torno a esa visión y a ese pensamiento se habían reconstruido un mundo vigil y una vieja y amable ciudad que los encarnaba y justificaba. El gas violeta S'ngac había indicado el camino, y el arcaico Nodens había gritado desde insospechadas profundidades la dirección conveniente.

Las estrellas dieron paso a amaneceres, y los amaneceres reventaron en mil fuentes de oro, carmín y púrpura, y el soñador aún seguía cayendo. Horribles gritos rasgaron el éter en el momento en que inmensos haces de luz esplendorosa dispersaban a los demonios del exterior. Y el venerable Nodens lanzó un aullido de triunfo cuando Nyarlathotep, cerca de su presa, se detuvo desconcertado por un resplandor que convertía en polvo gris los cuerpos informes de sus horribles perros de caza. Randolph Carter había descendido finalmente las inmensas escalinatas de mármol y se hallaba en su maravillosa ciudad. Porque, efectivamente, había regresado otra vez al mundo limpio y puro de la Nueva Inglaterra que le había dado la vida.

Y así, a los acordes de los mil susurros matinales, a la luz inflamada del amanecer que teñía de púrpura los cristales de la gran cúpula dorada de State House, en lo más alto de la ciudad, Randolph Carter saltó gritando del lecho en su habitación de Boston. Cantaban los pájaros en ocultos jardines, y el

perfume de las enredaderas se elevaba de los cenadores que
había construido su abuelo. Luz y belleza resplandecían en la
chimenea de esculpida cornisa y en las paredes adornadas
con figuras grotescas. Un gato negro y lustroso se levantó
bostezando del sueño hogareño que el sobresalto y el alarido
de su dueño habían interrumpido. Y, a una distancia infinita
de infinitos, más allá de la Puerta del Sueño Profundo, y del
bosque encantado, y del país de los jardines, y del Mar Cere-
nario, y de los límites crepusculares de Inquanok; Nyarlathotep, el caos reptante, penetró ceñudo en el castillo de ónice
que se eleva en la cúspide de la ignorada Kadath, en la inmensidad fría, e insultó enojado a los amables Dioses de la Tierra,
a quienes acababa de arrancar violentamente de las terrazas
perfumadas de la maravillosa ciudad del sol poniente.

Thomas Owen:
Testimonio*

Lo que más me disgusta de Lovecraft es su amor por los gatos... Lo que más me confunde es su capacidad de soñar, de imaginar, de inventar, de ver lo invisible, de intuir lo infinito del universo, y su sentido de la angustia, del terror, del pánico ante lo insondable –desconocido, adivinado, buscado, vislumbrado– que siempre se halla presente en los límites de la percepción humana, pero que cuando ésta intenta captarlo, se evade como algo gelatinoso, informe, aterrador...

Lo que me maravilla es el lado mágico de su delirio verbal, rico en palabras enteramente cinceladas por la belleza de su consonancia y el poder conjurador de su arquitectura sonora: *Nyarlathotep, Inquanok, Kadath*... En ellas se evoca Babilonia, y, a la vez, a los indios *chickasha* y el espacio intersideral.

Lo que me divierte es haber conocido personalmente a su Randolph Carter en Oklahoma City. Con él viajé hasta Nueva Orleans. Y este Randolph Carter no parecía sino uno de esos cerebros vegetales, habitantes futuros de los cometas radiactivos, aunque su apariencia fuese la de un campesino bien forrado de dinero que se rascaba el trasero descaradamente, y

---

* Título original: *Témoignage*.

cuyo deseo principal era poder contemplar en el parque junto al Mississippi, los pechos enormes de Rita Alexander, alias «Champagne Girl», alias «Mis Goldfinger»...

–Lleva usted un nombre célebre –dije a este hombre simple y ordinario, cuya mujer escribía recetas de cocina para el *Arcadia Post*.

–Yo soy ese hombre célebre –me dijo masticando un mondadientes–. Soy descendiente de Edmund Carter el brujo, de Salem, naturalmente –añadió sonriendo–, y antepasado de Pickman Carter, que dentro de doscientos años rechazará las hordas mongolas procedentes de Oceanía...

Me estremecí de estupor al escuchar tales palabras en la boca, más bien vulgar, de mi interlocutor.

–¿Lovecraft? –le pregunté yo, presa de la más intensa emoción–. ¿Le dice algo este nombre?

El individuo bajó los ojos, pareció meditar un momento, y, luego, habló con voz sorda:

–Escúcheme bien. Él, o Ward Phillips Warren, o puede que los dos sean el mismo, me dijo estas palabras: «*¡Carter, por el amor de Dios vuelve a colocar la losa y márchate de ahí si puedes...! Déjalo todo y vete... ¡Es tu única oportunidad! ¡Hazlo así y no preguntes nada!*».

Eso me recordaba algo; mi interlocutor lo sabía y jugaba con mi inquietud y mi turbación. En el Brennan's, donde comimos un «Papa Brûlot» flameado con el mejor ron de St. John the Baptist, se inclinó sobre la mesa y me dijo con toda claridad, separando bien las sílabas cuando lo creía necesario:

–*Inquisitive! Unreasonable writer!* ¿Por qué ese deseo de comprender? ¿Para qué intentar retener lo que no hace más que pasar? Howard Phillips ha muerto por haberse acercado al vacío central donde Azathoth, sultán de los demonios, gruñe furioso en las tinieblas.

Hizo un gesto de impaciencia y de desesperación, volcando sin querer un vaso de agua lleno de cubitos de hielo que acababan de ponerle delante.

–¡*Loco* –gritó a continuación–, *Warren ya está* MUERTO!

Se levantó y abandonó el salón vacilando, provocando a su paso estupor y pena.

Yo me quedé en mi sitio, inmovilizado en mi dignidad impasible.

Un criado negro trajo después otro vaso de agua con hielo.

Índice

Introducción
En busca del paraíso perdido, por Rafael Llopis   7

H. P. Lovecraft
La declaración de Randolph Carter   29

H. P. Lovecraft
La llave de plata   38

E. Hoffmann Price y H. P. Lovecraft
A través de las puertas de la llave de plata   55

H. P. Lovecraft
En busca de la ciudad del sol poniente   104

Thomas Owen
Testimonio   245